暨南大学本科教学资助项目

本书编委会

主 编 孙 彧

编委会成员 （按姓氏拼音排序）

剧情·分析·启示

孙 彧 主编

大学校园心理情景剧集

暨南大学出版社
JINAN UNIVERSITY PRESS

中国·广州

图书在版编目（CIP）数据

剧情·分析·启示：大学校园心理情景剧集 / 孙彧
主编. -- 广州：暨南大学出版社，2025. 1. -- ISBN
978-7-5668-4018-9

Ⅰ. I230

中国国家版本馆 CIP 数据核字第 2024UP3248 号

剧情·分析·启示：大学校园心理情景剧集
JUQING·FENXI·QISHI: DAXUE XIAOYUAN XINLI QINGJINGJU JI
主　编：孙　彧

出 版 人：阳　翼
策划编辑：武艳飞
责任编辑：陈俞潼　刘　蓓
责任校对：刘舜怡　陈皓琳
责任印制：周一丹　郑玉婷

出版发行：暨南大学出版社（511434）
电　　话：总编室（8620）31105261
　　　　　营销部（8620）37331682　37331689
传　　真：（8620）31105289（办公室）　37331684（营销部）
网　　址：http://www.jnupress.com
排　　版：广州尚文数码科技有限公司
印　　刷：广州市金骏彩色印务有限公司
开　　本：787 mm × 1092 mm　1/16
印　　张：15.75
字　　数：286 千
版　　次：2025 年 1 月第 1 版
印　　次：2025 年 1 月第 1 次
定　　价：59.80 元

（暨大版图书如有印装质量问题，请与出版社总编室联系调换）

大学校园心理情景剧是把大学生在学习、人际交往、家庭成长以及个人发展等方面遇到的困难和困扰，编成剧本，通过角色扮演和舞台展演的形式，提出问题、思考原因、寻找解决办法。大学校园心理情景剧能够使学生心理健康教育更加贴近学生的学习和生活，以直观的方式将大学生微妙的心理活动搬上舞台，能够帮助学生直观地认知自我，感悟生活，掌握必要的心理调适方法，强化大学生的心理健康意识，推动大学生心理健康教育工作的开展。

大学校园心理情景剧对大学生的心理健康有积极的引导作用。首先，心理情景剧由学生自编自导，能够充分调动学生的主观能动性，展现当代青年学子的才智与激情。其次，心理情景剧是以表演的形式再现大学生的生活、学习以及人际交往中的冲突、烦恼和困惑，通过角色扮演，参与者和观看者都能迅速代入情境，产生真切的情感共鸣。最后，心理情景剧寓教于剧，学生在剧情中体验，在体验中感悟，在潜移默化中得到排解心理困扰的方法，获得有益的启示。

我们从暨南大学历年校园心理情景剧大赛中精选部分心理情景剧剧本结集成《剧情·分析·启示：大学校园心理情景剧集》一书，所选剧本涉及的主题涵盖了大学生不同时期的困扰、不同严重程度的问题、不同层面的影响，从入学前到入学后再到毕业初期，从同学互动到家庭教育再到社会影响，从发展性问题到心理问题再到常见精神障碍。本书不但呈现了精彩的剧本内容，还对每个剧本进行分析，为读者更好地赏析剧本抛砖引玉，同时对每个剧本涉及的相关心理健康教育问题进行疏导。每一章都由"角色介绍""剧情简介""精彩剧情""心理分析"和"工作启示"构成，体现了从实践到理论再到实践的思路，这也是本书的一个特色。

高校学生心理健康教育作为社会心理服务及高校学生思政工作体系的重要组成部分，在培育青年正确心态、关心和爱护青年、为青年实现出彩人生搭建舞台等方面，大有可为。高校学生心理健康教育要坚持育心与育德相结合，在学生心理健康教育工作中找准着力点，加强对学生的人文关怀和心理疏导，促进学生心理健康素质与思想道德素质、科学文化素质协调发展。

探讨问题是为了解决问题。在中华民族伟大复兴的宏伟蓝图这一背景下，当代青年生逢其时，也有重任在肩。习近平总书记对于青年的各种期待与建议，都是围绕着对于青年的积极心态与积极的生活状态提出的。青年的发展离不开心理的健康发展，心理健康需要有正确的心态。对于今天的大学生来说，拥有健康的心理，才能更好地发挥自身的潜能，更好地适应外部环境的变化，更好地响应时代的号召！

孙　彧

2024 年 10 月

CONTENTS

目录

序   1

成长篇

镜中人——知耻而后勇   2

潜水钟与蝴蝶——危机中的转机   15

当虚荣是一个动词——驾驭而不是被驱使   27

包袱——无贪一身轻   40

人际篇

改变——走出人际关系舒适区   52

齐得隆咚呛——冲动与动力   67

与你共舞——自卑心理障碍的克服   78

捆绑——以爱之名的束缚   94

错觉——走出"猜疑"的藩篱   106

家庭篇

妈，我长大了——良好的亲子沟通助力成长   118

天使的后裔——爱与温暖，遍布人间   134

寻找安沐"心"——从心出发，真心生活   148

便利贴女孩——学会拒绝，勇敢表达   160

重生——对暴力 SAY NO   172

发展篇

云端舞者   188

四叶草——做真正的自己   202

虚实之间——理想主义者和现实主义者的冲突   216

我是我的悦己者   228

成长篇

镜中人

——知耻而后勇

角色介绍

　　小宇（宇）：主角，家庭经济困难，极度自尊，学习刻苦，性情孤僻。

　　大财（财）：小宇舍友，家境优渥，花钱大方，成绩不错。

　　阿欧（欧）：小宇舍友，学习中上，有嫉妒心，爱占小便宜。

　　镜中人——明：善念凝成，出现于镜中，与恶相对。

　　镜中人——暗：欲念凝成，出现于镜中，引人堕落。

剧情简介

　　大学生小宇家庭经济困难，一心想通过努力学习，争取奖学金来补贴家用，减轻家里负担。而在同一个宿舍里，同样拿到奖学金的大财，通过拿奖学金请同学吃饭的形式，获得大家的追捧，在他的影响下，小宇渐渐向往这种虚荣。然而，一直以来，都有一对镜中人与小宇做伴，分别为明和暗，明一直提醒他努力学习、积极乐观，但在暗的不断唆使下，小宇一时冲动，把辛苦得来的奖学金用来请大家吃饭，挥霍一空。体验过短暂的虚荣过后，小宇想起在家不易的父母和曾经立志独立的自己，空虚和懊悔不断地侵袭着他，这时，明再次出现，小宇向他忏悔，自己不该贪图一时的虚荣。看到小宇诚心知错，明施展魔法，令时光倒流到小宇请客吃饭之前，这次，小宇抵制了暗的诱惑，并与舍友敞开心扉。最终，坚守初心，不再迷失自己的小宇，在和舍友的交心间，获得了大家的理解与尊重。

精彩剧情

第一幕（宿舍）

（大财在玩电脑，阿欧倒坐在椅子上与他聊天，小宇在看书）

欧 （笑问）哎，财哥。今年的奖学金名单又要公布了，你绩点那么高，奖学金肯定有你份了。

财 （漫不经心）奖学金评定这种事儿真是说不准。隔壁班的学霸绩点全班第一，最后也没拿到奖学金。今年的奖学金会不会到我腰包里，还真说不定了。

欧 （开玩笑）那也对，不过财哥也不在乎那些小钱。（哭丧脸无奈状）不像我这种手机无苹果，衣服没阿玛尼，出行只能挤地铁，喝酸奶还得舔瓶盖的穷鬼啊。（音转高）不过，今年我绩点也不低，不知道能不能有个三等奖，嘿嘿！

财 我知道你那爱占小便宜的心思，我要是拿了奖学金，一定请大家吃饭，反正这点小钱也不算什么。

欧 财哥，那就说定了哦，财哥真是大"土豪"！

（宇起身）

宇 （独白）看吧，有钱就能风光，有钱就谁都是朋友。可是家里这么穷，我能怎么办，人家拿到奖学金请客的请客，出去玩的出去玩，我就算拿到奖学金，也不能乱花一分钱！算了，想再多也没有用，还是努力学习吧。（小宇假装很精神）

宇 （边走，边对财与欧说）我有事先出去了，可能晚点回来。

欧 小宇你怎么天天这么忙啊？

宇 有个高中同学来了，我这不得请人家好好玩玩。（走）

欧 请别人玩？骗谁呢，谁不知道他最抠门啊，说不定是听到我们说请客吓走了吧！

财 哎，别在人家背后说坏话。

欧 是是是，财哥说得对！

财 走，哥带你去……

（财与欧一边走，一边小声说话）

第二幕（洗手间镜框前）

（宇进入洗手间，宇对着镜子洗漱，抬头看镜子，宇与明做着相同的动作）

宇　（自言自语）不知从何时起，我发现了镜中的我，刚开始很害怕，但现在，他是我最好的朋友。

明　（停下模仿）小宇，你今天怎么了，怎么不开心？

宇　（对镜）你觉得，你觉得我能拿到奖学金吗？

明　哦？你的努力大家有目共睹，要相信付出一定会有回报。你还是好好计划一下你的奖学金怎么使用吧。

宇　（沉思）我知道啊，我会拿出一部分寄回家里，我还想……

明　（插嘴）对，毕竟父母为了供你上大学，东三百，西六百，借钱的滋味可不好受啊！

宇　（急切）但是我还想……

明　（插嘴）你还想买教材对吧，上次不就是因为钱不够，所以没买吗？

宇　（难过）是啊，还要买教材，但是，我可能还……

明　好了好了。时间不早了，你快去餐厅打工吧。

（小宇失望地看着明走开，叹气）

（镜中人明离开，只留宇，宇要出洗手间，失落状。暗急忙跑上场）

暗　（对宇）慢，刚才那些就是你的全部想法吗？（拽宇至舞台正中面向观众）大家看看，这孩子把那几千块钱就这样补窟窿花了，一点乐趣也没有！

宇　（惊恐看不见人，努力挣脱）你是谁？

暗　（狞笑）我是让你快乐的好朋友，代表你内心的欲望和愤懑。你也看到了，那谁，用奖学金买名牌衣服，还有那谁，用奖学金买苹果手表。像他们一样，潇洒快活，这样用奖学金，多体面啊！

（明闻声再度出现）

明　小宇，你还有什么心事吗？

宇　（嗫嚅）身边很多同学拿到奖学金都去做了自己喜欢的事情，而我……

明　你已经有自己的打算，不要跟风，奖学金应该用在最适合的地方，而不是像他们这样挥霍。

宇　（不甘）呵呵（苦笑），你在镜子之中，或许不知道，（边说边靠在洗浴台，背靠镜子）这个世界真的让我感觉很不公平，有的人天生就像公主王子，什么都不缺，为什么我们家就一无所有？！（激动，挥舞双手）凭什么！凭什么！如果我是大财，哪怕是阿欧，也不用瞒着舍友辛辛苦苦到餐厅打工，更不用一拿到奖学金，就寄给家里还债。（转颓废）我真的感觉自己在这里就是一个累赘，没人喜欢、没人理解、更没有人在乎。我受够了这样的生活！真的受够了！我是没人喜欢的丑小鸭，但我不想做丑小鸭。

（暗已经上台，拿着大锤子气球，敲晕明，站在镜子前）

暗　（低沉诱惑）那，就开始改变吧！（摘下帽子）

宇　（吃惊，回头）刚才是你在说话？你到底是谁？

暗　（低笑转高音）我就是你最好的朋友，我是来告诉你，你该好好利用这笔几千块的奖学金的，哈哈！

宇　（看着镜中的暗，迟疑道）什么？

暗　（张狂）请客！请客！请客！（音渐强）去最好的酒店，点最贵的菜，叫上所有的同学，赢得最多的尊重！

宇　（摇头）可是我家里没有钱，学费、生活费都是爸妈借的，奖学金不寄给爸妈，我怎么跟他们交代？更何况下学期的学习资料我还没买呢！

暗　（拽住宇的手，大声说）是想要潇洒放肆的尊严，还是要在人前矮一头，别人都请了你不请，你的面子放在哪里，你的尊严放在哪里？就算手里奖学金用完了，你不是还可以跟家里要吗？

宇　（手被拽着，向后退而不得）可是现在家里没钱啊！

暗　（将宇拽向自己，宇贴在镜前）没钱？！家里不是还有牛吗？

宇　（吃惊，越发用力向后退而不可得）卖牛？！那是家里耕田用的！

暗　（越发用力）不卖牛，那不是还有家里的房子吗？

宇　（使劲挣扎）卖房子？！父母住在哪儿？！

暗　（使劲拽）不卖牛，不卖房子，那卖血也是可以的啊！哈哈！

宇　（挣脱，摔在地上，连连向后蹭，惊恐状）卖血？！不！不！不！我做不到！

（暗从镜框中跃出，按住宇）

暗　（阴森而语重心长状）难道，你不想在别人面前获得尊严？不想潇洒自在？就甘心这样低人一等吗？

宇　（嘶吼）：不！！！我想！！！我不甘心！！！

暗　（咆哮）那么你该怎么办？！

（暗跑下场，镜子空无一物）

（宇坐在原地，埋着头，感觉脑袋都要裂开了，不知道该怎么办才好）

第三幕（宿舍）

（财、欧边进门边说话）

财　（高兴）欧弟，真是被你说中了，奖学金竟然到我的手里了。

欧　（郁闷）你是高兴了，可怜我啊，五个名额，可我偏偏是第六，呜呜呜。

（夸张掩面）（突然抬起头，谄媚状）财哥还记得说过要请客吗？

财　（大手一挥，满不在乎状）哈哈，我说话什么时候不算数过，没问题，权当庆祝，哎，小宇也一起来吧！

（宇上场，从门入）

宇　吃饭？你们去吧，我有事要忙。

欧　（看着宇）对了，这次学霸小宇的奖学金可是最高的，你也不表示表示？

财　小宇，你还真是忙到和兄弟一起吃顿饭的时间都没有了啊！

欧　我看，小宇是怕我们让他请客，才不敢去吧？

财　算了算了，走，欧弟，哥开车带你去吃饭了。

暗　你难道不想在别人面前获得尊严？不想潇洒自在？不想在别人面前抬起头来吗？

（阿欧、大财定住）

宇　慢着，不就是请客吗，走，今晚跟我去凯乐会！

（大财、阿欧对视一下）

财　哇？真的吗？

宇　是啊，走吧！

（小宇先走）

欧　这才够朋友嘛！

（KTV中觥筹交错声、欢声笑语声和引吭高歌声，最后声音渐低至无）

第四幕（洗手间镜框前）

（音乐凄凉落寞，宇喝醉状，跌跌撞撞走到厕所的镜子前，呕吐状，镜中明动作相同）

宇 （擦擦嘴，自语）我真的帅吗？帅吗？帅吗？请吃饭就觉得我帅？（喃喃自语，手中拿着奖学金计划本，把计划本一下下撕碎）

明 （突然发声）你认为呢？你认为你帅吗？

宇 （看着镜子，怔怔）被大家崇拜不是我一直可望而不可即的生活吗？可是，为什么刚才那么风光，现在我却内心这么失落与无助？（撕计划本）

明 （走出镜子）还记得以前的你吗？还有那些你给爸妈的承诺吗？

（宇回忆起离开家前的场景）

"爸妈，我现在考上大学了，以后，我一定会更加努力的！"

"妈，别让爸太累了，我自己已经找到份兼职，自己能照顾自己了。"

"爸，我今年应该有奖学金，可以补贴家用了，咱们的日子不用再这么紧着过了。"

"儿子，在学校别和别人攀比，咱比努力，不比花钱，钱买不到尊重，也买不到友谊的。"

"但我不想过没钱的日子，总是这么低人一等！"

"不就是请客嘛，走，今晚跟我去凯乐会！"

（宇捂住头，痛苦痛哭状）

明 （直视宇）这就是你迟迟没有说出口吗？你原本的奖学金计划现在就成了这地上的一片片废纸了吗？你说想要别人的尊重，可是钱能买来尊重吗？即使钱能买来一时的尊重，可它能够像父母的爱那样长久吗？爸妈省吃俭用、东拼西凑，就是希望你以后能够靠自己的能力、坦诚和吃苦耐劳的品质在社会上赢得尊重和赏识，这些，才是值得你在乎和争取的啊！

宇 （捂头痛哭）我错了，我错了，我不该强要面子，我不该胡乱花奖学金！我该怎么跟爸妈交代？！

明 （扶起宇，拍着头）你真的后悔了，真的知错了，是吗？

宇 （抱着镜）可是，话已出口，奖学金已挥霍我该怎么办？

明 小宇，坦诚地面对自己，坦诚地面对你的朋友，用坦诚就能获得真正的尊重。不信你听！

（时光倒流，回到前一天，隐隐传来门外的声音）

财 （高兴）欧弟，真是被你说中了，奖学金竟然到我的手里了。

欧 （郁闷）你是高兴了，可怜我啊，五个名额，可我偏偏是第六，呜呜呜。（夸张掩面）

宇 （惊讶地看着镜）这……这怎么……会？这是真的吗？这不是之前的场景吗？

明 （回到镜框后，平静而空灵）真真假假，假假真真，都不重要。重要的是你当初的心还在吗？（顿）你不是后悔了吗？现在，给你一次重新开始的机会，你有勇气做回原来的自己了吗？（明递给小宇计划本，然后转身离开）

宇 你的计划本？

明 不，是你的计划本。（头也不回地离开）

宇 （看着计划本，愣愣出神，然后看着镜，缓缓点头，开心地大声说）嗯，我知道该怎么做了！

第五幕

欧 （突然抬起头，谄媚状）财哥还记得说过要请客吗？

财 （大手一挥，满不在乎状）哈哈，我说话什么时候不算数过，没问题，权当庆祝，哎，小宇也一起来吧！

（宇上场，从门入）

宇 大财、阿欧，其实我……

欧 （看着宇）对了，这次学霸小宇的奖学金可是最高的，你也不表示表示？

暗 你难道不想在别人面前获得尊严？不想潇洒自在？不想在别人面前抬起头来吗？

（阿欧、大财定住）

宇 （深吸一口气）其实我一直没有告诉你们，我的家庭条件不是很好，上大学的学费都是爸妈找亲戚朋友借的，一直以来我都在餐厅做兼职，希望帮爸妈缓解一下经济压力。这次拿到奖学金，我想把其中的一部分寄回家，另一部分用来买教材。一直没有告诉你们，是怕你们……

欧 （有点不满）说到底，你还是不愿意请兄弟吃一顿。

财 你怎么不早说，我王思财交朋友根本不在乎他有没有钱。反正谁有钱，也比不上我有钱，而且我最尊重的就是你这样脚踏实地努力奋斗，有自己计划的朋友了。

欧 （态度大转变）嗯嗯，财哥说得对！

宇 而且我认为，用奖学金请客吃饭也不是学校发放奖学金的初衷，奖学金应该用到更合适的地方。

财 对，奖学金确实应该用在合适的地方。今天你也算是和我们敞开了心扉，走吧，哥高兴，这顿我请了。

宇 财哥，不是刚说不能用奖学金请客嘛。

财 哎，这不是习惯了嘛，看来我要好好和你请教一下，怎么才能用好我这笔奖学金了！

欧 那财哥，要不我们去你家吃饭吧！

财 哈哈，好啊！（从背后拔出锅铲）今天就让你们见识下我的厨艺！

（三人开门出去，暗急急忙忙下场）

心理分析

心理学上对于"我"有很多种表达，本我、自我、超我、主我、客我、镜我，还有真我、我自己等，都是常见的表达形式。本剧主要是根据"镜我"这一理论进行创作的。

镜我理论，是心理学的基础理论之一，由美国社会学家查尔斯·霍顿·库利于 1902 年在其著作《人类本性与社会秩序》中首次提出，亦称"镜中我"[1]。库利认为，个体的行为模式深受其对自我认知的影响，而这种认知主要源自于个体与社会环境之间的互动。具体而言，他人对个体的评价、态度等，犹如一面反映自我的"镜子"，个体正是通过这面"镜子"来形成和把握自我形象的。本剧中，镜中"明"和镜中"暗"就是镜我的化身，镜中"明"代表着主人公积极阳光、勤俭节约、努力奋进的一面，而镜中"暗"则代表着主人公消极悲观、爱慕虚荣、放纵不羁的一面，他们都是主人公内心的一部分，但在情绪状态与外界期待和评价不同时，主人公展现的也是不同的样子。"镜中我"也称"社会我"，特别是初级群体中的人际传播，是形成"镜中我"的主要机制，"社会我""镜中我"均需要借助社群活动逐渐构建。

库利认为，"镜中我"形成过程中"唯一"的关键要素是传播。每个人的自我认知并非源自内在，而是依赖于外部他人传播的广度和深度。传播活动的活跃程度越高，反馈信息的多元性就越强，个体的"镜中我"形象愈发清晰且全面，进而对自我的理解和把握也愈发客观精准。人际传播，作为个人间信息交流的一种形式，构成了由两个独立个体系统相互交织而成的信息传播体系，它不仅是社会传播活动中的典型代表，更是人与人社会关系的直接展现。[2] 在人们的交往过程中，知识、意见、情感、愿望、观念等信息得以相互传递和交换，从而构建起一个以相互认知、吸引和互动为基础的社会关系网络，我们称之为"人际传播"[2]。人际传播的形式多样，既可以是两人面对面的直接交流，也可以是借助媒体作为中介的间接传播。在直接传播中，语言是主要的信息传递手段，同时辅以表情、姿势等非语言元素来增强、补充或修正语言的不足。这种直接交流的方式使得传播者与接收者能够即时互动，迅速反馈信息，并在共同的空间内深入交流，营造出亲近感，进而提升传播效果。[2] 在人际传播的过程中，每个人都既是信息的发布者，又是信息的接收者，即在影响他人的同时，也受到他人的影响。因此恩格斯说："两个人比一个人更人性一些。"

在库利的观点中，个体对自我的认知并非纯粹主观构建，而是深受客观社会环境的影响。"自我"的形成，实则是在他人态度的映射下逐渐塑造出的"我"，它体现了主观与客观相互交织的复杂过程。因此，为了构建和发展个体的自我意识，个体在社会互动中应当采取一种客观视角，如同他人观察自己一般，来审视自我。[1] 本剧中，主人公不是生活在一个独立、封闭的世界里，他免不了要和其他同学包括舍友进行互动。在互动中，他需要想象自己的言行举止（在餐厅打工、家境贫寒、拿了奖学金是否请吃饭等）如何出现在别人的眼中；想象别人如何评价自己（别人会不会看不起我、会不会取笑我、会不会说我小气等）；形成某种自我意识（我是否大方、潇洒、有尊严，别人如何看待我等）。因此，他的"自我"形成乃是通过与同学的互动交流，以及相互之间的影响逐渐构建的。这与库利在1902年提出的"镜中我"理论中的三个阶段不谋而合。在该理论中，第一阶段，即感觉阶段，我们注意到自己在他人眼中的形象，这包括我们对他人可能感受的设想；第二阶段，即解释或定义阶段，我们理解他人对我们行为的评价，设想他人如何看待我们的行为；第三阶段，即评估阶段，我们基于对他人评价的想象来反思并评估自己的行为表现。

综上，镜我理论的精华可概括为"我看人，人看我"。"镜中我"不是我们实际的样子，也不是别人对我们的评价，而是我们对别人如何看待我们的理解。

本剧中，主人公努力想改变别人对他以往的印象，希望给他们大方、有尊严的新形象。这种心理驱使他不合理地使用奖学金、请舍友豪吃畅饮，他希望能通过这些行为，来改变舍友对他的看法。但是正如主人公父亲所讲的那样，钱买不来尊重，也买不来友谊，风光过后，只是更多的失落与彷徨而已。主人公没能正确地认识自己，找准自己的定位，对自己进行客观的评价。对他人的评价过于在乎，只会衍生出一系列附加心理负担。这种心理的落差，导致了主人公低落、悲伤的负面心理状态。

本剧通过主人公对"镜中我"认识的转变体现，充分展现了"镜中我"在自我认知过程中的重要性。由于主人公对自我认知不全面，导致过分重视他人的观点，而忽略了自身的家庭情况和实际需要，无法建立正确的价值观。在对自己的不认可中，主人公产生了自卑心理，进而产生了盲目攀比等举动，想要满足自己扭曲的自尊心，这是一种为了引起他人对自己的关注和认可而表现出的一种不健康的社会情感和心理状态。最终，经过自我内心的挣扎与反思，主人公才逐渐认识到自己用奖学金请客等做法是错误的，从而真正正确地认识自己，也做到了坦诚待人。

可见，在人际关系中，一方面我们要有自己的镜我意识，通过他人的反馈，去约束自己的行为和想法，以便符合社会的期待；另一方面，我们要正确看待镜我反映的问题，改造自己，不断实现自我的发展和完善，学会在社会的期待和自己的真实想法中找到平衡点，让自我的力量流动并且富有生机。

在当代社会，随着家庭结构日趋简化，家庭成员间的互动日趋减少。尤其是在子女成长至大学阶段时，其社会接触增多，个人的"镜中我"在成长历程中持续重构。在此过程中，若家庭成员能够维持和谐的关系，家长基于理性视角对子女进行评价，并根据其特质提供指导，那么"镜中我"便能发挥积极的正面效应，促进大学生形成更为强烈的自我认知，进而提高其步入良性发展轨道的可能性。反之，若家庭成员间关系紧张，甚至交流中断，则"镜中我"原理将显现其负面效应，导致人际交流障碍加剧，使彼此间的距离进一步拉大。[3] 因此，对于当代大学生而言，应充分利用"镜中我"在人际关系中的重要作用，以客观的态度看待他人对自我的评价，这对于个人的自我实现具有重要意义。

工作启示

大学新生在面临生活环境、学习方式以及社会角色的多重转变时，必然经历一个由不适应到逐步适应的角色转换过程。心理学上，这一特定时期被界定为"大学新生心理失衡期"。对于大学新生而言，能否平稳度过这一适应期，对其个人的成长与成才具有极其重要的影响。若在处理某些问题时出现不当的应对方式或错误的认知，可能导致心理问题的出现，进而可能发展为心理障碍或心理疾病。特别值得注意的是，自卑、攀比等心理状态在大学新生群体中普遍存在[4]，针对这种心理现象，我们应该：

第一，正确看待他人的评价。每个人都有这种"得到别人赞赏或者批评"的"镜中我"，获得正面的评价，我们可以从评价中认识到自己积极的一面，让自己更有动力，获得心理暗示，会更加自信、有责任感，让自己往好的一面去发展，最终和以往的目标达成一致。而负面的评价，会使自己认知到不好的一面，从而在下次的行动中刻意地避免，而这种力量本质会潜移默化地从"认识"层面到"行动"层面，逐渐改变一个人对自己的认识。从古至今，人们都强调"以人为镜"的重要性，正如《论语》中"三人行必有我师焉，择其善者而从之，其不善者而改之"，以及李世民"以人为镜，可以明得失"，都说明人不是孤立存在的个体，需要通过他人来认识自己和改进自己。

第二，大学生应学会自我观察。心理健康不仅影响到学生自身发展，而且也关系到全民族素质的提高。近年来，当代大学生心理较脆弱，适应能力和自理能力较差，心理疾病呈上升的趋势。大学生应当首先掌握心理健康的基本常识，通过修读心理健康教育课程，系统学习心理、卫生、健康等领域的理论知识。此举有助于他们深入理解心理发展的规律，掌握有效的心理调节方法，并增强自我教育的能力，以更好地适应和融入大学生活。[5]其次，大学生要时刻保持警惕，尽早发现自己存在的问题。普通的心理疾病每个人都会遇到：情绪低落、失眠、焦虑、孤僻，这些都是心理疾病的早期症状。如果发现自身出现了相似的症状，可以向学校的咨询机构寻求帮助，通过咨询中的会谈和心理测量，初步判断自己的病症方向。

第三，辅导员、老师要有正确的心理教育观，尊重学生、理解学生、相信学生，强调学生心理自主构建的积极性，而自我教育也是心理教育的出发点和归宿。同时要坚信人人都有巨大的心理潜能可以开发，相信人人都可能获得良好的心理品质，积极地与学生沟通，取得学生的信任，引导学生进行自我教育。

若情况较轻，可指导学生通过自我调适来应对，在自我调节过程中，拥有好的心态最为重要。引导学生学会转换思维方式去看待问题，不能总是活在自己的世界中，拘泥于一个狭隘的圈子中，多看看、多想想事物光明的一面，安排自己过有规律的生活，做有规律的活动，培养健康的兴趣，通过这些方式把问题转移，从而感觉到世界的美好。另外，教育学生树立正确的人生观、世界观、价值观，确立相对容易实现的近期奋斗目标，以增强成就感和自信心，都能帮助调节心情。如果方法适当，学生在潜移默化的自我调节中，简单的心理问题就能迎刃而解。

若情况较为严重，在自我无法解决的情况下，学生要及早联系老师、好友等进行沟通疏导，必要时及时就医。

第四，充分发挥学校心理咨询作用。学校心理咨询是增进学生心理健康、优化心理素质的重要途径，心理咨询可以帮助学生正确认识自己，把握自己，减轻心理冲突，在排除心中忧虑方面起到积极的作用。

总之，对于学生的心理失衡与调适问题，学生应该坦然面对，通过对社会适应、知识学习、人际交往和情感问题的疏导与解决，重新获得心理的平衡；教师更要妥善应对，教导学生学会好好学习和生活，促进学生身心的健康发展，提高学生承受挫折、适应环境的能力，帮助学生度过健康向上的大学生活，活出奋斗进取的幸福人生。

另外，在推动学生合理使用奖学金的方面，我们可以采取以下措施[6]：

（1）奖学金的颁发不仅是对获奖者的认可，更是对其他同学的鞭策。因此，学校应高度重视奖学金的颁奖仪式，利用橱窗、校报、广播台、班会等多渠道进行正面宣传，以最大化奖学金的积极效应。

（2）为深化学生对奖学金的理解，学校可以围绕奖学金展开专题讨论，探讨其来源与实质。同时，借助微信公众号、微博等媒体平台，广泛宣传"希望工程"，并倡导"一钱多用"的理念，鼓励学生用社会的资助回馈社会，同时培养其自强自立的意识。

（3）为确保奖学金的有效使用，学校可以对获奖学生的奖学金使用情况进行跟踪调查。通过此举，监督学生的行为，弘扬正面行为，反对不良消费习惯，特别是反对将奖学金用于请客吃饭等非学习性支出，以形成良性的奖学金使用循环。

（4）为规范奖学金的使用，学校可以制定并严格落实相关规则，严禁任何形式的铺张浪费行为。对于挥霍奖学金者，应根据校规予以严肃处理，包括但不限于通报批评、全额收缴奖学金、取消下学年奖学金获选资格等。

（5）作为家长，除了严格要求子女在学校全面发展，努力争取奖学金，也要关注他们奖学金的使用情况，引导他们将奖学金用于购买书刊、学习用品等正当途径。

（6）在价值观培养方面，学校和家长要鼓励获奖学生进行自我教育，认识到奖学金既是对过往努力的肯定，也是对未来的激励。他们应以"零"为起点，继续努力，争取取得更大的成就。对于未获奖的学生，也要帮助他们正视差距，找准定位，以获奖学生为榜样，奋力拼搏，争取早日获得奖学金。同时，坚决反对"你拿奖我吃喝"的错误思想。

（剧本编写：宋娇娇、黄石鑫；剧本修订、心理分析及工作启示撰写：张淑敏）

参考文献

［1］库利. 人类本性与社会秩序［M］. 包凡一，王源，译. 北京：华夏出版社，1989.

［2］薛可，余明阳. 人际传播学［M］. 上海：同济大学出版社，2007.

［3］美合日巴努姆·阿卜杜米吉提. 浅析《镜中我》理论：以微信朋友圈为例［J］. 卫星电视与宽带多媒体，2020（2）：222-225.

［4］张燕园. 大学新生的心理问题原因分析及其对策［J］. 科教文汇，2010（3）：170-171.

［5］彭燕凌. 大学生心理健康教育现状与对策［J］. 重庆教育学院学报，2010，23（5）：40-42.

［6］张陟遥. 关于高校学生奖学金使用情况的调查与思考［J］. 山东青年管理干部学院学报，1999（1）：51-52.

潜水钟与蝴蝶

——危机中的转机

洁骅：来自农村，喜欢文学，性格内向，自负又自卑。

闻杰：洁骅男友，头脑灵活，在大学时就开始创业。

医生：洁骅住院时的主治医生，认真负责。

经纪人：出现在洁骅的幻觉中。

记者：洁骅幻觉和现实中均存在的角色。

剧情简介

在人才竞争激烈的大环境下，找工作难成为应届大学生需要面临的一大挑战。大学校园中的一对恋人因为对未来的不同追求而分手。来自农村，性格内向、自卑的女生洁骅在求职上的失意导致她患上了精神分裂症，并幻想自己成为受欢迎的女作家，现实中的她正在医院接受治疗；而已经与她分手的男友闻杰一直关心着她的康复情况，并决心留在她身边陪伴她摆脱心理的痛苦，以实现自己的梦想……

精彩剧情

第一幕

旁白 或许在某一段时间，你的躯体受着深重的禁锢，就像潜水钟，不得释放，不能自由。可是，请不要忘了，就在你的身边，有这么一个世界，可以让你像蝴蝶一样，自由飞翔，畅游无阻。或许，在你的身边，在你自己身上，就发生着这样的故事……

（洁骅在图书馆门口抱着一摞书，闻杰从一侧散漫地走来）

洁骅　你看看现在几点了？

闻杰　才九点嘛！

洁骅　我已经等了你一个小时了！

闻杰　哎呀，不是跟你说我忙正事吗？哪有心思来图书馆啊？

洁骅　你那叫什么正事？成天泡在电脑上，不务正业！我看呀，你比我这个女生还喜欢购物！

闻杰　什么购物？我在淘宝上的线上商店最近有很多订单要处理的！

洁骅　网络那种虚幻的东西你也能相信？你怎么就不知道多花点时间来学习！现在人才竞争这么激烈，不学真本事你以后靠什么就业啊？

闻杰　我不就业了，我创业！

洁骅　你别忘了你毕竟还是个学生，首要任务就是学习！不要总盯着那点眼前利益好不好？！

闻杰　你别像个唐僧一样只知道念叨学习，除了学习我们还有很多其他重要的事情呢！人家北大毕业生出来还不是卖猪肉，你以为你一个文学系的弱女子读了莎士比亚就能改变命运？现在这个社会就是靠真本事，你知道阿里巴巴吗？不创业哪有出路？

洁骅　我不知道，我只知道你那亲爱的互联网还不是照样骗过你，是谁大二的时候被骗了三个月的生活费！要是没有我救济你，你就只能天天吃馒头、喝免费例汤！

闻杰　（被说到失败的经历感觉很没面子又很恼火）行行行……你别老拿这些陈芝麻烂谷子说事行不行，你还不是家里借的钱供你上的大学！

洁骅　你……你不可理喻！

闻杰　我不可理喻，我觉得我和你已经没什么共同语言了！

洁骅　那就分手吧！

闻杰　分就分！谁没分过了！！！

（两人生气地离开）

第二幕

旁白 自从两人分手后，洁骅整天泡在图书馆研究她的莎士比亚，闻杰整天忙于网上的业务，并取得了不俗的成绩。毕业后，洁骅因为缺少经验而在求职之路上屡屡碰壁，而闻杰却凭借着自己的能力在商场上叱咤风云。强烈的对比以及对以往价值观的冲击使得洁骅陷入了疯狂的幻想……

经纪人 你今天表现得太好了，八点钟还有一个记者见面会，十点还有一档娱乐节目，你要去做嘉宾！

洁骅 哎呀，真是好累啊……

（两名记者匆忙赶来）

记者 洁骅小姐您好，我们是《文学报》的记者，可以问您几个问题吗？

经纪人 好吧，请你们抓紧时间，我们日程安排得很紧！

记者 哦，好好好，您的新作品已经销售超过五十万册了，请问您有什么感想呢？

洁骅 我想感谢我的读者，谢谢他们一直以来对我的支持。

（一名粉丝冲了过来，经纪人作阻拦状）

粉丝 洁骅小姐，您好您好，我是您忠实的读者，我太喜欢您的新作品了，请您为我签个名好吗？

（洁骅比较轻慢地接过书并签名）

粉丝 谢谢，太感谢了！（下场）

记者 还有一个问题，您在文学创作上取得了巨大的成功，您觉得最主要的原因是什么呢？

洁骅 我觉得这和我在大学时代的勤奋是分不开的，那时候我很喜欢莎士比亚的作品，几乎每一部都读过不下五遍。

（闻杰从一侧上台，身形落魄，忙着接电话）

闻杰 喂？喂？王老板吗？哎，您好您好，我是小闻啊，您要的货我们尽快给您发过去吧！什么？不要了？您能不能再考虑一下？我最近资金真的很紧张，请再给我一次机会吧！就算我求……（对方挂了电话，闻杰失落地蹲了下来）

记者 还有最后一个问题，您的新作品中描写了一段非常完美的爱情，那么请问您在现实生活中有这样的经历吗？

（洁骅看到了闻杰，没有留意记者的提问）

经纪人 哎呀，这个私人问题就无可奉告了，我们要走了！

（洁骅致谢后退场，从闻杰身边走过，多次回头）

洁骅 是你吗，闻杰？

闻杰 对不起，小姐，你认错人了。（慌忙走开）

第三幕

旁白 这样的画面经常在洁骅的脑海中反复重现，越来越严重的妄想症使她完全进入自己虚拟的世界。在现实与幻想的不断交织中，身心俱疲的洁骅，甚至想到了自杀……

闻杰 赵医生，您好。

医生 你好，闻先生，今天来得早啊。

闻杰 嗯，我推掉了一个会议，看看洁骅康复得怎么样了。

医生 哎，她的情况你也是知道的，自杀未遂，受的刺激很大，导致她患上了精神分裂症，现在每天都沉浸在幻想之中。对了，你知道她当时为什么要自杀吗？

闻杰 哎，说来这也与我有关。我们在大学里曾经是情侣，大四的时候因为奋斗方向不同，又不懂得相互包容、理解，所以感情破裂。毕业后，我就一直忙着把自己的生意做大做强，也再未和她联系过。虽然事业上有了些成就，可我心里还给她留着位置。

医生 那你后来是怎么联系到她的呢？

闻杰 有一天我鼓起勇气拨通了她的电话，却发现是一个停机的号码。我四处打听她的消息，才从大学同学那里得知，她毕业后一直没找到工作，也许是她自尊心太强了，又是农村长大的孩子，觉得实在无颜回去，就在不久前选择了绝路……

医生 哦，其实这也不怪你，现在就业压力很大，她比较内向，不擅交际，又不愿与人倾诉，遇到的挫折多了，难免会发生心理上的变化。

闻杰 所以她才经常幻想自己是知名的作家，她所幻想的就是自己内心十分渴望的，对吗？

医生 没错，但现在的封闭治疗让她开始意识到自己一直活在虚幻中，更痛苦的是，她现在很难分辨到底什么是真的，什么是假的。

洁骅　最后一章马上就要写完了，预计这本书下个月就会与大家见面！好，下一个问题……呵呵……我和他只是朋友关系，希望娱乐记者不要胡乱炒作……

闻杰　如果当时我能在她失落的时候陪着她就好了，或者我在公司给她找一份工作也行，至少不会让她变成现在这样！

医生　你不必这样自责……

（这时闻杰的电话响了）

闻杰　喂，哦，您好潘总！今晚一起吃饭？哦，您看我忙得差点忘了，这样吧，我在医院探望病人，需要好好陪陪她，要不那个投资的事情我们改天再谈，真抱歉，改天请您吃饭，好，再见！

闻杰　（望着洁骅）我想她真的需要一个人陪在身边，以后我会天天来这里陪她聊天。

医生　你陪着她就再好不过了，她真幸运。

闻杰　哎，可她也是那么的不幸。

旁白　如果说洁骅的不幸是因为一直以来的自卑和缺少实践经验而在就业的道路上屡遭失败，导致妄想症的发生，那么，她的幸运便是她拥有一位对她不离不弃、愿意陪伴她的男友。在之后的半年里，闻杰一边继续创业，一边用自己积极乐观的心态感染着洁骅。潜水钟渐渐浮出水面，原来蝴蝶飞舞竟是这样美丽。

第四幕

（闻杰望着远处的洁骅，心里默默地说：以后我会陪伴在你的身边，鼓励你、包容你）

洁骅　最后一章马上就要写完了，预计这本书下个月就会与大家见面！

闻杰　我相信你一定可以做到的。

洁骅　我真的可以做到吗？

（闻杰深深地点头，用肯定的目光看着洁骅）

洁骅　我就是一个什么都不懂，什么都做不好的人。（突然特别抓狂失落）

闻杰　（紧紧地抱着洁骅）一切都会好起来的。

旁白　时间在一天天地过去，类似这样的矛盾、不确定总会在洁骅的脑海中闪现，她甚至有些时候无法分辨是现实还是妄想，但有一点是她可以确信的，闻杰一直在她的身边……鼓励、陪伴、安慰着她。

（半年以后的某一天，闻杰推着坐着轮椅的洁骅）

闻杰　哎，洁骅，你看那棵树像不像当年学校操场边的那棵？

洁骅　哪棵啊？

闻杰　就是每次我踢球的时候，你总喜欢抱着本《仲夏夜之梦》，坐在下边等我的那棵啊！

洁骅　呵呵，这你还记得啊！

闻杰　那当然了，你还说你就是在那读完了莎翁的好几部作品呢。

洁骅　我想起来了，你还说，就是在我的关注下你进了几十个球呢。

闻杰　呵呵，那时候时间过得好快啊！

洁骅　对了，你这半年每天都来医院从早陪到晚的，你的生意怎么办啊？

闻杰　现在都有副经理帮忙打理，不用我操心的。你就安心养病吧。对了，你最近还会有幻想吗？

（这时洁骅看到那两个记者又走到她面前要采访她）

洁骅　嗯，不过我已经学会忽视他们了。

（两个记者站到了一旁）

闻杰　我看你最近总是写一些东西，在写什么啊？

洁骅　秘密！

闻杰　跟我还有秘密啊？

洁骅　当然，以后你就会知道了。

闻杰　好吧……时候不早了，我们回去吧。

旁白　洁骅到底在写些什么呢？她对闻杰隐瞒着怎样的秘密？在就业与创业的道路上，他们又会有怎样的转变？在竞争激烈的社会浪潮之中，你愿意做沉重的潜水钟，还是自由飞翔的蝴蝶？那么，让我们看看下面的场景，你自然就有答案。

第五幕

（记者招待会的现场）

主持人 各位记者朋友们，欢迎大家来到招待会的现场，感谢大家对洁骅女士的作品《美丽心灵》的关注，下面我们有请这本畅销书的作者，洁骅女士！

（洁骅上场，记者鼓掌）

洁骅 谢谢大家！过去，我一直以为网络是虚幻的世界，而把自己埋在文学当中，忽视现实，从自负到自卑，最终得了妄想症。经历了半生的求索，我发现，真正虚幻的是人的头脑，我们在幻想中逃避现实，麻痹自己。

主持人 那么，您这部作品的灵感从何而来呢？

洁骅 《美丽心灵》只不过是我在患病后及康复过程中的日记而已，当我的作品受到别人认可的时候，我并没有感到幸运，唯一值得我感到幸运的是，我遇到了人生中最重要的人，你的乐观包容、你深沉的爱融入我生命的每一天，让我得以找到自信，有机会站在这里。你是我成功的因素，也是唯一的因素。谢谢你！（缓慢地，深沉地，充满感情地望向闻杰）

（闻杰和全体记者起立，鼓掌）

心理分析

随着社会竞争加剧，"内卷"时代的到来，大学生面临着前所未有的巨大压力。一方面，大学是理想的殿堂，但自己往往会发现理想很丰满，现实很骨感；另一方面，在与他人比较时，容易陷入自我怀疑与自我否定的状态，对自己失去信心，从而产生自卑，甚至动摇自己曾经坚守的信念和价值观。理想与现实的落差，容易让原本就心怀忐忑和迷茫的大学生陷入自卑之中，有着自卑心理的大学生常表现出自尊心极强、自我评价过低、过于敏感等不良心态，容易导致认知偏差，总是把注意力放在自己的不足上，严重影响心理健康。为了回避痛苦，可能会陷入幻想和白日梦，如果不能及时调整甚至会出现精神方面的问题，从而以这样的防御方式来达到自己在现实中无法实现的目标和理想。

著名心理学大师阿尔弗雷德·阿德勒在代表作《自卑与超越》中认为，每个人生来都是自卑的，自卑并不可怕，关键在于怎样认识自己的自卑，克服困难，超越自我。自卑是一种常见的心理状态，每个人对其的认识和解读存在差异，而自卑从某种程度上讲也是一种自恋。此外，成长环境也是自卑形成的一个重要土壤，尤其是童年时期父母的教养方式，不良的教养方式很容易让孩子形成敏感、自卑心理。[1] 来自农村的女主人公通过认真努力的学习考入了梦寐以求的大学，进入大学后希望能够以这样的方式继续找到一份好的工作，但是在残酷的现实面前却屡屡碰壁，此时没有积极有效的社会支持，而且强烈的自尊心又使得她不愿意放下面子回到家中，因为"现实我"和"理想我"之间的落差也引起了她强烈的内心矛盾冲突，无法及时化解，进而陷入自我的困境中。因此在"走投无路"的时候她便尝试了轻生的方式。在此之后，无法实现的作家梦便以幻想的形式进行展现，以填补内心的不甘。在治疗的过程中，最亲近的男友一直陪伴在她身边，不断给予她包容、支持和鼓励，最后女主人公得以康复，不仅认清了幻觉和现实，而且将自己这个过程中的经历写成书并出版，找到了自信，实现了自己多年的梦想。

"理想我"和"现实我"是大学生自我意识矛盾最突出、集中的体现。这种冲突一方面可能引发学生的焦虑、苦恼和内心的不安；另一方面，它也会激励学生积极寻求解决之道，以达成"理想我"与"现实我"之间的和谐统一。女主人公对现实中的自己不满意，不断地努力想要去实现自己的目标和理想，现实却不遂人愿，理想的目标又遥不可及，两者无法实现融合和统一。同时，女主人公多年的努力在毕业的时候一再受挫，这些是她始料未及的，因此开始对自我产生了严重的怀疑，经受不住打击，最终出现了精神方面的问题，以幻觉来满足自己未能实现的愿望。后期通过治疗，以及男友的陪伴，女主人公逐渐接受现实的自我，在理想和现实之间找到了平衡点，并且通过努力一点点地接近理想的自我，使得两者之间的差距不断减小，不仅实现了自我的成长，也实现了自己的梦想。

男友是女主人公重要的社会支持系统，因此在其恢复成长的过程中起着至关重要的作用。Cohen 和 Mckay 指出，社会支持是指保护人们免受压力事件不良影响的有益人际交往。[2]Cassel 等人指出，他人的支持在助力个体摆脱困境方面发挥着积极的推动作用，并对个体的心理健康产生极为深远的积极影响。具体而言，这种支持不仅为个体提供了额外的资源，以应对生活与工作中遭遇的种种挑战，而且有助于减少或避免不利情境对个体自身的潜在干扰。[3]Turner 在其研究中提出，为提升个体心理弹性，进而增强自信，并有效应对生活中各种不可预测的挑战，个体需获得来自社会的广泛支持。这种支持涵盖了多个层面，包括但不限于家庭成员、同学、社区邻里以及朋友等的支持。[4] 女主人公在与男友分手后，一个人独自面对巨大的挫折，现实的情境和自己之前一直努力想要实现的理想之间存在巨大的落差，使她陷入心理困境之中，通过幻觉这种方式来满足自己在现实中无法实现的愿望。在治疗中，男友的陪伴支持对于她而言就是莫大的社会支持，让她不仅能够感受到温暖和支持，也意识到亲密关系中的爱是无条件的包容和理解，和自己的优秀与否没有必然的关系，男友爱的是真实的自己，而非光鲜亮丽的"我"。在这个过程中，她实现了对于自己的接纳，在内心深处与那个自卑的"我"和解，接受了那个普通甚至自卑的女孩子，让自卑的自己重拾信心，也让曾经迷失的自己找到了方向。同时，女主人公在这个过程中对挫折以及自我的认知也发生了变化，失败并不代表着自己一无是处、糟糕透顶，曾经对自我的否定也逐渐转变为再次的努力。如果女主人公的家人与其关系亲密，在她遇到挫折不知道如何面对时能够给予及时的支持和帮助，或者她有较多的朋友，在无助迷茫的时候能向他们寻求帮助，那么女主人公都可能会因为周围的社会支持，更好地解决当下所面临的困境和压力。

剧中的女主人公的轻生举动是在处于低谷感到绝望、不知道如何应对困境时采取的一种逃避现实、解决痛苦的方式。谈到轻生大家自然不会陌生，造成这一举动的原因也有很多，如病理性、突发性事件或者冲动等，但无论是何种原因，在这里，我们都呼吁大家要珍爱生命，在遇到困难挫折的时候及时寻求帮助，切勿采用极端的方式。

工作启示

大学，是无数学生向往的地方，也是梦想开始的地方，进入大学的时候，新生们都有无数的憧憬和期待。由于未真正踏入社会，就业时会面临各种各样的困境，在此过程中，要经历从学校到社会人的转变，并且要将自己所学知识转变为实际的工作能力，这对不少大学生而言是一项巨大的挑战。若没有进行及时的调整，加之自己在成长过程中存在未完成的心结或者事件，就会很容易出现心理的问题。在当代大学生中，自卑心理、理想我与现实我之间的冲突是常见的心理问题，不仅影响日常人际交往，而且在遇到一些重大生活事件时还可能会引发一系列的心理危机。如能在日常的生活学习中发现、处理、引导，将会在很大程度上帮助这些学生成长。那么，我们该如何引导学生在自卑中成长，不断缩小理想我和现实我之间的差距呢？

（1）按照阿德勒的说法，每个人都有不同程度的自卑，但自卑并非只有坏处没有好处，它可以驱使我们不断地成长，不断超越自我。[5]因此我们要引导学生合理看待自卑，知道它是我们每个人生而存在的一部分，人人皆有，它的存在是我们前进的一部分动力，任何一种状态的存在都有其必要性。我们每个人都是不断地由弱小走向强大，自卑让我们看到自己的渺小，也让我们期待着自我的成长。因此看到自卑、正视自卑、超越自卑，才能让我们不断见证更好的自己。

（2）人是社会性动物，我们需要在人群中建立关系，并且通过这些关系看到自己，不断地完善自我认识、获得成长。欧文·亚隆也曾说，人们内心的困扰均源于人际关系的冲突。尤其是近年随着自媒体不断进入我们的生活，大学生将大部分的时间花在了网络上，通过微博、微信等方式了解信息，进行社交，而在这个过程中疏于日常人际关系的建立，后果就是由于网络交往占有了大量的期望值而导致现实交往的缺失，使人难以融入社会生活当中，造成现实世界中人与人的疏远。社会支持对我们每个人而言至关重要，现实中的人际关系是我们每个人最重要的社会支持系统，社会支持包括亲人、同学、朋友、师长等，我们从出生起就在不断地建立各种关系，这些关系也在不断地陪伴、支持我们面对各种问题、挫折，促进我们成长。因此，要鼓励学生在日常生活中多多建立关系，丰富自己的社会支持系统，遇到问题或者困惑时积极进行倾诉寻求帮助、寻找资源，这些都可以在一定程度上缓解压力，也能减少极端事件发生的概率。

（3）斯芬克斯之谜是认识自我的开始，认识自我是我们每个人一生的命题，在这个过程中我们不断进行自我探索和调整，通过比较法、经验法、内省法等方式认识自我，积极地悦纳自我，有效地调节自我，实现自我的蜕变。在实际工作中，我们可以通过心理健康课程、日常的团体活动中积极地开设此类主题的活动，引导学生进行探索，不断扩大自我的认识范围，接纳不完美的自己和自己的独特性，设置合理、恰当的目标。在日常生活学习中，我们要让学生意识到人无完人，每个人身上都有闪光点和不足。因此，每个人都要多进行自我审视，全面了解自己，发现优点并进行积极的肯定，学会自我接纳。"理想很丰满，现实很骨感"，理想是现实的升华，指向未来，比现在更加美满，人们容易拿理想来否定现实，但现实是理想的基础，因此只有不断完善现实的自我，才能让我们越来越接近理想的自我。

（4）班级作为大学中的基础单位，是大学生学习生活接触最多的一个组织，营造良好的班级氛围，多组织班级活动，加强班级同学的互动和相互了解，引导学生把"比较"变成"合作"，试着把自己融入集体当中，不仅可以结交到更多的朋友，同时能提升在大学的适应水平，通过与同学之间的交流实现相互学习，实现共同成长，增强同学们在大学生活中的归属感。不少研究表明，班级归属感可以提升大学生的心理健康水平。[6]

（5）大学生挫折教育，作为高校思想政治教育的核心环节之一，对于实现立德树人的根本任务具有不可或缺的重要性。它构成了学生全面发展过程中不可或缺的一部分，有助于培养学生面对挑战时的坚韧品质和适应能力。当代大学生面临的挑战和压力与日俱增，尤其是就业方面的压力，"内卷"让他们即便进入大学后也在巨大的压力下寻找自己的生存和发展空间。在充斥着竞争的环境中，挫折也会不断地出现。因此，我们也需要引导大学生全面地认识、了解挫折，更好地面对挫折，加强挫折教育，增强个体的抗挫折能力。

（6）在日常工作中，学院、心理中心要多进行减压、职业规划、自我认识、心理健康等方面知识的宣传，普及挫折教育和生命教育知识，加强大学生对心理健康知识的学习和理解，在日常生活中进行自我觉察，同时还可以及时识别周围同学存在的问题，使用更加专业的方式进行沟通、解决，在必要的时候寻求专业的帮助。辅导员也要对内向、自卑、回避社交的学生进行及时的关注，经常与他们谈心谈话，进行鼓励和支持，引导他们不断成长。

（7）家庭教育在个体成长过程中的重要性不言而喻，国家也高度重视，于2021年颁布了《中华人民共和国家庭教育促进法》，以帮助社会和家庭更好地开展家庭教育。家庭作为孩子第一个也是最为重要的一个成长场所，对每一个孩子的人格发展、身心健康都起到至关重要的作用，良好的家庭教育，将促进孩子一生的发展。大学生即便作为成年的个体开始了全新的生活，但是父母在这个过程中的作用，以及和学校之间的良好互动依旧可以帮助他们更好地成长。同时，家庭作为个体重要的社会支持系统，通过家校之间的互动也能给予孩子更多的支持和帮助。

总之，我们要通过各种途径，尤其是加强家校联动，不断帮助大学生形成完善的人格和积极健康的心态，合理认识自卑、超越自卑，提升抗挫折能力，不断缩小理想我和现实我之间的差距，实现自我成长，顺利完成学业，更加独立坚强地应对社会生活，活出精彩人生！

　　（剧本编写：原暨南大学珠海校区艺术团司仪队；剧本修订、心理分析及工作启示撰写：王佩佩、胡欣月）

参考文献

　　［1］赖运成，叶一舵，程灶火. 父母教养方式与中学生人际敏感性的关系［J］. 中国临床心理学杂志，2014，22（5）：907-910.

　　［2］COHEN S, MCKAY G. Social support, stress, and the buffering hypothesis: a theoretical analysis［M］. Hillsdale, NJ: Erlbaum, 1984.

　　［3］SARASON I, LEVINE H, BASHAM R, et al. Assessing social support: the social support questionnaire［J］. Journal of personality and social psychology, 1983, 4（1）: 45-51.

　　［4］TURNER S G. Resilience and social work practice: three case studies［J］. Family in society, 2001, 82（5）: 441-448.

　　［5］阿德勒. 超越自卑［M］. 全译本. 黄国光，译. 北京：国际文化出版公司，2005.

　　［6］尹江霞. 大学生班级气氛、自尊与学校生活满意度关系研究［D］. 南宁：广西大学，2010：13.

当虚荣是一个动词

——驾驭而不是被驱使

角色介绍

落落：出身贫穷的小山村，本质淳朴善良，性格开朗。后来禁不起大都市的繁华与诱惑，为了满足虚荣感而只顾赚钱，荒废学业，还受到失恋严重的打击。经历严重挫折后，不断自我反省，最后重新开始新的生活，积极向上。

诗华（舍友）：出身富裕家庭，自小过着公主般的奢华生活，以自我为中心，性格直爽，大大咧咧，很少考虑他人的感受。

洁芳（舍友）：出身小康家庭，心地善良、乐于助人。有一个贴心、有钱的男友。

燕燕（舍友）：极度热爱钻研的学习狂，不追捧时尚潮流的前沿生活，学习认真，心中充满雄心壮志。

欧辰：出身富裕家庭的"富二代"，享受生活，表面凛然正气，内心是披着羊皮的狼。经常和不同女孩交往，谈女朋友都是抱着玩乐的心态。

天使：落落的正面化身，有雄起起的斗志和正义感。

魔鬼：落落的负面化身，内心狡猾邪恶，思想腐败。

剧情简介

大学作为社会的一角，同样充满着机遇和诱惑。出身于贫穷山村的马落落，性格单纯，在宿舍生活中经常羡慕于诗华的奢华物质生活，逐渐地，生活中发生的点点滴滴让出身山村的落落惴惴不安，渐渐产生自卑的情绪，为了追求同样的物质生活，开始迫使自己做出改变，成为酒吧歌手。从此之后，她慢慢开始享受起这种虚荣的生活，同时渐渐被这种贪婪的欲望吞噬。被男友欧辰抛弃后，落落开始醒悟，不再过度追求金钱和物质，彻底改变自己，努力学习，提升自我，最终顺利毕业并在全国赛中获奖。

精彩剧情

第一幕　记者采访

旁白　每个人的人生都像一个螺旋上升的阶梯，路上有荆棘也有波澜，有机遇也有诱惑，你是否能坚定地朝着自己的目标，克服挫折，勇敢攀登呢？

记者　马小姐，恭喜你的作品获得全国优秀设计一等奖。听说你在大学里是一位十分勤奋努力的学生，可以给我们讲讲你的大学经历吗？

落落　谢谢。其实成功来之不易，一时半刻的荣耀带给我们的也只是虚荣。大学的经历告诉我，今天的一切不过是我成长的又一个里程碑……

（最后几个字减速，摆出陷入回想的动作，关灯，开始倒叙……）

第二幕　最初的我

（场景：宿舍）

旁白　经过 12 年的努力奋斗，落落终于考上了心目中的大学，大学地处繁华的都市中心，从小山村里来的落落心中别提有多兴奋了……但是，大学就像个开放的社会，到处充满机遇和诱惑。逐渐地，生活中发生的点点滴滴让出身山村的落落惴惴不安……

（燕燕在座位读书，诗华和洁芳对话，落落听到后也好奇地凑过去）

诗华　嗨，美女们，看我这个包包漂不漂亮？这可是 LV 正品哦！（向寝室同学炫耀自己的 LV 新包包）

洁芳　哇，是 LV 呀，真羡慕你啊，诗华！

燕燕　唉……（边扭头边转身继续读书）

落落　什么是 LV 啊？

诗华　落落你真是 out 啊，LV 可是国际名牌包包哦！哈，干脆把我旧的那个送你好了，不要太感动哦！（鄙视的眼神）

（落落脸红地低下了头）

洁芳　（靠近落落，安慰她）诗华，你咋说话呢？落落，别理她。（洁芳手机响起）哎哟，我男友又来接我去看杰伦的演唱会了。呵呵，姐妹们，先走了！

诗华　啊，有个有钱的男友了不起呀，想要什么开口就好。落落，赶紧花点钱装扮自己啊，你这样子谁要你啊？

落落　（低头说）可我每月只有 400 块生活费……

诗华　呃……那以后我不要的衣服也全送你好了，怎么也比你现在的好。（离开）

落落　（走到燕燕旁边）燕燕，你可以教我点有关时尚的东西吗？我什么都不懂。

燕燕　（凝重地说道）落落，学生时期应该以学业为主！（手持书本）

落落　哦……（表现出难为情）

旁白　诗华高高在上的凌驾，洁芳幸福的爱情生活，燕燕优异的学业与落落自己家庭的贫困，仿佛是金字塔的四条棱，拉拽着落落的小心灵。

落落　（独白）难道我出身小山村，有错吗？难道我不谈恋爱，有错吗？可……我连学习也比不过燕燕，难道我天生很笨吗？我……我……不行，我不可以继续这样！

第三幕　内心最后的挣扎

旁白　可是面对昂贵的衣饰，区区 400 块怎么够呢？！一天，落落在找兼职的路上，看到了一张酒吧招聘兼职的广告。

落落　要求思想前卫，时薪 300 块……这上面写着要招酒吧歌手呢！也不用太多条件，只是有时要陪客人喝酒就行了！我要不要去试试啊？！可是……

（落落的心里开始了一场挣扎）

天使　落落，你要做一个专注于学业的大学生、一个纯洁优秀的女孩子，不可以去酒吧那种地方的！那里很乱！！

恶魔　（夸张的表情）哇，我好喜欢 LV 啊，好喜欢漂亮的衣服，酒吧给的薪酬可是很高的哦！为了漂亮的衣服，落落，向"钱"看没有错！

（手里举着一个牌子：向"钱"看）

29

天使　落落，你要做一个品格高尚的女大学生，不可以为了钱而出卖自己的人格啊！

恶魔　落落，找其他兼职好辛苦啊！还是这个来钱快！！别犹豫了，上吧！

天使　落落，大学是专心读书、认真做学问的时候，不能浪费光阴在物质生活的享受上啊！

恶魔　落落，年轻就是资本，此时不 happy 享乐，还待何时啊！再说，你想总让别人说你老土吗？这份兼职既能玩，还能赚钱，一举两得！落落，快去参加面试吧！

天使　不能让贪婪吞噬掉你的人格。

恶魔　落落，去吧！

（天使、恶魔来回拉扯落落。落落被恶魔拉过来了）

落落　我……我……我豁出去了！！！（恶魔露出狡黠的笑容，同时做出胜利者的姿态）

第四幕　虚假的爱情

旁白　落落成功地进入了酒吧当歌手。一开始会不好意思的落落慢慢地享受起这种虚荣的生活，在校园里，她也不再羡慕诗华的富裕，不再崇拜燕燕的成绩，她感觉自己就是一道亮丽的风景线。这天，落落如往常一样在酒吧上班，现场像平时一样热闹，不同的是，落落今天发现一个特别有魅力的男生（欧辰）一直看着她。

欧辰　小姐，唱得不错啊，来喝一杯吗？

落落　好啊，那我不客气了！

欧辰　我叫欧辰，你呢？

落落　叫我落落就好了！

欧辰　初次见面，这个送给你。

落落　哇？怎么好意思啊？！我们才第一次见面！

欧辰　啧啧啧……我对喜欢的女生一向很大方的。

落落　哈哈，那我只好收下了……（开心地打开礼物）哇！好漂亮的手表啊，这不是劳力士新款的女表吗？（心里默念）这人这么有钱啊！才第一次见面就这么大手笔！

欧辰　喜欢吗？那我们交换一下联络方式吧！说不定以后有更好的礼物送你呢！

落落　（脸上露出满足的微笑）好啊！（独白）不要白不要！把他钓到手应该很不错吧！

旁白　从那天开始，欧辰经常来听落落唱歌，等落落唱完，他们就喝喝酒、聊聊天。而欧辰也常常送一些礼物给落落，对物质很看重的落落自然对他很有好感。

　　　（场景：坐在宝马上）

落落　哇，你的车好酷啊！

欧辰　你喜欢的话，送给你也是可以的。

落落　你真坏，别开玩笑了！

欧辰　哈哈，送女朋友东西怎能是开玩笑？（搭肩）

落落　我现在可不是你女朋友哦！（欲拒还迎地推开）

欧辰　（摘下墨镜）落落，做我女朋友吧？

落落　真的可以吗？！

欧辰　当然！看，这送你！（掏出一条项链）

落落　哇！好漂亮的项链啊！欧辰，谢谢你！（随即依偎在欧辰的肩上）

第五幕　真相

旁白　从那天起，欧辰就不断给落落天堂般的生活享受，落落也觉得人生从此有了彻底的改变。这天，落落一个人在逛街，进行她奢侈的购物。

落落　（打电话）喂，欧辰啊，我刚刚看到一个很漂亮的包包啊，你买给我吧！

欧辰　喂？我在出差，很忙……就这样吧，拜。（搂着清纯女孩无暇接落落的电话，胡乱敷衍她，然后就挂了电话）

落落　哼，在说些什么啊？（转身往回走，却看到欧辰搂着清纯女孩）

落落　（跑上前去推开女孩）你是谁啊？竟然勾引我男朋友！

欧辰　（反推落落）喂，你干什么啊？

落落　你推我？！她是谁啊？

欧辰　她？她是我女朋友啊。

落落　她是你女朋友？那我呢？

欧辰　你？呵，还用问吗？我和你已经结束了。

落落　（拉着欧辰的手）欧辰，你怎么能这样，我是真的喜欢你的啊！

欧辰　（甩开落落的手）哈！喜欢我？你这种女人，不过是爱我的钱。你还真以为我会和你认真啊？

落落　不要啊……（开始捂脸痛哭）

欧辰　分手快乐，祝你快乐，我已经找到更好的。

落落　（立马转变）那既然都说到这个份上了，分手可以啊，你先付分手费吧！

欧辰　哈！分手费，总算是说到本质了啊？（把支票拿出来撕了扔在地上）拿啊？哈哈哈……（扬长而去）

落落　不行！你不可以走！不，你不能走，你还没有给我钱啊！不，不，不要走，我的钱，我的钱！！

第六幕　崩溃

旁白　那天以后，落落心里有如从高峰坠入谷底的感觉。欧辰的出现原让她以为自己可以变凤凰，如今，凤凰变不了了，这一切表面的虚荣都不过是假象，回到原来生活的她，接受不了这个落差，常怀疑他人的想法，感觉所有人都在背后议论自己。

诗华　呵呵，穷鬼始终是穷鬼，这下把你打回原形了吧？

洁芳　你看我男友对我多好？你男友呢？哈哈！

燕燕　早劝你专攻学业的啊？你怎么没好好学习？你看你现在，真是失败……

诗华　自作自受……

洁芳　呵呵呵……

燕燕　哼哼……

落落　我不是这样的……啊，天使，你救救我！（爬到天使跟前）

　　　（突然想起天使的落落，正要向天使奔去，结果魔鬼跳了出来，落落非常害怕）

魔鬼　落落，你做得没有错，继续回酒吧工作吧，说不定下一个欧辰，在等着你呢！哈哈哈……

（欧辰走上台，面向观众，表现奸诈）

落落　欧辰！是欧辰！是他！是他害了我！我……我要毁了他！（说着就要冲到欧辰那里）

（天使大声呼喝，其他的一切消失了）

第七幕　回头是岸

天使　落落！你醒醒！那一切都是假的！毁掉你的不是欧辰，而是你的贪婪！

魔鬼　爱慕虚荣有什么错？不然哪来钱打扮？！哈哈！

天使　落落，大学生的任务是学习知识，为未来积蓄能量，贪慕一时的虚荣会毁了你的。

魔鬼　落落，年轻就这几年，尽情地享受这种快感吧！

天使　落落，金钱、荣耀只是生活中很小的一个部分，人生还有更重要的东西值得你去追求、去热爱！

魔鬼　（探出头说话，奸笑）落落，回到酒吧吧……

天使　哼！（把魔鬼踹下台）落落，希望得到他人的认可是好事，但旁门左道得来的灿烂只是昙花一现的虚荣！

落落　可是……

天使　谁都会犯错，但你又会在错误中领悟到什么呢？不要让追求变得贪婪，一时的虚荣不代表什么，你要靠真正的实力去创造属于你的生活，你的未来！

魔鬼　（从台下艰难地爬上台）落……落……跟我走吧，现在就出发！！

落落　我……我……我不能再去酒吧了，不能再虚度光阴了，我不要你，你走开！我已经遍体鳞伤了，我不要再过这样虚幻不踏实的生活了，什么化妆品，什么LV，我通通都不要了，我就是我，我只想每天踏踏实实地学习，我要好好念书，只有念书能帮助我不断完善自己，提高我的内在修养。既然我无法改变自己的外在，那我就好好握住现在手里拥有的机会，我不能再堕落了，父母辛辛苦苦赚的钱是来供我念书的，不是让我来这里跟别人攀比的，我要摆正自己的心态，我要对得起父母辛苦赚的钱，我要好好把握大学这个平台来充实自己。经历了这些，我现在深深地后悔，过去的所作所为不仅伤害了自己，因为那本不是我想要的大学生活，而且也丝毫没有因此和舍友形成亲密无间的关系。我错了，真的错了，现在补救还来得及吗？我还有得救吗？……不，没有人能救我，只有我自己能救自己，什么时候都不晚，只要我下定决心，我一定可以的，我一定可以，我一定可以！（坚定地）走开！我要，我要和天使在一起！

天使　（唱一句歌词）我和你，心连心，永远在一起！（拉着落落，舞蹈姿势，演唱《我和你》）

第八幕　现在的我

（一切恢复到第一幕，落落保持发呆回忆的样子）

洁芳　哎呀！你们看，那不是落落吗？她获奖了？

燕燕　快过去看看！

诗华　落落，恭喜你啊！

落落　呵呵，谢谢。

心理分析

　　"本我""自我"以及"超我"的概念，由奥地利著名的精神病医师、心理学家及精神分析学派的奠基人西格蒙德·弗洛伊德，在其1923年的著作《自我与本我》中首次阐述。[1]其中，"本我"指代个体与生俱来的本能冲动所构成的人格原始部分，它包含人类的基本本能与冲动，且不受逻辑与道德的约束，仅遵循"快乐原则"，盲目追求满足；"自我"则是人格中负责调节与应对外界刺激的系统，它在生存与现实的不断挑战下，寻求满足与避免痛苦的平衡；而"超我"则代表了个体道德化的自我，它反映了儿童成长过程中所处社会的道德要求和行为标准，是人格分化出的能够进行自我批判的道德控制部分，与"本我"直接且尖锐地相冲突。[1]

　　在本剧中，主角落落本性淳朴善良，却因羡慕他人的高端物质生活，从而追求享受高端物质生活的快感，又因家境不好而无法改变现时的境况，最后慢慢地被这种贪婪的心所侵占，迫使自己看到高薪兼职而忍受不住引诱，从而获得一时的虚荣，渐渐地爱上这种虚荣的快感，不能自拔，不断追求贪婪和虚荣，妄想自己可以认识有钱人，沉迷于金钱带来的快乐，成为金钱的奴隶。这在心理学上是来自本我经外部世界影响而形成的知觉系统，驱使落落为获得现实的物质生活，使自己的虚荣心得到满足，而选择成为金钱的奴隶。幸好剧中主角最后悬崖勒马，幡然醒悟，意识到不能再沉醉于贪婪所带来的物质生活，而应该通过努力学习、提升自我来获得他人的尊重，追求阿德勒主张的将心灵与肉体进行统一。在本剧中，此处的心灵可理解为追求人生正确的价值观，正确认识虚荣贪婪的心理所带来的快感，这是一种超我的境界，受道德的约束，也是超越本我与自我的人格行为规范。

总而言之，物欲的追求总能给人带来短暂的满足感和更大的空虚感，人的欲望是不断增长的，如果将自己的追求限定于物质上的享受，只会招致更大的不满足和过激、非理性行为。对于欲望，我们更应该保持理性，合理争取，同时要对自己进行认知升级。物质的享受只是欲望满足的最低级的形式，丰富自己的内心与成长，让自己对这个世界有更多的解读，去追求自己欲望的真正满足点，并以正确的形式表达和表现出来，这才是人与动物的最大区别。人类拥有思考和思维，更能懂得如何以不同的方式去满足自己的欲望与需求，并以一种合理的、让大众能普遍接受的方式表现出来。哈佛大学教授迈克尔·桑德尔曾在他的"正义"（Justice）公开课中说到，"我们可以如同动物一般活着，简单而容易满足，哪怕往往只能看到事物的一个方面，但至少我们过得快乐；同时我们也可以像人一般活着，充满的痛苦与悲伤，但我们更能看清这个世界，看到事情的方方面面"。无知且快乐，还是睿智而痛苦，你的选择决定了你的人生。如果我们像落落一般只是单纯地追求物质的享乐，沉浸在物质的攀比与炫耀上，而不去追求与之相匹配的能力与精神需求上，那么梦境终将破灭，这不正是那些所谓的"土豪"与"贵族"的区别吗？不同的在于，"土豪"至少拥有与其物质享受相匹配的挣钱能力，相同的在于，落落如"土豪"一般，一朝得以满足，便沉溺其中，迷失了自我，失去了本真，忽略了人的欲望永远无法满足的现实。

因而，物质追求只是最低级的追求，是永远没有上限、永无止境的追求，沉溺其中，只能难以自拔；认知升级，方能认识自我，找到自己真正的欲望最佳满足点，让自己内心富足。当现实与理想发生冲突，想要摆脱现状，就必须努力追求知识，在对待知识和学习上，就要多一点"贪心"，要有永无止境的追求。但在物质的需求上，我们不需要华丽，而是要少一点贪心。假如主角不是那么爱慕虚荣，把剧中的燕燕作为榜样，向燕燕学习，或许会比现在的自己更有成就。当然，在错误中成长，从社会生活中领悟真谛，才能真正地改变自己。现在的落落就是一个在挫折中重新站起来的人，只有历经风雨的创伤，才能成为一棵坚忍不拔的大树。

工作启示

虚荣心理，作为一种病态的社会心理现象，其本质是自尊心的过度展现。这种心理体现在为追求荣誉与普遍关注而展示的不正常社会情感中。针对大学生群体，其虚荣心理在物质与精神层面均有体现。这一现象的成因，既受社会不良思潮的渗透，又受到其成长环境与教育背景的深刻影响。因此，培育大学生健康心理，树立正确的人生观和价值观，是一项持久且充满挑战的任务。大学生的虚荣心理具有多面性，在学习、生活及日常社交中均有所体现，并因个体差异，如性格、经历等，而呈现不同程度。[2]

在物质生活的追求上，部分大学生展现出了盲目的攀比倾向，这已成为虚荣心理在大学生群体中普遍且显著的表现形式。具有这种心理的大学生普遍秉持着"你拥有我亦要拥有，你缺乏我亦要追求"的价值观。有些同学羡慕别人拿着苹果手机，觉得很有面子，所以想尽各种方法也要买个苹果手机，翻新机也好，反正手机壳一套，别人也看不出真假，以求得周围人的赞赏与羡慕。在校园中，甚至有一些女大学生为了满足个人的虚荣心，选择与"富二代"建立恋爱关系，而非真正追求情感上的契合。尽管这可能并非她们的初衷，但校园中盛行的攀比之风，往往使她们难以抑制虚荣心的膨胀。为了获取金钱、首饰、进口化妆品等物质享受，她们不惜牺牲道德底线，完全沉浸在物质上和精神上的短暂满足中，难以自拔。[3]

在精神生活层面，部分大学生存在过度自诩的倾向。在校园中，有些人过度展现自己，对于无法完成的事项却坚称自己能够胜任；面对自身能力的不足，却执意声称自己具备相应能力；对于自身知识的欠缺，却故意装出通晓一切的姿态。他们渴望出类拔萃，希望给他人留下良好的印象，并期待获得他人的尊重和意见采纳。在私下里，他们热衷于与他人暗中竞争，担心自己的弱点被暴露，处处展现出强烈的竞争心理。当出现缺陷时，他们往往寻找各种理由进行掩饰，对于他人的才能则心生嫉妒，进行无端的指责和诋毁。[3] 这种虚荣心理在不知不觉中侵蚀着大学生原本单纯向上的心灵。针对当代大学生中出现的这种不健康心理现象及其所引发的负面社会影响，我们必须进行深入的分析，并寻求有效的解决策略，以矫正大学生的虚荣心理，促进他们的健康成长。

因此，加强当代大学生的思想政治教育工作刻不容缓，对于学生的心理失衡与调适问题，学生本人和教育工作者应如何做呢？

（1）树立正确的人生价值观。古巴民族英雄何塞·马蒂说："虚荣的人注视着自己的名字，光荣的人注视着祖国的事业！"一个人的价值并非取决于其个人的自我感受，而应当基于其行为所承载的社会意义。对于个人价值的认知，必须建立在对社会责任感的深刻理解之上，并正确把握权力、地位、荣誉的本质内涵以及人格自尊的真实价值。在学生阶段，个体开始为了特定的价值目标而学习，使得学习成为一种自觉、主动且持久的活动。因此，我们应立足于现实，将个人的理想与国家、民族的未来紧密相连。当一个人追求的目标愈显崇高远大，其对一般的荣誉和地位便会愈发不屑一顾。当一个人的心中充满了对进步事业的追求，并以此作为自己的奋斗目标时，个人的虚荣心便会显得微不足道，虚荣对其亦不再具有任何实质性的意义。因此，树立正确的人生价值观，确立远大的人生目标，将有助于大学生避免为一时的虚荣所动摇。[4]

（2）教育工作者的教育指导。教育工作者应当对这一问题给予高度重视，并务必引导大学生运用马克思主义的立场、观点、方法审视问题，以确保他们树立正确的世界观、人生观和价值观。通过开设心理课程、举办讲座等多样化形式，全面加强心理健康教育，同时利用校内多种媒体广泛普及心理健康知识，旨在提升大学生的心理素质。此外，应建立并不断完善心理咨询与治疗机构，专项为大学生提供服务，确保他们的心理问题能够得到及时、有效的帮助与治疗。教育工作者还需频繁深入学生群体，关心其学习与生活，积极了解他们的想法与感受，协助他们正确认识并分析自身存在的虚荣心，认清其潜在危害，进而引导学生将虚荣心转化为积极健康的进取心。

（3）创造良好的学校环境。学校环境对学生成长具有举足轻重的意义。优质的学校环境以及积极健康的校园文化氛围，对于预防心理疾病、促进心理健康具有显著作用。为了有效引导具有虚荣心倾向的学生，应积极树立正面典型，发挥榜样力量的教育作用。具体而言，可以从名人的传记、名言中汲取智慧，特别是那些脚踏实地、不慕虚名、锐意进取的校园人物，将其作为学习的楷模，激励学生们向这些典型看齐，不断完善自我，形成实事求是、不自以为是的人格品质。

（4）树立正确的恋爱观。在处理恋爱、学业、事业三者之间的关系时，需保持理性与稳健的态度。恋爱固然是人生中的一大美好体验，但它并非人生的全部。大学生应首要关注学业，因为学习是其主要任务，也是实现个人价值的关键所在。事业的重要性高于爱情，倡导以事业为主，避免过早陷入恋爱。然而，这并不意味着爱情会阻碍事业发展，恰当处理的情况下，爱情甚至能成为事业的催化剂。[5]

关于如何树立正确的恋爱观，我们提出以下建议[6]：

① 提倡志同道合的爱情：在选择恋人时，应注重双方在三观理念与人生追求上的高契合度和高一致性，包括日常相处、事业目标、人生理想等观念的契合，实现双方在生活、事业、理想、人生价值上的相辅相成。当异性间的情感发展遵循着逐步了解、认识交流逐步加深、相互吸引爱慕的自然轨迹时，爱情也在这种交往中产生并深化。

② 摆正爱情与事业的关系：大学生应将事业置于优先地位，合理调整爱情与事业的比重。不应将宝贵的时间过度投入恋爱之中，而应专注于学业，确保学习不受影响。因为学业是大学生实现自我价值和社会价值的核心支柱。

③ 深刻理解爱情的内涵：真正的爱情是以相互理解、包容、信任、负责为基础发展的。在这样的爱情中，因为相互理解，一方不至于固执己见，另一方不会因遭到忽视而产生争吵、矛盾、内耗；因为相互包容，双方不必刻意迎合、失去自我；因为相互信任，在信任对方的同时会加强自信，遇到问题不会苛责自身；因为相互负责，双方才能不图一时之快，长久地相伴相爱。

为此，学校应积极开展恋爱关系等问题的讲座，以引导学生形成正确的恋爱观念，促进其健康成长。

综上所述，大学生应当以严谨的态度面对此类问题，积极塑造正确的价值观。同时，教育工作者应切实履行职责，妥善应对学生的需求，协助他们准确识别并分析自身存在的虚荣心态，深入认识虚荣心的潜在危害，进而引导学生将虚荣心转化为积极健康的进取心，促进其全面发展。

（剧本编写：孙玉环、杨婷婷；剧本修订：孙玉环、张淑敏、邓伟健、林慧灵、孟梓怡、彭粤、简凯鹏；心理分析及工作启示撰写：孙玉环、张淑敏）

参考文献

[1] 弗洛伊德. 自我与本我 [M]. 林尘，张唤民，陈伟奇，译. 上海：上海译文出版社，2011.

［2］高立宽. 当代青年学员虚荣心理探析［J］. 解放军艺术学院学报，2008（4）：93-94.

［3］樊悦宁，任中平. 当代大学生的虚荣心理及其矫正探讨［J］. 现代农业，2008（10）：78-79.

［4］李志强. 试析大学生虚荣心理的教育对策［J］. 湖南科技学院学报，2003，24（5）：154-156.

［5］储玲玲. 如何帮助当代大学生树立正确的恋爱观［J］. 科教文汇，2011（7）：35.

［6］李超，刘慧. 针对大学生恋爱心理问题谈高校思想政治教育［J］. 中国科教创新导刊，2011（11）：242.

包袱

——无贪一身轻

角色介绍

小占：有一定的羞耻心，优柔寡断，容易盲目，没有坚定的人生观。

诚诚：家庭经济困难，孝顺，善良，不善言辞，有些内向。

占老板：小占父亲，中年暴发户形象，没文化。

诚妈：四十多岁的工地工人，贫穷却善良，疼爱自己的孩子，三观正确。

秘书：阿谀奉承，趋炎附势。

同学A：小占同班同学，有正确的三观。

同学B：小占同班同学，了解小占的家庭情况。

倪老师：温和而包容的女老师，充满智慧。

剧情简介

小占家境十分优渥，但他的父亲占老板是个十分喜欢占小便宜的利己主义者。小占考上大学后，占老板从秘书那里得知，可以凭借一张家庭经济困难证明申请助学金，便叫小占去申请助学金。于是，家庭并不困难的小占在父亲的教唆以及奢侈品的诱惑下申请了助学金，而真正是家庭经济困难的诚诚却甘愿让出名额给更需要的人。最终，在同学的非议声中，在老师的帮助下，在金钱的诱惑与内心的良知的斗争中，小占终于承认了自己的错误，卸下了内心的包袱，大学生活也越来越好。

第一幕　金榜题名

占老板　（滑稽音乐）嗨，大家好！本人姓占，名便宜。（穿西装，领带打歪一点，一边拿着梳子梳头，一边照小镜子，一副油头粉面的样子）我呀，在占家镇经营了一家房地产公司——占便宜房地产有限公司，在这镇上也算是有头有脸的人物。十多年在商场摸爬滚打的经历，我总结出一条"占式定理"，那就是有便宜就要占，不占是傻瓜，要趁一切机会投机倒把，钻空子，这样才有利可图。我的座右铭是"超越铁公鸡，要做黏公鸡"，便宜能占多少就多少。

（小占接到大学的录取通知书很高兴，拿起电话就喊"喂，老爸……"，然后发现是"嘟嘟嘟"的声音，原来还没有拨通。然后小占再重新拨通电话）

占老板　（手机铃声响起）喂，小占啊。

小占　（兴奋大喊）喂，爸，我拿到大学录取通知书了！

占老板　啊？！好儿子，等爸回去好好犒劳你！

秘书　（一直站在占老板旁边）占老板啊，恭喜恭喜。贵公子厉害啊！这所大学可是国家重点大学啊！（竖大拇指）

占老板　是啊！犬子真是为我争了不少气，赢得了不少脸面。可这出去读大学听说花费不少啊！

秘书　哎，没事。占老板，我给你支个招。现在大学生只要有一张家庭经济困难证明就可以在学校登记为困难生了，听说每年光助学金就几千块呢！还有其他补贴，几乎不要什么钱的。

占老板　哦，果真有这等好事？

秘书　嘿嘿，占老板，就交给我。不就是一张困难证明嘛。

占老板　那你就费心了。

秘书　没问题，小意思。

第二幕　新生开学

旁白　　新生开学了，这天，兴奋的小占在爸爸占老板的陪同下，一起来到了心仪已久的大学。

占老板　儿子啊！来，把书包背上！同时将家庭经济困难证明塞入书包中。

（书包上贴"包袱"二字）

小占　　咦，这是什么？

占老板　困难证明啊。

小占　　啊？！可咱家不困难啊！

占老板　傻儿子，这你就不知道了，你老爸我要是诚实，咱一家三口都要到大道上喝西北风去了。这年头挣钱不容易。省下钱来买苹果手机，去旅游不好吗？

小占　　好是好，可是……可是我们家确实不困难……

占老板　哎，现在这个世道，开宝马、大奔却住低保房的人都多的是，咱这算啥！有便宜不占白不占！

小占　　哦……

占老板　乖儿子，老爸先回去了上班了，一定记得把这证明交给老师啊！

旁白　　带着这张困难证明，虽然很为难，但小占还是选择了"绿色通道"。

第三幕　班会

倪老师　同学们，我来通知一件事情，目前我们班共有 4 名同学交了困难证明材料，但因为今年学校比较多人申请，我们班只有 3 个助学金的名额，所以，可能会有同学得不到助学金，申请了助学金的同学如果有什么要求或者特殊的情况的，可以等下到办公室找我。

旁白　　老师走了之后，小占的心一直平静不下来，他决定给爸爸打个电话。

占老板　喂，小占啊。

小占　　喂，爸，是我。

占老板　有什么事吗？

小占　　噢，老爸，关于之前那个助学金的……现在班里的助学金名额只有 3 个，可是有 4 个人申请了……

占老板 嘻，就这事儿啊，你就甭管有多少人申请了，反正咱们有家庭经济困难证明，你先去争取了再说。到时候你领到助学金了，老爸再资助 2 000 块给你去旅游。

小占 哈？真的？太好了，谢谢老爸。

旁白 此时的小占完全沉浸在自己的世界之中，旅游胜地、苹果手机、平板电脑不断地从他的脑海里飘过……此时此刻，心里不平静的不仅小占一个，也包括诚诚。终于，诚诚也决定给家人打个电话。

诚妈 喂，谁呀？

诚诚 妈，是我。

诚妈 咦？是诚诚啊！这一个月来好吗？

诚诚 好，好……妈妈，是这样的，现在我们班在评选助学金，包括我有 4 名同学交了申请表，但是只有 3 个名额……

诚妈 诚诚啊！咱家确实很困难，但如果其他同学比你更困难，你就把名额让出来吧，大家都不容易。

诚诚 不是，妈，我觉得你和爸好辛苦啊！每天晚上我都睡不着，一闭上眼睛就是你们辛苦劳累的样子。

诚妈 诚诚啊，你不用担心爸妈，你考上重点大学了，我和你爸再苦再累也值得。

诚诚 可是……妈……

诚妈 咱是穷人家的孩子，上大学了，要学会自强自立，你可以通过勤工助学、兼职来完成学业。

诚诚 噢，知道了。妈，你和爸放心吧，助学金我会让给更有需要的同学的。

第四幕　挣扎

旁白 就这样，几天过去了。在小占依然沉浸在自己世界的同时，他却不知道身边的同学对他的态度正在悄然地发生改变。

同学 A 欸，听说咱们班的诚诚要把助学金的资格让出来了。

同学 B 啊？可是小占他家不困难啊，我前几天听一个老乡说他爸爸是搞房地产的，家里还开着大公司呢！

同学A　啊？！这样还申请助学金，太不像话了。

旁白　小占独自在校园里走着，他感到很孤单，越发感到自己的腰被沉重的背包压得喘不过气来。他开始思考，自己为什么会这么累。小占在校园里坐下，喘着大气，慢慢地把背包带往外拉。

脑海中出现的占老板　你……不想要平板电脑了吗？

小占　我觉得现在真的好辛苦啊！

脑海中出现的占老板　你不是想去旅游吗？这是一个好机会！你领到了助学金，老爸再奖励你2000块，拿这些钱去旅游。

脑海中出现的同学A　哼，像你这样的人不配和我们做朋友。

脑海中出现的占老板　傻孩子，这个社会里，有钱才是王道，朋友算什么，你有了钱，还怕没有朋友吗？

旁白　小占脱下背包，但被包袱压倒在地上。然而，这一切都被辅导员倪老师看在眼里，她决定帮助这个孩子。

第五幕　团体辅导

倪老师　同学们，今天我把大家带到操场上，是为了和大家一起玩一个游戏。游戏的名字叫作"优点大爆炸"。

同学A　老师，什么叫"优点大爆炸"？

倪老师　是这样的，我们随机选一位同学，然后大家就说出他的优点来，好不好？

同学们　好好……嗯嗯……

倪老师　第一个是诚诚。

同学A　诚诚他善良！老实！

同学B　诚诚他乐于助人！

倪老师　确实，诚诚在我们眼中是一位非常不错的好同学，诚诚，你有没有什么话要跟大家分享的？

诚诚　谢谢大家给我的评价，我真的很感动，我知道我自己有很多地方做得其实不够好，但是我相信有了大家的支持，我一定会做得更好。谢谢大家。

倪老师	好，那下一位同学，小占。
倪老师	大家现在来说说小占同学的优点吧。
倪老师	大家怎么不说话了？其实啊，我们每个人都有自己的优点，咱们应该善于去发现美，哪位同学先说？
同学 A	小占他长得高，穿得时尚。
同学 B	小占他很能吃，很能玩。
小占	其实……其实我……
倪老师	小占，你是不是有什么要话要跟大家说呀？
小占	嗯。上大学以来，我都没有什么机会跟大家好好说说话……我原以为在大学里可以交到很多好朋友、好哥们，可是最近我发现大家都避着我，不愿意搭理我……我知道我犯了个错误，我不该走"绿色通道"，不该占助学金这个便宜……看到大家都避着我，不和我做朋友，我其实很难过……真的……很孤单……我会改……我会改……希望你们……可以原谅我。
倪老师	善与恶其实就是一线之差，你能认识到错误，能在大家面前坦白，这证明你已经真的知道错了，我想，同学们也一定会理解你的，对吧？
诚诚	老师说得对，小占认识到自己的错误了，咱们应该原谅他。
同学 A	嗯，这段时间小占应该也不好受，咱们就原谅他吧。
同学 B	我们相信他会改正的。
旁白	虽然知道大家已经了解自己的事，但是小占发现，当自己把一切都坦白的时候，心情是如此轻松，这个从大学第一天起就从父亲手中接过的包袱，这个曾让他有过幻想的包袱，这个曾让他的良心饱受折磨的包袱，这个压得他喘不过气的包袱，终于……卸下了……
小占	（把身上的包袱摔到地上，对同学们说）请允许我为你们跳一支舞吧。
旁白	当你步履艰难的时候，不妨卸下包袱，与生命共舞。

心理分析

"占便宜"是生活中常见的一种心理现象，有的人在心理上往往都有较强烈的占有欲望和好胜心，这种占有欲望在每得到一次小便宜的时候便会产生相应的满足感，所以有了爱占小便宜的癖好，觉得不占心里就不舒服。本剧主人公小占在家中很富裕的情况下申请助学金，就是一种想占便宜的表现，以为通过小小的一张"家庭经济困难证明"就可以白白拿到一笔钱，去满足自己的欲望。本剧中占老板和小占的行为，归根结底是诚信教育的缺失，其产生的原因主要有以下几点[1]：

（1）社会环境中的不良风气削弱诚信教育成果。社会风气、社会环境和竞争压力所导致的短期行为与机会主义行为通常会导致诚信的缺失。随着改革开放的不断推进，在巨大的经济诱惑下出现了急功近利、逆施倒行、违背诚信规则谋取利益的不良行为，促使社会上出现了不同程度的诚信危机。这种诚信缺失的现象，在社会层面的表现则是各行各业的欺诈行为，如诈骗、贪污腐败、劣币驱逐良币等危害社会风气的行为，将会严重削弱诚信教育成果，侵蚀大学生的健康思想和诚信原则。

（2）薄弱的自我诚信约束力诱发失信行为。在自我诚信约束力方面，我国基础教育侧重于文化课成绩提升，缺少对学生精神文明尤其是诚信方面的相关教育，这导致大学生缺乏相应的诚信知识积累。从学校环境角度分析，为满足我国教育发展规划中所强调的提高学生自主学习能力要求，学校对学生的管束和规划减少，对于缺乏诚信意识的大学生来说，为失信行为提供一定的条件。同时，学校范围内，失信行为仍普遍存在，影响校园诚信风气。当前，大学校园内诚信缺失的现象司空见惯，如逃课、日常作业抄袭、考试舞弊、论文抄袭；贫困生认定、奖助学金评选过程中资质造假；学习干部履历造假、学习成绩造假、荣誉证书造假等情况屡见不鲜。而大学生正处于世界观、人生观和价值观形成时期，对诚信缺失行为及其危害缺乏足够的认识和辨别能力，甚至会把不良的风气误认为大众风气并盲目跟从，进而导致诚信缺失。

（3）家庭教育中存在的问题。家庭教育对大学生的思想道德素质的养成与人格塑造有着举足轻重的作用。但是从我国当前家庭教育的实际情况来看，一些家长无论从教育理念还是从言传身教等方面，都对诚信教育缺乏应有的重视。一方面，唯"分数论"的应试教育的存在，一些家长片面地重视提高孩子的知识和分数，而忽视了对孩子道德品质的培养。他们认为教育旨在让孩子通过学习知识、考取好分数赢得未来的竞争，完全忽略了素质教育与诚信教育在孩子成长发展过程中的作用。另一方面，在平常的家庭生活中，父母对自身的榜样作用有所忽视，并没有意识到自己的言谈举止会对孩子的成长发展具有重要影响。

我们从本剧中可看到，小占这样的占便宜心理，来源于两个方面：

一是来自他的父亲占老板。在本剧中，占老板是一个极其喜欢占便宜的利己主义者，他的形象通过他的言行举止被淋漓尽致地凸显出来。小占申请助学金的行为，是在父亲的鼓动下完成的，在小占经历心中的纠结时，促使他选择继续坚持错误行为的也是占老板的话语。可见占老板的教育对小占的行为和心理有很大的影响。一个人想占便宜的心理并不是与生俱来的，是受局部环境所影响的，形成这种心理的一个很重要的原因是家庭环境的影响。家长没有正确的价值观，导致孩子没有受到正确的家庭教育，从而没有树立正确且坚定的价值观。家庭教育和孩子的作风问题有着密不可分的关系。也正因为占老板自身爱占便宜的特性，他对小占的教育变成了教导他去占便宜，这也导致了小占的迷失。而相比之下，本剧中真正家庭经济困难却让出助学金名额的诚诚，也正因为有善良、三观正确的父母的教导，使他也有同样宝贵的品质。可见家庭教育对孩子的品质和心理的影响之大。

二是来自自己内心欲望的膨胀，无法抵御外界的诱惑。作为社会成员，每个人均天然地拥有追求欲望的本能，这是人类与生俱来的特性。然而，当外部环境中的物质利益、金钱等诱因对个体产生刺激时，这些欲望便会在个体心中悄然萌发，并随着外界诱惑的加强而不断膨胀。欲望本身并不具备善恶的属性，但关键在于个体是否能有效管理和控制自身的欲望，以及是否具备足够的心理韧性来抵御外界的诱惑。一旦个体无法克制自己的欲望，不能有效抵御外界的诱惑，便可能滋生贪婪之心，进而采取与社会道德规范相悖的行为。心理学领域对此有深入研究，提出了"社会个体对外部诱惑的心理抗性"这一概念。从这一角度出发，我们可以发现，当个体的心理抗性较弱时，其越容易为外界的诱惑所吸引，从而可能产生占便宜的心理倾向。[2]

本剧中，小占渴望买很多奢侈物品，渴望拿着钱去旅游，而与真正家庭经济困难的同学争夺助学金资格是不符合社会道德规范的。在欲望和道德之间，小占险些选错了路。可以看出小占不能正确看待自己的欲望，对外部诱惑的心理抗性差，才有了想通过不符合道德规范的方法占便宜的心理。在家庭教育方面，家长应树立正确的价值观，给孩子良好的家庭教育，要言传身教，平时要规范自己的行为，不让自己的不当行为导致孩子的不良作风。更重要的是，我们自己要懂得如何克制自己的欲望，要树立正确且坚定的价值观，摒弃不劳而获的思想，时刻用道德约束自己，以符合社会的期待。增强对外部诱惑的心理抗性，有助于更好地实现自己的社会价值。

工作启示

大学新生进入一个新的环境，第一次真正意义上远离家庭，自主生活。这时候，由于从小各个家庭教育方式的不同，很有可能会出现一些或多或少的问题。在面临选择时，也可能会做出一些错误的选择。在新生助学金评定过程中难免存在真实性、名额不足等问题，如何更科学有效地开展助学金评定工作，避免出现剧中的情况呢？

（1）建立一套科学有效、可操作性强的评定标准。在确保国家助学金政策得到全面贯彻落实的基础上，我们应当建立一套既科学有效又具备高度操作性的评定标准。鉴于国家助学金的政策导向较为宏观，各高校在执行过程中应紧密结合本校实际情况及生源背景，进行具体细化和实施。同时，高校招生部门需负责提供详尽且真实的新生家庭经济状况证明，并积极与地方教育主管部门及民政部门建立长期、稳定的信息交流机制，以确保信息的准确性和时效性。此外，各地政府部门亦应加强对家庭经济困难相关证明的核实工作，确保资助政策的公正性和有效性。[3]

（2）完善学生成长成才培养体系。助学金作为国家教育福利政策之一，其目的不仅在于简单的资金资助以支持学生完成学业，更在于给贫困学生提供成才的条件。高校在执行此项政策时，应与学生签订明确的合同，明确要求学生参与一系列社会实践项目或勤工俭学活动，并在开学教育阶段预先进行说明。此举旨在鼓励学生通过自身能力获得资助，避免投机取巧的心态，同时引导学生正确理解助学金的本质意义，锻造其道德品质，并树立积极正确的人生价值观和社会责任感。通过此政策引导，我们能够最大限度地确保真正需要帮助的贫困学生对助学金的珍视，同时使部分可能不完全符合参评资格的学生认识到自身的责任与义务，从而确保学生对助学金评定持有公平、公正的态度。[3]

（3）加强学生诚信教育。为切实加强学生的诚信教育，我们需要引导学生树立正确的价值观，并坚决杜绝虚假申报助学金的行为。首先，学生应坚决拒绝各种诱惑，恪守诚信原则，自觉遵守诚信规则，不参与任何失信行为。其次，通过加强正面的激励和引导，让获得助学金的同学更加珍惜机会，努力学习，并发挥榜样作用，激励身边的人一同奋斗，形成良好的学习氛围。同时，学生应主动了解并学习诚信理念，积极参与学校组织的诚信教育活动，将其自觉内化为自身的行为准则。在面对重大诚信问题时，学生应能够独立自主，明辨是非，不受不良媒体的影响，坚决不传播、不相信谣言，坚定维护诚信的信念。

为有效管理助学金的发放，建议建立助困档案，追踪受助学生的学业和生活情况，对于存在失信行为的学生，应记录在案并放入档案，并在其申请评定院奖及国家奖学金时予以慎重考虑。在诚信理念受到质疑和挑战时，我们必须坚守诚信道德理念，自觉弘扬并传播诚信价值。学生应时常进行自我反思，警惕并纠正自身存在的问题，确保在做出选择时始终遵循社会道德规范和正确的价值观，并以此标准约束自己的行为。若遇到难以解决的心理障碍，应勇于向老师或寻求专业心理咨询帮助，以维护个人的心理健康和诚信品质。[1]

（4）优化评定方式，端正态度，构建监督和问责机制。辅导员在评定过程中，应摒弃"一刀切"和平均化的做法，深入了解每位新生的实际生活状态。应通过面谈、电话访谈、微信、QQ等多种方式，全面观察学生的学习与生活状况，确保评定结果基于学生实际。同时，强化辅导员队伍的责任落实，以确保助学金工作的有效执行。辅导员在履行职责时，应秉持正确的心理教育理念，给予学生充分的理解、信任与尊重。当学生遭遇困惑或误入歧途时，应以温和的方式予以引导，帮助他们找回正确的自我认知。同时，坚信每位学生都有获得良好心理品质的潜力，通过积极的沟通与交流，引导学生进行自我教育与成长。在日常工作中，辅导员应多关注每位学生的心理状况，一旦发现心理问题，应及时采取相应措施予以解决。对于轻微问题，可通过自我调适、树立正确的价值观、参与有意义的活动等方式，引导学生将注意力转移至积极方向，并鼓励他们积极面对生活，强化自信心。对于较为严重的情况，则应寻求专业心理辅导人士的帮助，确保学生心理健康得到及时有效的干预与支持。[3]

（5）发挥高校主体作用，加强诚信教育。在实际工作中，高校应建立健全诚信教育工作失信惩戒制度，以规避和防范学生可能出现的各种不诚信行为。首先，高校应开设专门的诚信教育课程，通过思政课、诚信教育课、专业课、素质教育课以及心理课程等多种途径，逐步引导和渗透诚信意识，激发大学生自我意识的觉醒，鼓励他们对事物进行独立思考和判断，避免盲从。其次，高校应鼓励大学生积极参与各类文体活动，并认真设计活动内容，确保参与者能够自主参与，从而增强他们的自信心。再次，高校应定期召开关于诚信教育的专题讲座和主题班会，使大学生明确诚信对个人成长成才的重要性，并了解如何践行诚信。最后，高校应积极营造诚信的校园氛围，通过树立诚信模范先锋，引导同学们积极向模范学习，并在潜移默化中受到影响，从而在心中种下诚信的种子。同时，高校还应规范助学金的评比和发放工作，并加强监督，确保助学金能够真正发放到需要的学生手中。[1]

（6）深化家庭养成教育认识，稳固诚信教育基石。家教和家风对塑造个人品性具有不可替代的作用。为了更好地发展诚信教育，我们应当充分发挥家庭家教在诚信教育中的基石力量，为诚信教育实施打下夯实基础。为加强家校之间的沟通与协作，我们需要积极拓展家庭教育的辐射面。在新生入学阶段，我们应及时掌握学生的家庭情况，通过家访、家长会等形式，向家长传达新时代的诚信教育理念，鼓励他们积极参与孩子的诚信教育。通过家庭与学校、与社会的深度合作和高效互动，我们将进一步提升家庭诚信教育的水平，强化家长的诚信意识，引起家长对子女诚信教育的重视，以身作则，从思想和行动上发挥好模范作用，培养孩子的诚信品质。同时，发展家庭诚信教育离不开社会主义核心价值观的引领。我们不仅应在家庭中积极弘扬社会主义核心价值观，还应把核心价值观更好地落实融入对下一代的诚信教育中。我们的诚信教育要为社会培养出讲诚信、有贡献的各年龄段人才，培育社会文明新风尚。

（剧本编写：孙玉环、杜芬、曾敏儿；剧本修订：孙玉环、张淑敏；心理分析及工作启示撰写：孙玉环、张淑敏）

参考文献

［1］赵航燕. 新时代大学生诚信教育存在的问题及路径探究［J］. 辽宁农业职业技术学院学报，2022，24（4）：26-29.

［2］姜丽钧，杨亚清. 从犯罪心理学视角分析腐败行为发生的根源［J］. 胜利油田党校学报，2009，22（2）：71-72.

［3］周芳. 高校新生国家助学金评定问题思考及对策分析［J］. 湖北函授大学学报，2020，33（5）：47-48.

人际篇

改变

——走出人际关系舒适区

角色介绍

小欣：热情开朗，家境殷实，以自我为中心，不会站在他人立场考虑问题。

小苗：温柔善良，忍耐性强，略胆小怕事，希望避免冲突。

小悦：性情豪爽，心直口快，看不惯小欣独断自我的行为。

小墨：性格随和，高大帅气，学习优异，是小欣喜欢的对象。

小敏：冷静理智，在舍友关系中相较于其他三位更加客观。

其他角色：综合英语老师、心灵法庭法官等。

剧情简介

　　小欣家境殷实，从小就被父母保护得很好，无忧无虑，想要什么就有什么，是个"小公主"。步入大学后，初次离家开始了独立生活，小欣也逐渐适应集体生活。但是在宿舍中，由于小欣太过自我，对于公共卫生、环境等问题只关心自己，并不顾及他人感受，因此和宿舍同学发生了口角，各执己见，彼此互不让步。不仅是在宿舍，在专业课的学习当中，小欣也不顾组员感受，对自己分工的内容敷衍了事，还拿着别人的成果在老师面前摆出姿态；甚至对自己喜欢的男生也以一种傲慢的姿态表白，使得对方尴尬为难。小欣一直没有意识到自己性格的问题，直到有一次梦境中，她接受了心灵法庭的审判，最终意识到自己的问题，从自己内心开始改变，逐渐和大家融洽地相处在一起。

精彩剧情

第一幕（宿舍）

旁白　人生的改变，每天、每时、每分、每秒都在发生着，而在这些改变中，小欣最不会忘记的，就是这个下午。和大部分家境殷实的孩子一样，小欣从小在父母的宠爱和呵护下长大。念了大学之后，生活对于小欣来说似乎也没有多么大的变化，开学时爸妈给她布置了舒适的宿舍床位，宿舍每天由舍友们给打扫得干干净净，小欣觉得大学过得挺舒服的。可是就在这个下午，事情好像不像她自己原来想的那样了……

（下午，在宿舍。小苗在扫地，小敏在学习，小悦在和男朋友聊微信，小欣在大声和朋友打电话。小欣正在吃手里拿着的一包薯片，碎渣掉了一地，弄脏了小苗刚扫完的地，小苗看了以后很无奈。小苗正在扫地，小欣的鞋子挡在地上，小苗想要提醒，但是看小欣在打电话，不好开口，犹豫了几秒，还是决定开口）

小苗　小欣，你能把你的鞋子挪一下吗？挡着我扫地了。

小欣　（头也不回，摆摆手，敷衍着说）好好好，等会儿，等会儿。

（小苗有点无奈，准备自己动手，在一旁的小悦突然开口）

小悦　小欣，你没听见小苗在跟你说话吗？就挪一下鞋子，能费你多大事儿？

小欣　我等会儿再跟你说啊。（挂了电话）我在打电话你们没看见吗？懂不懂尊重别人？（用脚把鞋子踢到另一个地方）可以了吧？满意了吧？

小悦　欸，你什么态度啊？让你收拾一下鞋子有那么难吗？（已然生气）

小欣　什么什么态度，我不是收拾了吗？（同样生气）

（小苗见两人要吵，连忙说）

小苗　算了算了，收拾了就行了。

小悦　（看见小苗这样，更加生气）什么算了，她这是收拾吗？就是你回回都忍她，她都不知道自己是谁了。（双手抱在胸前）

小欣　你什么意思啊？你对我有意见就直说啊。

（一直在听的小敏开口了）

小敏　你觉得，你是我们的话，有你这样一个舍友，你会没意见吗？（镇定、咄咄逼人）

小欣　那好啊，你们有什么意见，你们说啊。（显得很不在乎）

小苗　（有点儿嗫嚅）就是，你自己的卫生你得自己打扫一下，吃过的零食袋不要扔在地上。（商量的口气，手里握着扫把，小悦听不下去了）

小悦　不止这些好吗？这段儿时间以来，卫生都是我们做，垃圾都是我们倒，你都干什么了？你自己说这才一起住了半年，咱们还要一起住三年半呢，你总这样，也太过分了。

小欣　你们是我的舍友，你们做这些不是应该的吗？（依然理直气壮，感觉好像她真的这么认为）

小敏　你是小孩子吗？啊，说出这样的话，你能不能稍微照顾一下我们的情绪。

小苗　（弱弱地说，感觉很委屈）我们一直把你当朋友，可是你好像不是这么想的。

小欣　朋友？有你们这样的朋友吗？行了行了，我懒得和你们说，多大点事儿，我的天哪！（"天哪"音调升高，小欣说着拿起包甩门而去）

（小欣走后，三位舍友在一起商量）

小敏　她老是这样，真的让人受不了。要不，咱们申请调宿舍吧！

小悦　好啊，反正不是她走就是我们走。一分钟也不想再忍她。

小苗　（商量口气）咱们三个调宿舍，对她不太好吧！

小敏　她这样对我们，你觉得公平吗？（对着小苗）

小悦　是啊，咱们之前不是没想过好好和她相处，可是和她谈了那么多次，也没有效果，不是吗？

小苗　哎！我先扫地吧！（小苗始终很犹豫，她不是很同意另外两位舍友的想法，于是拿着扫把走开了，大家也都散了）

第二幕（课堂）

旁白　综合英语对大家来说是一门很重要的课。上节课后，老师给大家留下了随堂报告的任务，需要大家配合完成。本来可以早早开始的课前准备，因为小欣没来，大家只有等着。

（教室里，舍友三人和小墨正在准备报告）

小敏 马上就要报告了，好紧张哦！

小苗 不用紧张，咱们花了那么多心思，肯定没问题的。

小悦 好了好了，来核对一遍，（翻着文件）小敏开头先介绍，小苗举例子，小墨做对比，我来展示成果，小欣总结……小欣还没来。

小苗 我走的时候叫她了，她说换好衣服就来。

小敏 看没人带她才和她一组的，还这样。

小墨 （看了看手表）还有十分钟，要不，我们先开始吧。

（大家赞成）

（这时，小欣来了）

小欣 （悠闲地走过来）你们还没开始吧，正好，开始吧！

小悦 你怎么才来？咱们约定的时间都过了快二十分钟了，都快上课了。

小欣 你也说了，都快上课，不是还没上课嘛！

（小敏正想和她理论，小苗拉住她忙说"算了算了"）

小墨 （看出不对，打圆场）把你的报告拿出来，我们赶快整理一下思路，快上课了。

小欣 （从包里抽出一张纸飞给小悦）我的报告！

小悦 （看了一看）就这么点儿，你都做什么了？！

小欣 我做了总结呀！

小墨 （看了一眼小欣的报告）你的总结……还真是简洁呀。

（大家彼此无语，面面相觑）

（这时，老师进来了）

大家 老师好！

老师 你们来得挺早的，报告准备得怎么样了？

小欣 （抢着说）准备好了，准备好了，我们准备得可充分了。（一把抓过一堆报告递给老师）

老师 啊，准备好了就好，差不多我们就开始吧！

（小欣随手拿了一份报告，把老师拉到一边，假装讨论）

小悦 （悄悄地）她都做什么了，还好意思嘚瑟。

小敏 真是——（再次想理论）

小苗 （抓住小敏）算了算了，结束再说。

（小墨一言不发）

旁白 小墨一直觉得小欣是个性格开朗大方的女孩儿，只是有时显得有点儿霸道。但是经过这次，他心里对她渐渐产生了距离。

第三幕（校园）

旁白 小欣一直喜欢小墨。在小欣眼中，感情，就像她生活中的其他物件一样，只要想要，随时都有。

（次日，在校园里。赶时间的小墨背着书包正匆匆走过，一边走一边看手表，小欣叫住了他）

小欣 （开朗地）小墨，在这遇见你了，这么巧啊！

小墨 （一丝尴尬）啊，校园就这么大，看到你，也是挺巧的。

小欣 （依然开朗）你去哪儿啊？

小墨 我去图书馆一下。（停顿了一下）没什么事的话，我先走了，我赶时间。（说完开始走）

小欣 （上前抓住他手肘）你急什么啊，我话还没说完呢，你走什么走！（想了一两秒）那什么，我觉得你挺好的，各方面也不错，你做我男朋友吧！（眉眼之间露出傲娇和胸有成竹的神情）

小墨 （突然蒙圈）啊……这个，不合适吧！

小欣 （十分不能理解）有什么不合适的，你不用紧张，你还算 OK！

小墨 （有点生气，定了定神）不不不，你误会了，我的意思是，怎么说呢……你的性格，有点……

小欣 我性格，我性格怎么了？你给我说清楚。（生气）

小墨 有点太大小姐了吧！我可能接受不了。（试探着说）

小欣 哼，从小到大，还没人敢这么说我。我都还没觉得你怎么样，你还说我。我告诉你，这次是我拒绝你的，你走！（强装镇定）

小墨 不好意思，那我走了。（跑开）

小欣 让你走你还真走，你会后悔的！（看着他走开的背影，气得跺脚）

第四幕（宿舍）

旁白 在宿舍，小欣一如既往在看电视剧，但是电视剧的内容却不再像原来那样有趣，她眼睛无神地盯着屏幕，心里在想着一些别的事。小欣从来没有想过自己的性格有任何问题，小墨拒绝自己时说的话让她想起了舍友们前两天的话，她开始对自己一直以来深信不疑的东西产生了怀疑，一种奇怪的感觉开始在小欣心里滋长，甚至有时还隐隐作痛。

小欣 （独白）为什么大家都这么对我，舍友就算了，她们本来就爱挑刺，可就连小墨都这样说我。难道我的性格真的有问题吗？不会呀！从小叔叔阿姨、亲戚朋友不是都挺喜欢我的吗？不，肯定不是我自己的问题。但是怎么觉得什么地方不对呢？我这是怎么了？

旁白 她开始思考，自己或许是个有问题的人呢？但她的自尊不允许她这样思考，对于骄傲惯了的孩子来说，认错是那么艰难。纠结着纠结着，小欣睡着了。

第五幕（心灵法庭）

（心灵法庭上。小欣在一片漆黑中突然惊醒，四下无人，她感到害怕）

小欣 这是哪儿？有人吗？有人吗？（四处转身）

（灯突然打开，心灵法官巍然坐在小欣面前，脸色严肃地看着她，旁边站着一名庭警）

小欣 你，（害怕，更多的是不解）你是谁呀？

法官 我是心灵的法官，这儿，是心灵的法庭。最近连续接到很多颗心的投诉，说你虐待他们，是否确有其事啊？（一手扶桌，身体向小欣的方向微微前倾）

小欣 什么心灵法官？什么虐待？我不知道，不关我的事！（骄横，但是缺少底气）

法官 （拍桌子）胡说，你真的什么都不知道吗？你心里对你做过的事真的没有感觉吗？你敢这么说吗？老师面前一套，同学面前又是一套；不关心舍友，不在乎她们的心理感受。你这样习惯性地不真诚，只会丢了别人，丢了自己。你的良心不会痛吗？（盯着小欣的眼睛，目光深沉，小欣开始心虚和紧张，不由自主地捏手）

小欣 （脸红语塞）我没你说的那么糟糕吧？！我对我舍友很好啊！

法官 真的吗？事实胜于雄辩，你看那边！（声音下沉。法官手指向一个方向，小欣顺着方向看过去）

…………

（画外一，教室外。下课铃声刚响完，小悦、小苗、小敏三人走出课室，开始计划课后的活动）

小悦 又上了一天课，好累呀！终于到周五了，今天下午出去吃饭呀！

小敏 好呀！去哪儿吃？

小苗 等等，要不要叫一下小欣呀！

小悦 叫她干吗！和她在一起就只能吃她爱吃的，不叫她。

小敏 就是，你记得上次，咱们一起去涮火锅，小苗一吃辣就长痘上火，她非要吃辣。微辣不过瘾，还要变态辣，真是！

小苗 对呀！我想起来了，后来我嗓子疼了好几天呢！可是就我们仨不叫她，这样不好吧！毕竟是舍友。

小悦 叫她才不好呢！你看上次小敏生日，本来开开心心去看电影，就因为没合她意看恐怖片，结果一整天给我们脸色看，这还是小敏生日呢！

小敏 （叹气）不说了不说了，反正她从来不懂得考虑我们。

小悦 就是，走吧！

（三人结伴走了）

…………

（转回法庭）

法官 看了这些。你还要狡辩吗？

小欣 我是觉得我喜欢的她们也会喜欢呀！不行！我要找她们说清楚。（站起来向她们三个走去，庭警走过来抓住她）你是谁，你干吗？放开我，喂，你放开我！（喊，庭警把她按在椅子上）

法官 肃静（拍桌），这只是幻象，她们这会儿，正要出去玩儿呢！你还不清楚吗？

小欣 我……我不知道，我真的不知道……我没想到会是这样。

法官 长此以往，你的生活里就只剩你自己了。

…………

（画外二，宿舍。三个舍友正在收拾行李准备走）

小苗 咱们搬走了，就只有小欣一个人了，也不知道她以后会怎么样？真担心。

小悦　今天早晨告诉她我们要搬走的时候，她不是说她不在乎嘛！本来还想和她好好做朋友，没想到却成了这样。

小敏　可能我们也有做得不好的地方吧，有缘无分，祝她以后好好的吧！

（小苗打包好了行李，三人不舍地离开）

（三人走了）

……　……

法官　看到了吗？再这样下去，不止你的舍友会离开你，而且连你喜欢的人也会对你避而远之，你的老师会知道你的为人，你的父母也会对你失望。

小欣　真的会变成这样吗？我不想这样，我该怎么办？

法官　只要做出改变，知错就改的话，一切还来得及。

小欣　（连连点头）嗯嗯！

法官　写下你的保证书，再摁上手印。以后好好对待别人。（庭警拿上纸和印泥，小欣低头开始写，写完以后抬头，发现法官和庭警都不见了）

小欣　我写完了，人呢？来人啊！（灯突然灭了）

第六幕（宿舍）

（在宿舍。小欣再次惊醒，满头大汗，电脑屏幕上的剧还在放着）

小欣　原来是一场梦啊！（松了一口气）

旁白　（小欣擦完汗看了大拇指以后）以为是一场梦，小欣终于松了一口气，但是看着大拇指上的红印泥，小欣陷入了沉思。

（这时三个舍友回来了）

小欣　你们真的要搬走吗？你们能不能别搬走？（焦急地说，仿佛还在梦中）

小敏　什么搬走？

小苗　等等，小欣，你怎么了？怎么满头是汗？

小欣　没事，我就是刚刚做了个噩梦。

小苗　那你先坐下，坐下再说。

（小欣坐下）

小欣　我这段时间想了很多。我知道我错了，一直以来我都做得不好，总觉得大家都应该围着我转，没有顾及你们的感受，我确实太自我了，对不起，我向你们道歉。

小悦 错了，就改呀。你知道我这个人就是心直口快，心里藏不住话的，之前对你说话也有点儿过分了，你也别放在心上。（平静口气）

小敏 行了行了，以后我们就好好相处吧！

小苗 是呀是呀，咱们都出来上学，离开父母不容易，就好好相处吧。

小欣 （紧握小苗的双手）嗯！！！我以后一定自己的垃圾自己倒，好好打扫宿舍卫生，不会再和你们耍小脾气了。

小敏 其实我们能上一所大学，住一个宿舍也是一种缘分，大家将心比心，什么都能解决。

小悦 哎呀！别说这些了，最近有一部电影《喜欢你》，评价不错，我们下周一起去看啊！

大家 好呀好呀！

（背景音乐）

小苗 对，男主角是我"男神"。

小敏 我"老公"什么时候成你"男神"了。

小悦 全世界都是你"老公"。

…… ……

旁白 道歉是小欣从来不懂的一件事，大家听到小欣道歉时心里的愉悦和惊喜也出人意料。世界很大，每个人都在永不停歇地行走着。不曾期待改变的惊喜，又怎么付出改变的努力呢？撇开斗转星移、沧海桑田，最顽固的人也有负担得起的改变时间，那一刹那，或许就是永恒？

心理分析

本剧讲述了女大学生小欣的蜕变过程。起初的小欣，是位一切都以自我为中心的女生。在宿舍里，她漠视舍友的劳动；在小组中，她享受着组员的成果；在暗恋的男生面前，她依旧摆出趾高气扬的姿态。这种心高气傲的性格，导致小欣日渐被身边的同学疏远。直至一次"爱丽丝梦游仙境"的经历，小欣遭到心灵法官的审判。在心灵法庭上，她从同学们的口中重新认识了自己，开始反思长期以来给朋友带来的伤害。最后，回到现实的小欣向大家检讨错误，和舍友们重归于好。

在这个亦虚亦实的故事中，女主角小欣的转变过程，蕴含了一些心理学理论。首先，显而易见的一点就是破窗效应。[1] 该理论以一扇被打破的窗子为例，认为在一定时间内，如果破窗没有得到修复，必定会带来第二面、第三面乃至更多窗户的破损。因为一扇得不到维修的破窗，隐含着对错误行为的纵容，久而久之必定会滋生罪恶。这种针对社会的理论，同样也适用于个人。每个人性格的养成都是一个长期过程，独特的优点和缺陷是潜移默化的。和"第一扇破窗"一样，如果人养成了一种坏习惯而没有得到约束，其他的缺陷也会接踵而至。剧本中的小欣便是如此，从第一幕的对话中可以推测，小欣的"公主脾气"在宿舍没有得到过抑制。几个舍友中，小苗性格唯唯诺诺，不敢直面强势的小欣。小悦和小敏相对直爽，但从此次冲突也能看出，这场争吵也是积怨了很久的爆发。这种长期的纵容，导致小欣个人主义愈加猖獗。由此看出，一方面，家庭教育对个人人格的塑造最为重要。作为父母，应当明白"从善如登，从恶如崩"①的道理。在坏习惯出现苗头之际，就要将其扼杀在摇篮中。另一方面，社会对人的教化也是个体心理成长的重要组成部分。作为老师、同学和朋友，也应在生活中敢于指出他人的不当行为。

其次，投射效应。[2] 用通俗的话来讲就是，自己是什么样的人，眼中的世界就是什么样的。它指的是在认知他人或对他人做出判断时，将自身意志、爱好或价值取向投射于他人身上。这种效应对个人心理的影响具有两面性，心态积极的人，对于陌生人或事物会形成正面的投射。即便遭遇困难和挑战，也会抱着乐观的情绪看待。但消极的人，纵使面对善意和真诚，也往往会优柔寡断、妄加揣测，以小人之心度君子之腹。小欣与周围人相处时，常把自己置于高位。她对自己的形象设定是美丽善良、热情开朗的，而对外人的评价往往是负面的。在宿舍看电视剧的一幕，小欣已对自己的所作所为感到些许不安，但投射效应让她将自己的自私自利投射到同学身上。在她眼中，舍友们的意见是种刁难，是在刻意挑刺。这种心理对人的影响往往会形成一种循环，用善意的心态对待世界的人，看到的是身边人和事物可爱的一面，从而对生活更加充满希望；消极的人不断从他人身上挑毛病，长期处于抱怨、怀疑的心境中，会愈加把自身从社会孤立出去。

最后，南风效应。该效应最初出现在法国作家拉·封丹的寓言里：北风和南风比试威力，看谁能将人们身上的大衣脱掉。凛冽的北风呼啸，希望用强烈

---

① 出自《国语·周语下》。

的风把大衣从人身上吹走，可人们反而因寒冷把大衣裹得更紧；温柔的南风轻拂，给人们带来温暖，人们顿时除去大衣。[3]同样的目标，北风和南风采取两种截然不同的方法，结果大相径庭。这一理论常被用在管理心理学中，以告诫管理者如何正确处理和下属的关系。发散到人际交往中，南风效应也同样适用。在与他人相处时，借助强大的力量和蛮横的性格建立起的关系，是难以长期维持的。《孟子》崇尚"以德服人"①，用善意和慷慨对待他人，就如温和的南风一般让人舒适。小欣起初对舍友恶言相向，对小墨吐露感情时也是气势汹汹。在这种压迫下，结局和小欣的预期相反；在心灵法庭上的自我检讨和忏悔后，小欣经历了从"北风"到"南风"的转变，她对舍友的致歉，相比从前看似降低了身份，收获的却是谅解和友情。正所谓"良言一句三冬暖，恶语伤人六月寒"②，每个人都渴望被善良对待，真诚的话语常常比强势的态度更有力量。

剧本以"改变"为题，通过两条线的改变呼应主题。主线是小欣心理的转变，副线则是因小欣的改变带来身边人态度的转变。从小欣改变自己的故事中，我们能得到哪些启示？对与我们息息相关的大学生活，又有什么指导意义呢？

就心理学的角度而言，最重要的是换位思考。站在他人的角度思考问题，被视为人与人交往的基础。可现实生活中，尤其是在评判一个人或一种行为时，人们很难每次都做到替他人着想。当一些难以避免的冲突发生时，每个人心里都会习惯性地为自己开脱，从他人身上找毛病。本剧前三幕的三次矛盾，根源都是小欣没有站在对方立场上考虑。第一幕中，小欣没有尊重小苗的劳动成果，舍友们的直言不讳也被她视为刻意挑刺，因为她没有从舍友的视角反思自己的懒惰；第二幕中，小欣不遵守约定时间，并将小组成员的作业作为个人争取老师表扬的工具，因为她没有从组员的视角检讨自己的无所作为；第三幕中，小欣对暗恋对象小墨口出狂言，遭拒后气急败坏，因为她没有从小墨的角度看待自己的高傲。正是长期的养尊处优，导致小欣始终以自我为中心，缺少换位思考的意识。

小欣的故事为处在大学时期的我们提供了一些现实参考价值。人们把大学比作一个小社会，因为它是一个走出校园、迈入社会的过渡时期。在大学，学生要学习的已不仅仅是专业课程中的理论知识，还要学习与不同人群相处的方

---

① 出自《孟子·公孙丑上》："以力服人者，非心服也，力不赡也。以德服人者，中心悦诚服也，如七十子之服孔子也。"

② 出自《增广贤文》。

法。对很多同学来说，大学前需要处理的关系仅仅是与老师和同学的关系。到了大学，我们要处理的关系变得越来越复杂。除了老师、同学，我们还需要学习如何建立与舍友的关系、与社团负责人或干事的关系，甚至是与陌生同学的关系。在这个过程中，换位思考是每个学生的必修课。尤其是在面对与我们朝夕相处的舍友时，更要学会替别人着想。宿舍关系的处理一直是大学生活的重要任务之一，四年的同居往往难以避免产生摩擦。在应对这些矛盾时，正确的方式能将小事化了，不合理的方式反而会激化冲突，甚至酿成惨剧。当舍友抱怨自己时，要首先反思自身是否确实存在此类不足，有则改之；如果舍友的确存在问题，也应选择合理的方式劝说，既达到指出问题的目的，又不至于伤害舍友之间的感情。设身处地、推己及人；严以律己，宽以待人，努力营造积极和谐、共同进步的宿舍氛围和班级氛围。

此外，正如本剧的主题一样。"改变"的含义就是走出心理舒适区。这是一种每个人习惯的心理模式，是对自身行为和周边事物一种熟悉的心理状态。一旦行为越过舒适区的界限，人们常会感到担忧和惶恐不安。对于个人的发展而言，舒适区的形成弊大于利。这就像长期将青蛙限制在有限的弹跳高度中，习惯了舒适区的青蛙即便脱离狭小的空间，无法达到同类青蛙的弹跳高度。小欣自私专横的性格，源自家庭和周围人提供的心理舒适区。在与小墨的对话中可以看出，小欣的大小姐脾气在成长过程中始终没有得到纠正。在亲戚朋友和叔叔阿姨的夸赞下，有了自己的心理舒适区，即认为舍友为自己的付出是理所当然的，同学、朋友对自己的欣赏也应是天经地义的。因此，当被舍友当面指出错误以及追求遭拒时，舒适区的存在让小欣无法接受这种打击。多次受挫后，小欣开始在舒适区的边缘试探。直到经过心灵法官的教导，小欣终于突破了舒适区限制，改变了以往的高傲和不可一世，主动向舍友致歉并重归于好。

大学对一个人来说意味着环境的焕然一新，从学习环境到生活环境，都是全新的挑战。我们在高中时期以前形成的舒适区，迫切需要与时俱进：学习上，不再有老师的监督；生活上，不再有父母的照顾。这意味着大学四年，也是一个人学会突破多重舒适区的过程。一方面，学习上要突破被动学习的舒适区。如果说过去读书还是以应付考试为目的，大学时期就应当明白主动学习的重要性。另一方面，生活上要摆脱依赖他人的舒适区。大学前，大部分同学都还处于未经世事的阶段，不具备独立生活的能力，也可能会在父母的宠爱下养成一些坏习惯。在大学与不同群体接触的过程中，应当始终抱着谦虚学习的心态。客观看待自身与他人的差距，对身边人提出的建议有则改之，无则加勉。改变，对于处在舒适区的我们而言不是一件容易的事。但未来是光明的，道路是曲折的，人生就是在一次次内心的改变与成长中才能实现自我突破。这也是编者希望通过本剧表达的主题。

工作启示

对大学生来说，如何处理好人际关系问题，特别是同学之间的关系问题，显得尤为重要。而在大学生人际关系的表现中存在诸多的问题。

大学生人际交往与沟通存在问题的原因如下：

（1）家庭教育不当。部分父母过度担忧孩子受到委屈，导致孩子形成了自私的心理倾向，进而对人际交往产生反感。当这些孩子步入大学，独立生活在集体中，与同学相处时，其自幼养成的"以自我为中心"的自私心理特质便逐渐凸显。[4] 鉴于此，父母应适当让孩子接受挫折教育，以促使其学会更好地为人处世。本剧中的小欣便是这类学生的典型代表。

（2）学校教育原因。如果学校更多关心的是学生的考试分数，忽略培养学生的人际交往能力，很容易致使学生不知道如何处理人际关系，甚至不知道如何面对他人和社会。

（3）社会影响。当前，我们频繁目睹一系列反映社会人情冷漠的现象，这些现象构成了社会的阴暗面，对广大学生产生了显著影响。学生们从原本对人际关系的信任转变为怀疑，进而发展至不愿信任他人，这种心态转变导致了他们在处世理念和行为方式上展现出明显的冷漠态度。[5]

在社交实践中，人际交往与沟通能力的习得、磨炼和精进至关重要。同样地，对于大学生而言，人际交往中亦存在需要遵守的交往准则。在遵循这些交往准则的基础上，大学生可以构建起和谐的社交网络，并随着人际交往的发展和深化不断完善自己的交往准则和社交网络，形成成熟的人际交往观念。[6]

为促进学生形成正确、健康的人际交往能力，我们应积极营造一种互帮互助、团结友爱、和谐共处的人际关系氛围。在此过程中，务必强调对他人的尊重，以及维护他人自我尊严的重要性，这是平等交往的基石，要求我们在交往中尊重他人的合法权益和感情。待人需真诚，避免当面奉承或背后诽谤，应以坦诚之心待人，展现真诚与磊落。同时，言行一致，承诺之事务必尽力实现，这是赢得真挚友谊的关键。[7]

在人际交往中，我们应秉持严于律己、宽以待人的原则，接纳他人的差异。

对他人的宽容之心，是维系人际关系的重要纽带，过于计较或苛刻待人，最终将导致孤立无援。此外，我们应善于从对方的角度理解其思想观念和处事方式，设身处地地体会其情感和独特处理问题的方式，以实现真正的理解和有效的沟通。在人际交往中，矛盾和摩擦难以避免，我们应善于处理，以大事化小、小事化了的方式，维护良好的人际关系。同时，我们应充分利用赞扬和感谢的力量，提升对方的自信和自尊，进而增进情感上的亲近。在这样的基础上，诚恳地提出批评，往往更易于被对方接受。[8]

辅导员作为大学生全面发展的指引者，在面对具有多样化生活与知识背景的学子时，需充分认识到他们在日常生活习惯、学习方式和思想层次上的差异。当这些学子融入大学集体，日常生活中难免会产生摩擦与分歧。在此情境下，辅导员的角色显得尤为重要，需要通过有效沟通来调和人际关系。在沟通过程中，辅导员应首先明确自身定位，确保在协调关系时能够保持公正与客观；其次，必须尊重每一位学子，以平等的姿态与他们进行交流；最后，辅导员应不断提升沟通技巧，熟练掌握倾听、共情、尊重等核心技能，并注重语言表达的准确性与得体性，以确保沟通的高效与和谐。[9]

在大学阶段，学生们普遍处于对交往和理解的渴望之中，这是他们心理发展的重要阶段。一个健康的人际关系网络，对于大学生的心理健康、个性发展和情感满足具有至关重要的意义。它不仅能够满足学生的社交需求，更能为他们带来安全感、归属感和幸福感。我们坚信，只要学生们能够积极努力，不断向这些目标迈进，他们定能在人际交往中收获更多的知心朋友，更加自如地融入群体，享受充实而美好的大学生活。

（剧本编写：王瑶；剧本修订、心理分析及工作启示撰写：陈俏君）

参考文献

[1] WILSON J Q, KELLING G L. Broken windows: the police and neighborhood safety [J]. The atlantic, 1982, 249 (3): 29-38.

[2] 陈祉妍. 人格评估中的投射技术 [J]. 心理学动态, 1999 (4): 54-58.

[3] 牛红妍, 孙胜波. 教育的"南风效应"[J]. 基础教育, 2004 (6): 27.

[4] 杜娟, 陈骁. 关于当代大学生人际关系状况与人际交往问题的探讨

［J］. 中国教育技术装备 , 2011（3）: 62-63.

［5］李军星 , 黄朝勇 , 陈保健 , 等. 论大学生人际交往的重要性及其现状［J］. 网友世界 , 2013（22）: 78-79.

［6］张金秋 , 金佳勇 , 常海龙. 谈如何提高大学生人际交往能力［J］. 商业文化（学术版）, 2008（11）: 249.

［7］刘勇. 大学生人际交往与沟通指导研究［J］. 商品与质量 , 2011（2）: 183.

［8］周旖. 积极心理学视角下高校大学生心理健康教育研究［D］. 湖南师范大学 , 2024.

［9］许鸿. 打开心扉 快乐微笑: 一个由贫困生的自卑心理引发的宿舍矛盾的案例［J］. 作家天地 , 2021（14）: 154-155.

齐得隆咚呛

——冲动与动力

角色介绍

娜娜：主角，热爱打鼓，心高气傲。

小默：娜娜舍友，热爱敲脸盆，关心朋友，乐于发现他人的优点。

张欣：娜娜舍友，不爱搭理娜娜。

恶魔：娜娜心中的恶念化身，与天使相对。

天使：娜娜心中的善念化身，与恶魔相对。

评委：艺术团招新现场的评委，对选手要求严格。

小贤：电台节目主持人，擅长为听众解决各种烦恼和问题。

其他角色：一号选手、快递员、听众甲等。

剧情简介

大学生娜娜热爱打鼓，在艺术团招新时十分想入选并成为一名鼓手。同宿舍的小默从小喜欢敲脸盆，对打鼓也有着兴趣和天赋，但娜娜很是看不起小默。在招新中，小默表现出色成为主力鼓手，而节奏错乱的娜娜却落选了。这让娜娜十分不甘心，向小默大发脾气，还摔坏了小默的脸盆。后来，娜娜帮小默收了一份快递，里面是小默为校园演唱会特意定制的鼓棒。

这时，娜娜心中的恶魔不断教唆她弄断鼓棒，而天使一直劝告她不要这样做。在恶魔和天使的争夺中，娜娜的内心十分纠结，最终还是不小心弄断了鼓棒。不知如何是好的娜娜只能向电台主持人小贤求助，小贤教娜娜要从不同的角度去看人，要看到别人的长处，发现自己的短处。最后，娜娜成为"齐得隆咚呛"乐队的主唱，和身为主力鼓手的小默一起完成了精彩的表演。

精彩剧情

第一幕（宿舍）

（娜娜在宿舍练习架子鼓，恰巧艺术团在楼下进行招新宣传）

艺术团　　齐得隆咚呛，艺术团招新，招主唱、吉他手、鼓手、舞队。

娜娜　　　（激动）哇，艺术团招鼓手！真不愧我苦练了一个暑假。张欣，张欣，我终于有机会成为鼓手了，这不是在做梦吧？张欣！（拉住张欣）

张欣　　　（厌烦，甩手）你神经病吧！

小默　　　（兴奋）娜娜，艺术团招新，我超想去当鼓手的！

娜娜　　　（嫌弃）什么，就凭你？

小默　　　对啊。你不是也爱打鼓吗？我们一起去吧。

娜娜　　　（无奈）拜托，鼓手不是人人都能当的。那需要天分，需要基础，还需要力量。（瞥了一眼）你看你，虚胖！（转骄傲自信）你可不像我啊。

小默　　　这你就不知道了，我家是卖脸盆的，从小我就爱敲脸盆。我妈说我节奏感特强。不信，你看！（跟随音乐节奏开始敲脸盆）

娜娜　　　（呵斥）停停停！真受不了你。既然大家都喜欢打鼓，那就一起去呗。（独白）反正鼓手只有一个。

第二幕（艺术团招新现场）

主持人　　欢迎大家来到我们艺术团的招新现场，下面掌声有请评委老师。

　　　　　（评委闪亮登场，入座）

主持人　　接下来有请我们的一号选手。

一号选手　（自信）我相信我能成为吉他主唱的！摇滚乐队，耶！（开始弹唱）

评委　　　（打断表演，起身，气愤）停停停！我受不了！下一位！

　　　　　（舞队登场表演，毕）

评委　　　（不满意）我看你们挺有活力的。不过很多动作不到位。这手都伸不直，胯也挺不开。下一位！

（娜娜和小默在台下，准备上台）

小默 （紧张）娜娜，娜娜，你的基础比较好，要不，你先上吧？

娜娜 （不耐烦）没事，你先上吧。

小默 （迟疑了一下）那，你帮我拿下脸盆吧。（把脸盆递给娜娜，上台表演）

娜娜 （独白）我倒要看看这打脸盆的怎么表演。

（小默表演得十分精彩，娜娜却表示不屑，扔掉了小默的脸盆，还试图打断她。但评委老师大为喜爱，甚至随着小默敲出的音乐节奏跳起舞来）

（小默表演完毕）

评委 （赞叹）太棒了，这鼓都敲到我心里去了！你天生就是个鼓手啊！

小默 （手舞足蹈）谢谢评委老师！耶！（兴奋地跑下台）

评委 下一位是——

娜娜 （自信地跑上台）我我我，我也是来应聘鼓手的！

评委 那你快开始吧！（独白）我看她挺有激情的，应该敲得也不错！

（娜娜开始表演，被评委打断）

评委 （失望）这位选手，我看你力气是挺大的，不过你的鼓点怎么感觉不在节奏上！

娜娜 （着急，不甘）刚才是失误，我打得比小默还好的！我，我……（委屈地跑下台）

评委 （摊手，叹气）哎，这次招新，唱歌的又唱不好，跳舞的动作也不到位，就连鼓手的差距也这么大！你说，这校园演唱会还要不要办了？散场！

第三幕（宿舍）

（艺术团招新结果出来了，小默成为主力鼓手，娜娜却落选了）

娜娜 （不甘，气愤）我才是主力，我才应该是主力！凭什么是她当鼓手？鼓手就应该是我，是我，是我！（摔东西，地上一片狼藉）

小默 （疲惫）我回来了。唉，今天排练好辛苦啊，手好酸啊。（看着乱糟糟的宿舍，疑惑）咦，房间怎么这么乱啊？

娜娜　（生气）嫌房间乱啊? 不喜欢你出去啊!

小默　（关切）娜娜，谁惹你了?

娜娜　（冷笑）谁惹我? 她自己心里清楚。

小默　（恍然大悟）哦，你是说艺术团的事吧! 我觉得你节奏感挺好的，但可能是歌选得不太好。

娜娜　（愤怒地拍桌子，起身推开小默，提高声量）哟，就你这水平还配来教训我?

小默　（急切）不是不是，我觉得你嗓门挺大的，很适合当主唱。

娜娜　（追问）我嗓门大? 那你意思是我不适合当鼓手了?

小默　（慌张）不是的。

娜娜　（指着小默）你心里就是这样想的!

小默　（委屈）不是……

娜娜　（不满）你就是! 你觉得我心胸狭窄吗? 你觉得我在妒忌你吗?（凶巴巴）你就一打破脸盆的!（转身拿起小默的脸盆，摔到地上，盆裂）我呸!

小默　（吃惊）你居然摔我的盆?（生气）你让我以后怎么洗脸啊!（跑出宿舍）

娜娜　（白眼）你刚刚不是还无所畏惧吗? 像你这样的人，根本不配当鼓手!（大喊）你不配!（一脚踢飞了地上的脸盆）

第四幕（宿舍）

快递员　（讲电话）Baby，好了，拜拜。（急切）你们这些大学生都不会拿快递的，还要我亲自送上来，快点开门，听到没有!（敲门）
（娜娜急忙打开门，一把接过快递员手中的快递，拆掉盒子）

娜娜　什么破玩意儿?（吃惊）鼓棒?! 小默竟然为演唱会特意定制鼓棒?（愤怒）一看我就来气!

恶魔　（缓缓走到娜娜身旁，邪恶地笑）就是! 要不是因为她，你就成为主力鼓手了!

娜娜　（疑惑）你是谁啊?

恶魔　（拉住娜娜的手）放心吧孩子，我完全理解你的感受。

娜娜　　你能理解我？

恶魔　　（凶狠）要不是因为那个小默，你也不会这么丢脸了！（夺过娜娜手中
　　　　的鼓棒，牵着她的手）来吧，娜娜！弄断鼓棒，让小默也丢脸吧！

天使　　（轻轻地飞到娜娜身边，温柔地拉回她）娜娜，你别听她的，她是在
　　　　害你！

恶魔　　（冷笑）害她？我为什么要害她？（理直气壮）我只是替她感到不值！

天使　　（轻声）可这是不对的！

恶魔　　（不满）哼，有什么不对？

天使　　（笑）这次当不了主力鼓手，我们还有下一次机会啊！

恶魔　　机会？（指着娜娜，凶狠）你以为她还有机会吗？来吧娜娜，弄断鼓
　　　　棒，让小默也丢脸！（把鼓棒交到娜娜手里）

天使　　（拉回娜娜，急切）可你这是在伤害别人！

恶魔　　（愤怒）你滚开！收起你那可怜兮兮的样子吧，我看着就恶心！
　　　　（傲慢）

天使　　（拉着娜娜的手）可是你和小默是好朋友啊！

恶魔　　（冷笑）朋友？如果她真的把你当朋友，她就会把机会让给你！

娜娜　　（甩开天使的手，摇头，难过）她没有……

天使　　如果是你，你会把这个机会让给小默吗？

娜娜　　（犹豫）我，我……

恶魔　　（拉走娜娜）来吧娜娜，弄断鼓棒，让小默也丢脸！

天使　　（拉住娜娜）娜娜，不可以！

恶魔　　娜娜，快，快弄断它！

天使　　娜娜，不可以！

　　　　（天使和恶魔都紧紧拉住娜娜，娜娜十分无奈）

娜娜　　（愤怒）你们不要再吵了！（不小心弄断了鼓棒，生气地扔掉，跑开）

第五幕（电台录制现场）

　　　　（抒情音乐响起，小贤坐在椅子上）

小贤　　（摸了摸头发，跷起二郎腿）欢迎大家收听《你的月亮我的心》。
　　　　（起身）没错，好男人就是我，我就是——（甩头发）小贤！好，

我们现在接通第一位听众。喂，你好。

听众甲　你好，小贤，小贤。请问学生活动中心怎么走？那里的心理剧很精彩。

小贤　（吃惊）什么？这么精彩的表演马上就要开始了，学生活动中心就在饭堂旁边，快去快去！（松了一口气）好，我们现在接通第二位听众。喂，你好？

娜娜　（低沉）是小贤吗？我是娜娜。

小贤　（疑惑）娜娜？从你的声音，我听得出来你有心事啊。

娜娜　（郁闷）我有一个朋友，她超爱打鼓，却落选了艺术团的主力鼓手，但她的舍友选上了。昨天，她不小心把她舍友的鼓棒给弄断了，（迟疑）因为不想让她在演唱会上打鼓。

小贤　（怀疑）娜娜，你说的那个朋友，不会就是你自己吧……

娜娜　（抽泣）我，我是不小心……

小贤　（温柔）娜娜，其实你是一个很聪明的女孩。你打给我就证明，你是一个勇于面对问题的女孩。不管你是不是不小心，最后你已经把鼓棒折断了。你问问自己，你舍友真的打得很差吗？会不会是你嫉妒她呀？（停顿）小贤觉得，其实你心里已经有答案了。

娜娜　（低声）我应该怎么办，怎么去弥补……

小贤　（笑）其实很简单，买一对新的鼓棒放回原处，就可以了。

娜娜　（羞愧）可是，我还把她脸盆给摔了……

小贤　脸盆摔了，可以再买啊！但是，最重要的是，你要学会从不同的角度去看人，你要看到别人的长处，也要看到自己的短处。要多去和别人沟通，沟通能拉近你们之间的距离，这样的话，你得到的快乐才会更多。

娜娜　（开心）谢谢你，小贤，我会试着去接受我舍友的。我相信，我们会相处得很好。

小贤　其实，没当上鼓手也没关系。我觉得你的声音很好听，你可以试着去当主唱啊！

娜娜　（激动）真的吗？我真可以吗？

小贤　（笑）我是谁？（甩头发）对不对！

第六幕（校园演唱会现场）

主持人 观众朋友们，大家晚上好！欢迎大家来到校园青春友爱演唱会的现场，接下来呢，我会为大家请出我们艺术团最新招募的一支乐队。这支乐队的名字很特别，掌声有请——齐得隆咚呛！

（欢快的音乐声渐渐响起，乐队登场，娜娜和小默一起上台）

娜娜 （激动）现场的朋友们一起来！今天我很激动，心里想说的话很多。这段时间我明白了，我们大学生就应该心里充满爱，不是吗？宽以待人，笑口常开。跟身边的兄弟姐妹好好地相处，（拉着小默的手）多看到他们长处，多发现自己的不足，更好地完善自己。这样，我们的青春不就可以齐得隆咚呛、响得更精彩吗？我爱你们！

（娜娜作为主唱、小默作为鼓手的乐队在演唱会上表演得十分精彩）

心理分析

在本剧中，娜娜在心里片面地认为自己是能力高于小默的，但是大家的评价、竞选鼓手的失利，使得娜娜的内心受到了巨大的冲击，本能冲动一触即发、难以抑止，心中产生了恶魔和天使的冲突。

奥地利心理学家弗洛伊德首创了心理疗法，这与他提出的潜意识理论息息相关。他认为，人由本我、超我和自我组成。本我即人性的本能，本我是每个人最核心的内在，是个人最真实的一面；但由于家庭、社会、教育等多方面因素的影响，个人是很难遵从自己的本我去做人做事的，更多的时候处于一种压抑自己一部分本我的状态。这种压抑，是个人的天性和理性之间的对抗。就像一座冰山，露出水平面的部分是我们的理性意识所在，但深藏于水底的部分才是我们最真实的本我也就是潜意识，而我们很多时候封闭了我们的潜意识。[1]

弗洛伊德对人的精神活动或心理活动进行了深邃的剖析，将其精细地划分为三个层次：意识、前意识和潜意识。这三个层次在精神世界中各自占据着从表层至深层的不同地位。他巧妙地运用了一个形象的比喻来描绘这一精神架构：将人的全部精神生活比作一座巍峨壮观的冰山，漂浮在浩瀚无垠的海洋之上。[2]在这幅图景中，意识只是冰山露出水面的尖端，代表着人们能够轻易觉察和表达的思想与情感；而潜意识则是隐藏在水面之下、庞大且深不可测的山体，蕴含着人内心深处难以触及的原始冲动、欲望和记忆。

弗洛伊德认为，这三个层次的精神生活在人的心理世界中是相互交织、相互渗透的，它们各自拥有独特的性质与功能，共同构成了人类复杂而精妙的精神世界。[1]科学研究的目标，正是要透过人们日常能够感知到的意识层面，深入探索并揭示那隐藏在潜意识深处的原初基础和内在动力，从而更全面、更深入地理解人类的精神活动和心理现象。

意识乃是心理活动的显性部分，占据注意的中心，涵盖了感性体验、意志决策和思维逻辑等精神层面。它呈现出片段性、零碎性和暂时性，虽难以捉摸，但可通过语言加以表达。前意识则充当了意识与潜意识之间的桥梁，代表着那些暂时退出意识视野的部分，但仍有潜力被重新召回至意识层面，即实现再现或回忆。它实质上是意识的延伸，是思想、印象等暂时存储的场所。而潜意识则深藏于人的内心底层，无法被直接感知，亦在常规状态下难以体验。它是人类本能欲望、被压抑情感及意向的积聚地，蕴含巨大的心理能量，时刻寻求进入意识领域以满足其需求，从而成为人类一切活动的潜在动力源泉。

在本剧中，冲动的本能是造成娜娜不当行为的主要原因。娜娜在心里看不起小默，非常骄傲地认为自己的能力远在小默之上。本能冲动使得娜娜的内心受到了巨大的冲击，产生了恶魔和天使两个相对的角色，对应的是冲动与理性。但娜娜善良的部分还是占据了上风，使得她后来打电话给小贤，想找到解决问题的办法。最终，娜娜在他人得到帮助下做到了正确认识自己，克服了不当的本能冲动，心中的"天使"打败了心中的"恶魔"。娜娜还在小贤的帮助下，正视自身的不足，找到了自身的优势，成为乐队的主唱，与小默从竞争关系转为合作关系，有力地转变了二者之前僵化的关系，同时娜娜能够结合自身优势，将主唱的任务顺利完成。

因此，学会认识自己的冲动与不足，把握自己的优势，是与他人和谐相处的重要心理基础。

工作启示

在快速演变的现代社会中，社会的变革不仅触动了经济、文化和道德标准的变革，也深刻影响着作为社会一分子的大学生群体。特别是他们的人格完善与发展，更是受到社会变迁的直接影响。因此，我们务必高度关注大学生的人格发展，并致力于培养他们健全的人格特质。大学生的人格教育应紧密结合时代的特点，以推动其全面、健康的成长。

（1）引导大学生正确认识自己。针对大学生群体的特殊身心特征，我们应当引导他们正确审视自我。在成长的过程中，大学生因自我意识的显著增强，能够清晰认知到自身的生理与心理特质。然而，在某些情况下，这种自我意识的某些层面可能与社会道德规范产生冲突，从而引发他们的羞愧或耻辱感。这种心理冲突不仅影响他们的人格发展，还可能使他们陷入压抑与发泄的挣扎之中。根据弗洛伊德的理论，若个体过分坚持超我的极端标准而忽视本我，将可能引发一系列问题。[3] 这对于大学生健康人格的形成与发展是极为不利的。健康人格的培养旨在促进人格各部分的和谐统一，以及个人与现实世界的协调，而非试图消灭本我的冲动与欲望，这是由人的生物性所决定的。因此，我们应当引导大学生正确认知自我，认识到世界上没有完美无缺的人，每个人身上都可能存在瑕疵，这是合理、正常且无可非议的。关键在于如何合理表达和满足本我的冲动与欲望，寻找一种合适的途径与方式，以促进个人的整体和谐与健康发展。

（2）建立符合时代特点的价值观。在大学生人格教育的实施过程中，我们需致力于引导他们构建与当代社会特点相契合的价值观。大学生群体作为社会感知的敏锐群体，其价值观在社会的深刻变革与文化的多元变迁中呈现出显著的冲突。一方面，他们深受传统价值观的深刻影响，难以完全摆脱其束缚；另一方面，随着社会变革的深入与文化变迁的加剧，大学生们逐渐将关注焦点转向经济收入，而非传统意义上的社会地位和职业声誉。这两方面的价值观冲突，与他们在学校教育中接受的理想价值观念形成了鲜明对比，使得大学生在整合其人格结构各部分关系时，面临着更为复杂和深刻的困惑。[4] 因此，在大学生人格教育的推进过程中，我们应坚持现实性原则，引导他们构建既不过于保守、也不过于激进的价值观，使之与当前社会的特定发展阶段相适应。我们需明确，一个完全融合传统、现实与理想的价值观在现实中是不存在的，但我们可以通过教育引导，帮助他们找到最适合自己的价值观定位，以更好地适应社会的发展和变化。

（3）引导大学生使用成熟的、有利于其发展的防御机制。[5] 在人格教育的实践中，我们需着重引导学生采纳并应用那些成熟且有助于其全面发展的防御机制。弗洛伊德曾指出，人们为了应对内心的焦虑，确保人格的完整与统一，会不自觉地采取防御机制以恢复对自我的控制，进而实现自我保护。然而，这些防御机制往往带有否定、歪曲或虚构实际情况的特质，易导致与现实脱节。

若大学生长期使用并固化这些不成熟的防御机制，将对其人格健康发展产生显著的不良影响。因此，在大学的人格教育中，我们应当引导学生采用成熟的防御机制，这些机制不仅能促进个人成长，还符合社会道德规范。同时，要防止不成熟的防御机制在人格结构中的固化。

为此，可采取下述两种策略：第一，降低应激水平。长时间保持应激状态会阻碍防御机制的发展，导致防御机制不成熟甚至致其固化。因此，在大学教育中，我们应尽量减少大学生长时间处于应激状态的情况，例如减少不良竞争机制、避免过于频繁的考试和竞赛等。第二，寻求适当的社会支持。哈佛大学教授乔治·范伦特的研究表明，是否归属于一个稳定的家庭或社会团体，与心理防御机制的成熟程度密切相关。拥有同情、关心、爱护等社会支持的学生较少采用不成熟的防御机制，并能够有效地应对各种冲突。然而，过度的社会支持也可能影响防御机制的成熟。因此，不能盲目地把所有的社会支持强加在学生身上，而是需要视其防御机制情况来决定。若大学生已习惯使用不成熟的防御机制，即该机制在人格中已固化，则需进行矫正。法国的纳什特主张，首先深入了解患者的不成熟防御机制，使其长期处于衰弱状态，进而破坏之，并引入新的、成熟的防御机制以替代，从而实现人格的重建。

（4）加强心理健康教育，有效地缓解大学生的内心冲突与焦虑。[6] 在当前多元文化交织和社会变革的浪潮下，大学生面临着价值观波动和道德标准模糊的困境，这些挑战常常会对他们的人生观、价值观产生深刻的冲击，进一步加剧其内心的焦虑与冲突。为了应对这一挑战，我们不仅要系统地传授心理健康知识，还需要教授他们一系列实用的方法来应对焦虑。例如，通过认知重构，引导他们重新审视自己的思维方式，以更开放和包容的心态看待问题；通过换位思考，让他们能够更好地理解他人的立场和感受，减少冲突和误解；同时，积极的自我暗示和自我安慰也是缓解焦虑的重要方法。此外，我们还应该教育大学生如何选择科学的行事次序，合理安排学习和生活，以提高自己的心理韧性。在校园活动方面，我们应该打造丰富多彩的文娱活动、体育竞赛、社会实践和科技活动等，让大学生在参与这些活动的过程中释放心理与生理的能量，减轻内心的焦虑与冲突。这些活动不仅能够让他们体验到成功的喜悦和团队的凝聚力，还能够培养他们的兴趣爱好和综合素质，促进身心健康发展。同时，我们也应该注重打造舒适的校园环境。学生需要花大部分时间在学校内完成上课、吃饭、运动等日常活动，一个舒适整洁的校园环境能给他们带来积极向上的心理暗示，打造良好的情绪状态。在校园中，我们可以布置亭阁假山、名人雕像、书画长廊等景观，让大学生在欣赏美景的同时受到美的熏陶和道德的感染。此外，校园中的生物园和绿地也能够为大学生提供一个宁静、舒适的学习环境，让他们在自然的怀抱中感受到生命的活力和美好。最后，我们还需要积极开展心理咨询活动。随着在校学生心理健康问题的日益严重，许多学校已经建立了心理咨询室，并配备了专业的心理咨询师。大学生可以通过咨询、倾吐和宣泄来释放心理压力，解决心理困惑和矛盾。心理咨询活动不仅能够帮助大学生解决具体问题，还能够提高他们的自我认知和自我调节能力，让他们在面对困难时更加从容和自信。

心理健康教育对于促进大学生全面健康成长至关重要，应当得到极高的重视。家庭和社会应相互协作，构建优质的教育环境；学校应履行好培育全方面发展的青年人才的社会责任，积极落实校园心理健康教育的普及，确保每位大学生都能接受系统化、专业化的心理素质教育，从而优化学生的心理健康状态，以健康、强韧、全面的精神状态面对日益激烈的社会竞争。

（剧本撰写：谢晶妹、朱智健、叶柱棚；剧本修订、心理分析及工作启示撰写：陈盼盼、刘可心）

参考文献

［1］弗洛伊德著，车文博主编. 弗洛伊德文集［M］. 长春：长春出版社，2004.

［2］王琪. 试论弗洛伊德的人的本质学说［J］. 科教文汇（上旬刊），2008（4）：164-164.

［3］徐星月. 弗洛伊德人格理论对大学生心理健康教育的启示［J］. 心理学进展，2023，13（9）：3617-3622.

［4］卢佳. 弗洛伊德人格理论对当代大学生人格教育的启示［J］. 黑龙江高教研究，2012，30（1）：112-114

［5］张蒙蒙. 人格理论对大学生人格培养的影响［J］. 现代交际，2018（9）：154-155.

［6］李小敏，翟金秀. 弗洛伊德人格理论对高校心理素质教育的启示［J］. 鄂州大学学报，2015，22（7）：35-37.

与你共舞

——自卑心理障碍的克服

角色介绍

小川：主角，自卑又内向，敏感而孤独，极具画画天赋。

苏菲：主角，美丽大方，热情开朗，单纯可爱的日本留学生。

刘凯：小川的舍友，油腔滑调，表里不一。

沙织：苏菲的朋友，活泼开朗。

其他角色：主持人、女生、男生甲、路人甲等。

剧情简介

　　小川是一名在读大学生，性格自卑又内向，敏感而孤独，但极具画画天赋。在一次艺术晚会上，内向自卑的小川邂逅了来自日本的留学生苏菲，两人互生好感，虽然小川内心喜欢苏菲，但害怕与之对视接触。与此同时，小川的舍友刘凯也喜欢苏菲，于是偷拿了小川给苏菲画的画像向苏菲表白。苏菲误以为是小川，被深深打动了。她欣赏小川的才华，但又不由地担心他内向害羞的性格。为了帮助小川重拾自信，苏菲决定向当心理咨询老师的姑姑请教。最后，根据姑姑的专业意见，苏菲一步步成功地帮助小川走出了心理困境。

精彩剧情

第一幕（舞厅，晚会现场）

主持人　欢迎来到我们的艺术 Party！

　　　　（晚会现场热闹非凡，大家互相聊天、欣赏节目，唯独小川一人坐

在舞厅的角落）

主持人 （声音变得激昂）让我们掌声欢迎今晚的舞王！

（舞王上台展示约 20 秒的街舞，全场欢呼，台下女生尖叫"好酷哦"）

主持人 哇！不愧是舞王，用动感的节拍和轻快的舞步，瞬间点燃全场！接下来让我们继续欣赏留学生的精彩表演吧！

（掌声响起，苏菲面带笑容，自信上场）

刘凯 （走到小川身边，拍了拍他的肩膀）嘿，这么好看的晚会，你怎么就傻傻地坐这里！你看，台上有个留学生在表演呢！

（小川抬头看了一下，瞬间被苏菲优美的舞姿深深吸引，不禁愣住了）

刘凯 （吹了一下口哨，夸张口吻）天啊，那个女生真漂亮！如果是我女朋友就好了！哈哈，你说是吧！

（小川不回应，表现得若无其事，实际上极力掩饰自己内心的波动）

刘凯 （看了小川一眼）哎，不如我们去认识一下吧。该出手时就出手！你怎么还愣着呢？从认识你开始你就这样老是不作声的样子，就当是陪我去认识一下嘛！走吧！（边说边半推着小川走向刚刚表演完走下舞台的苏菲）

刘凯 （走到苏菲身旁）嗨，你跳舞跳得真好看！

苏菲 （擦了擦额头的汗，开心地笑）真的吗？谢谢！我上场前还很害怕呢！

刘凯 （笑）当然是真的。对了，你是来自哪个国家的？

苏菲 我来自日本。我叫苏菲。你呢？（伸出手）

刘凯 （手在裤子上擦了擦，连忙伸出去）哈，我叫刘凯。

苏菲 刘凯？噢，那我们是朋友啦！（望了望刘凯身边的小川，有点奇怪）咦，这位是你的朋友吗？

（小川一直低着头，发现苏菲和小川将话题转向了他，便马上将头转向观众方向）

刘凯 噢，这是刘小川，我的好朋友。

苏菲 （主动向小川靠近）嗨，我是苏菲。

（小川见苏菲靠近，紧张到小退了一步，飞快地望了苏菲一眼，再次将头别过去）

主持人 大家静一静，静一静！

79

（现场嘈杂的人声逐渐停下。小川、苏菲和刘凯也抬头望向了主持人）

主持人　我要向大家宣布一个喜讯！我们的刘小川同学获得了全国绘画大赛素描类一等奖！恭喜刘小川同学！刘小川同学在吗？请上来说几句获奖感言吧！

苏菲　（眼睛一亮，惊喜并崇拜地望向小川）哇！原来你这么厉害！

（小川被刘凯推上了台，一脸不情愿）

主持人　刘小川同学，恭喜你啊！可以跟大家分享你的获奖感受吗？

小川　我……我……我……

主持人　（期待地望着小川，可是见他不再作声，便略带失望地打圆场）可能小川同学太激动了，一时间不知道说什么，没关系，我们再用热烈的掌声祝贺他吧！

（小川下台，主持人继续在台上主持节目）

苏菲　（看到小川很兴奋）小川你好棒，能拿到国家级的奖，你的素描一定很好看！有机会可以让我欣赏一下吗？

（小川不好意思地微微点点头，远处突然有一女生叫苏菲）

苏菲　不好意思，有人找我，我先走啦！再见！（特地转向小川，挥手）我走啦！

（苏菲离去，找她的朋友沙织）

沙织　你怎么表演完那么久都不过来呀？

苏菲　没有啦，刚下台就认识了几个新朋友。（突然兴奋起来）你知道吗，其中一个就是刚才上台的，拿了全国绘画大赛素描一等奖的刘小川呢！

沙织　呃，你怎么这么兴奋啊？（奸笑状）是不是，是不是对人家有意思啊？

苏菲　（害羞地笑）说什么呢你，那也要别人有意思才行啊！我跟他说话他都没什么反应！

沙织　噢？！居然有人对我们的大美女也没有反应啊！（边笑边打闹）

刘凯　（大力地拍了小川一下，把小川吓了一跳，说笑地）好家伙，平时看你呆呆的样子，居然有这么大魅力，连外国美女都对你有兴趣！刚才你上台的时候她拼命向我打听你呢！臭小子，你可别跟我争女朋友啊！哈哈哈！

小川　噢？

刘凯　开玩笑的！想必你也不会跟我争吧！你除了画画还是画画，哪有时间跟我争！走，我们去喝东西！（说着和小川离去）

第二幕（小川宿舍、苏菲宿舍）

（小川正在收拾自己画画的工具，书桌上放了一叠画。此时，刘凯进门）

刘凯　咦，准备出门吗？

小川　嗯，刚练习完画画，现在去吃饭。（说着向刘凯挥了挥手，出了门）
　　　（刘凯走过小川的书桌，看到桌面的那叠画，便随手翻动起来）

刘凯　（自言自语）这小子画画确实挺漂亮的。哇，（一边翻动着）教学楼长廊、校门口的大树、湖心的凉亭、图书馆前面的广场。这小子果然什么都会画，真是走火入魔。不过，怎么没见画几个人呢？（翻着，突然看到其中一张）总算有张肖像了，哇！还是个美女。（仔细一看）咦，这不就是苏菲吗？还画了好几张。这小子画美女还画得挺传神的。（突然灵机一动）不如就借花献佛吧，如果拿这张画向苏菲表白，肯定能打动她的芳心。嘿嘿，小川每天画那么多张画，少一张他也不会发现的吧。而且，这也算成全了我的美事啊！（说着拿起笔在上面写了几个字）哈，在网上看到的情诗终于派上用场啦！
　　　（苏菲宿舍外，一个女生匆匆打着电话）

女生　（对电话说）亲爱的，我正在赶来呢！那个刘凯叫我帮他递一封情书给一个叫苏菲的女孩子。（撒娇状）嗯，我知道了。我到苏菲宿舍了，亲爱的，等会见。等我哦！（对着电话亲吻了一下）
　　　（女生挂断电话，走进苏菲宿舍）

女生　请问哪位是苏菲？

苏菲　（坐在书桌旁，抬起头）我是，有什么事吗？

女生　有人叫我把这个交给你，那个叫……叫什么来着……（此时电话突然响起）喂喂，怎么了亲爱的？哎哟，我当然记得带啊，那可是我们的定情信物啊！什么？唔——你讨厌啦！（边聊电话边撒娇，离开了苏菲宿舍）

苏菲　（想叫住女生）喂，喂喂！（回过头来看）这是什么？（打开纸）哇，这是我吗？画得好漂亮啊！

沙织　（听到赞叹声，走过来）咦，是什么东西？（拿过情书念）"在你窗外，风来了，雨来了。在你窗外，我也来了。你愿意接受，这场风，这场雨，和守护在你窗外的，这场爱吗？"哇，好肉麻！（作呕吐状）你收到情书了啊！谁写的啊？

苏菲　不知道啊！一个女生走进来放下就走了。

沙织　画得好漂亮。嗯，（突然想起来）是不是你上次说的那个拿了全国绘画大赛第一名的刘什么？

苏菲　是刘小川！（有点害羞，但是又遮掩不住兴奋）会是他吗？

沙织　呀！看你的样子，准是心动了。不过，我就情愿不是他。

苏菲　（奇怪）为什么啊？

沙织　上次听人说，这个刘小川很怪，特别怕女生。连交作业到女课代表那儿的时候，都是扔下作业就跑，更不要提跟女生说话了。怪不得上次你说跟他说话也没反应！我觉得啊，他可能心理有点问题，你还是小心点为好！（看了看表）我约了人，时间差不多了，我先走了啊！拜拜！

（沙织说着走出了宿舍，剩下苏菲一个人在房间里坐着，拿着情书在思考）

旁白　苏菲被打动了！她欣赏他的才华，却又暗自担心他内向害羞的个性。她决定帮助这个与自己相互产生好感的人，于是向当心理咨询老师的姑姑请教。在与姑姑通话过后，苏菲根据她的专业意见，打算一步一步地帮助小川走出他的心理困境。

第三幕（画室、校道、森林公园）

（9月初，画室）

苏菲　（独白）姑姑说，要主动和他接触，先让他不要那么害羞。
　　　　（苏菲和小川打招呼，但没有得到回应。随后，小川抬头，伸了一下懒腰，看到苏菲之后很快又缩回画板后面。苏菲选中其中一幅画，捧起来看，小川冲过去，迟疑一下又退回来一步，不敢靠太近。苏菲把画放在画架上，走远一点欣赏，看见小川的情状，转过身做思考状。两人背对背，小川双手在腹前揉搓，低头看自己的双手，苏菲转头疑惑地看小川）

小川 （独白）（懊恼）我应该怎么办？

苏菲 （独白）他怎么这样？怎样才能让他改变呢？

（9月末，校道）

苏菲 （独白）主动接触以后，按照姑姑所说的，找他感兴趣的话题和他交流。嗯，这本画册应该是他喜欢的吧。

（苏菲捧着一本画册边走边看，无意间踢到路边的长凳，发现小川在长凳上翻看自己的画稿，于是坐下与他一起讨论画册上的画作。她一坐下，原本坐在长凳中间的小川立即移到长凳的一头，苏菲只好坐在长凳的另一头。她把画册指给小川看，两人一边看一边讨论，越来越投入，坐得越来越靠近）

（10月中，森林公园）

苏菲 （独白）终于能和他说上话了。不如我趁热打铁约他出去，让他试一下与女生单独相处，这样他的恐惧应该会慢慢消失的吧。

苏菲 小川，不如，我们一起去写生吧？

小川 呃……好吧。

（两人坐下画了一阵子，位置相隔一小段距离，但不远）

苏菲 你的景物素描真的很漂亮啊！

小川 （笑）谢谢！

苏菲 （偷笑了一下）你怎么不画一下人物呢？

小川 （四周张望）人？这里都没什么人。

苏菲 我不就是一个吗？！

小川 画你？！

苏菲 对啊！（狡猾地）以前也有人给我画过，不过（诡异一笑）我想看你（重读"你"字）画我是什么样的。（见小川迟疑）就当教教我怎么画嘛！

小川 噢……好吧。

（苏菲走到小川对面的长椅边坐下）

苏菲　要画得漂亮一点啊！

小川　（大声）噢，知道了。（小声自言自语）我都不知道画你画过多少遍了。

苏菲　嗯？你说什么？

小川　没，没什么。

（半小时后）

苏菲　画完了吗？

小川　嗯，画好了。

（苏菲站起来，兴奋地跑过去看画，小川把画递给苏菲）

苏菲　（看了一眼，兴奋而甜蜜，踱了几步，低声说道）真的是你！我就知道那张画是你画的。

小川　啊？

苏菲　（沉浸在幸福的沉思中）哎，你先闭上眼睛吧。

小川　（疑惑）闭眼？为……为什么啊？

苏菲　叫你闭就闭啦！快点！

（小川一脸疑惑地闭上了眼。这时，苏菲身子前倾，想吻小川的脸，将要吻到的时候却停住，转过身去）

苏菲　（独白）这，这样还是不行。他，他为什么不亲口告诉我他喜欢我呢？他在我面前都没有提过他送我的画和诗。算了，我还是等他开口吧。

苏菲　（将身子转回面向小川）好了，睁开眼睛吧。

小川　（睁开眼睛）噢？刚才怎么了？

苏菲　没什么，你脸上有东西。

小川　（有点失望）噢，这样啊。

苏菲　（四处张望）这边的风景都画得差不多了，我们找其他地方画吧！去哪里画呢？（踮起脚四周看）

（小川伸出手，想拉起苏菲的手，突然似乎想起什么，又猛缩了回来。他鼓起勇气想再伸出去，可是最终还是缩了回去）

苏菲　哎，就去那边画吧！（指着一个方向）

小川　噢，好吧。

（两人走远）

第四幕（校道上）

（苏菲与男生甲在校道上走路，忽而发现男生甲的头发上有一片小花瓣）

苏菲　（走着）咦？等等，（止步）你头上有一片白白的花瓣。（踮脚抬头凑上去看）

男生甲　真的吗？你帮忙弄下来吧！

苏菲　（伸手帮他拨下来）好的。

（小川经过，看见两人的动作，大吃一惊，正打算转身走。此刻苏菲见到小川，连忙追上）

男生甲　（疑惑）苏菲，上哪去啊？算了，我先走吧。

苏菲　（追上小川）等一下！

（小川停住，转过身来）

苏菲　干吗来了又走？

（小川不出声）

苏菲　怎么脸色这么难看？生病了？

小川　你跟你的男朋友……怎么不告诉我你有男朋友了？

苏菲　什么男朋友？他不是我的男朋友。

小川　你们这么亲密了，怎么不是。你明明有男朋友了，为什么还对我这么好？让我对你有期待、有幻想。（声音更大）怎么可以这样对我？（停一下，吸一口气）我早该想到的，像我这样的人，怎么可能有人喜欢我呢？（自嘲地笑）哼，还自作多情！

苏菲　（摇头）不是不是，不是这样的！

小川　不是这样是哪样？那你为什么要对我这么好？

苏菲　（语塞，挣扎着怎么说）我想帮你呀！

小川　帮我？为什么？我有什么需要你帮的？

苏菲　（迟疑）你那么有才华，画画这么漂亮，却那么害羞。

小川　你这是在可怜我？

苏菲　（无奈，低头，叹气）我怎么说才好呢……

小川　（打断苏菲，愤怒）好了，我算明白真相了。你不过是在可怜我！

苏菲　（终于克制不住，激动）不是！那是因为……（鼓起勇气）我喜欢你！

（双方沉默，小川惊愕）

苏菲 （激动）我真搞不懂，明明是你先向我表达爱意的，又说我是在可怜你才接近你，真是无理取闹！

小川 我向你表达爱意？

苏菲 不是吗？干吗不承认？

小川 （惊异）我没有啊！

苏菲 那……那天你找人送到我宿舍的素描和情诗是什么？

小川 （做无辜状，双手摊开）我哪敢这么做？

苏菲 明明就是你画的。那张素描和那天在森林公园我叫你帮我画得那张肖像简直一模一样。不是你是谁？（痛苦状）拜托，你不要折磨我了，一下热情一下冷淡，一下送画送情诗一下又说没有，这算什么事？（跺脚，愤怒地转身跑开）

小川 （独白）你不明白，难道我又明白吗？（抱头）难道我喜欢她是错的吗？！说是帮我，把我当什么了？！难道我在别人心里就是一个心理有问题的人吗？！我，我知道自己很内向，我是不敢和女生说话，我是害怕和她们对望。可是，可是我也试过改变啊！（呜咽）我，我真的很没用，我克服不了那种恐惧！我是没有人喜欢的窝囊废！（像是突然想起什么似的）但是，但是苏菲刚才，她刚才说她喜欢我的！（又犹豫）她是在同情我吗？（想起之前和苏菲相处的日子，踱步）可是，之前她对我的好，是那么的真，不像是同情啊！记得在画室里我第一次敢直视她的眼睛，她的眼睛是那么明亮，那么真诚。（突然醒悟）嗯！我敢和女生直视了！我做到了！（兴奋起来）原来我可以的！那，那，那岂不是错怪苏菲了？！我刚才对她那么凶，她会不会生气再也不理我了？！（紧张起来）不行，我要让她明白，我在改变，我在为她改变！

第五幕（万圣节晚会）

旁白 与苏菲吵架后，回到宿舍的小川十分痛苦与后悔，也慢慢明白是自己过于敏感。小川想找苏菲道歉，却一直没有机会。这时，传来了要办万圣节晚会的通知。

［开场苏菲与一路人甲（男）聊天，小川四周张望找人，看到苏菲后

仍保持距离，有点兴奋但又突然低头，后退一步］

小川　（独白）啊？她又和别的男生在一起。不行……我怎么又开始这样了，明明今天是来道歉的啊……苏菲都向我解释过了，他们只是朋友关系。我不能再这样了……我不能让苏菲讨厌我……

　　　　（小川抬头，走到苏菲面前。苏菲看到小川，低头抿嘴，然后抬头看小川，路人甲看出异样）

路人甲　呃，我先去那边找朋友了，你们聊。

苏菲　（转视线看向路人甲，道别后低头）嗯嗯，拜拜。

小川　（小紧张，身体僵硬）嗨！

苏菲　嗨！

小川　嗯……我是想……想来向你道歉的！那天，是我太过分了！

苏菲　没有啦，我也太激动了，不该和你吵。

小川　那你原谅我了？

苏菲　嗯嗯，好吧。不过，你今天倒是很难得啊，能主动来找我，看来，我成功让你变得开朗些了哦！

小川　（注视苏菲，冲动地说）苏菲！我……（低头）

苏菲　嗯？什么？

小川　（抬头）我……我喜欢你！

苏菲　（愣住）啊？

小川　（语速加快）我知道自己配不上你，我知道自己很内向！可是……我不得不说出来，我没办法憋在心里，对不起……我……（停顿）

苏菲　那——你喜欢我什么呢？

小川　我……我也不知道。可能是你的动作、你的表情、你的笑……

苏菲　哈哈，还没有发现你这么可爱哦。不过，你似乎少说了一句话！

小川　（惊讶状）啊？什么话啊？

苏菲　你愿意做我的女朋友吗？

小川　（吃惊张嘴）啊？愿意啊！

苏菲　笨蛋！我是让你说！

小川　（低头）啊！哦……（抬头，注视）你愿意做我的女朋友吗？

苏菲　（笑，一直点头）嗯嗯，当然愿意。

小川　那……我帮你去拿点东西喝吧！

苏菲　（甜蜜地笑）好啊！

（刘凯来到苏菲面前，想邀请她跳舞）

刘凯　（做作地）苏菲，我可以请你跳一支舞吗？

苏菲　啊……不好意思，我……

刘凯　（看了小川一眼，然后贴近苏菲低声说）上次我为你画的肖像，有没有什么想法啊？

苏菲　（吃惊）啊！上次的肖像是你画的？

刘凯　对啊，现在，可以请你跳一支舞吗？

苏菲　（一愣，忽然明白状，走向前几步，低声说）噢……原来那天的画和情书是他送的！（苏菲闷"哼"了一声，见小川回来便笑了，走向前去迎向小川，接过小川手中的杯子，转身直接递给刘凯拿着，腾出手后便向小川伸出手）

苏菲　可以和你跳一支舞吗？

小川　（既吃惊又害羞）啊……好啊！

（刘凯非常惊讶，接着迅速抛开纸杯，混进跳舞的队伍中。苏菲和小川在人群中翩翩起舞）

心理分析

　　自卑心理，通常指因某些生理、心理或社会因素所诱发的负面自我认知，其本质为性格上的一种不足，具体表现为对个人能力及品质持有过低评价。[1] 由此可见，自卑感是人类的普遍现象，也是正常现象，但自卑并非仅有消极作用，适当的自卑心理能够促使个人力求补偿与超越，从而成为推动成功的内在动力，若自卑感过重，则会适得其反，不当的过度补偿与因自卑感而转化成的自卑情结则会对个人的生活造成严重影响。

　　本剧以小川与苏菲为主线，主要通过小川一系列的行为表现，生动演绎出一个存在自卑心理障碍学生的内心真实独白，以及苏菲如何慢慢帮助其克服恐惧，走出自卑的泥潭。本剧之所以以"与你共舞"为名，一是点明剧情以舞会贯穿全剧的始终；二是暗示自卑学生应学会正视自己的内心，与自己和解。剧中的小川正是因为自卑心理作祟而不敢与异性对视、接触，差点就与美好的爱情擦肩而过。实际上，小川极具绘画天赋，但从不敢在别人面前表现自己，即使是获得了国家级奖项，受到了众人的掌声与鲜花，也依然没有树立应有的自豪感。面对自己喜欢的女孩，不敢主动去争取，害怕自己配不上对方，也担心对方不认可自己，但又不愿意表露自己的情感。多种矛盾冲突的心理让他内心变得十分敏感，从而变得自卑多疑，这一切都是极端不自信的外在表现，而这种恶性循环的自卑心理也大大影响了他的生活。苏菲则是一个自信、开朗的女生，虽然与小川互生好感，但由于小川的沉默而不敢确认自己的内心，直到后来决心帮助他走出自卑，双方才互相表达了各自的情感。通过本剧，我们也能够看到部分高校大学生的身影及真实的心理状态。

对于刚刚步入大学校园的新生而言，自卑心理的滋生往往源于多个层面。[2]首先，他们面临着生活环境和学习环境的巨大转变，这种突如其来的变化让他们在短时间内难以适应，常常强迫自己达到某种预设的标准或期望。然而，当现实与期望存在落差时，他们往往会感到情绪低落，对自我价值产生怀疑。其次，一些学生由于天生存在的生理或心理缺陷，如智力、外貌或家庭背景等方面的不足，他们在心理上存在一定的障碍。他们常常觉得命运对自己不公，怨天尤人，这种心态使得他们在学业上难以取得理想的成绩，进而加深了对自我能力的怀疑，缺乏前进的动力。再次，生活和学习中的困难和挫折也是引发自卑感的重要因素。当学生在面对挑战时，如果总是怀疑自己的能力，缺乏坚定的意志和毅力，那么这种消极心理就会逐渐积累，最终形成自卑感。此外，部分学生的内向性格也是导致自卑心理的原因之一。他们不喜欢或不擅长与人交往，常常将自己封闭在孤独的世界中，缺乏自信。这种孤立无援的状态使得他们更容易产生矛盾心理，最终演变成自卑心理。最后，家庭条件和出身背景也是影响学生自卑心理的重要因素。当学生在物质条件上不如他人时，攀比心理往往会让他们产生自我贬低的心理。他们可能认为自己在很多方面都不如别人，从而产生自卑感。

剧中的小川正是由于天生性格内向，不敢与别人进行眼神交流，尤其是面对异性时，内心会更加紧张、恐惧，周而复始，自卑心理就会愈发严重，导致他十分抗拒与他人交往，连打招呼这种基本礼仪都成了困难。当面对互相有好感的女生时，小川会习惯性地产生"我不配"的心理暗示，正是这种自卑心理让他一次次逃避自己内心的情感，因担心被拒绝而不愿意去表达，最终差点失去了美好的爱情。

除此之外，深受自卑心理困扰的学生，常常过于在意他人对他们的评价，担心自己在老师和同学心中的形象受损，更难以准确地认识自己的价值和特点。这种过度的关注往往导致他们的自我认知产生偏差，仿佛置身于一个与真实世界相去甚远的假想环境中，他们的心理取向也逐渐趋于固定，难以灵活地调整。

这样的心态不仅影响了他们的学习和生活，也阻碍了他们的个人成长和发展。受多种因素影响，他们从真实环境到假想环境的映射往往出现偏差，从而导致二者的偏离。对于一个悲观、软弱、消极的大学生而言，随着时间的推移，这种假想环境对真实环境映射出的愿望难以实现，就会引发自怨自责的心理压力，从而产生自卑心理。此外，自卑感的滋长，并非仅仅源于认知上的分歧，而是更深层次的感觉错位。其本质在于人们倾向于避免使用客观现实的标准或尺度来自我评估，而是固执地坚持或幻想自己应达到某种特定的标准或境界，诸如"我理应如此完美无缺"或"我应当效仿他人，做到尽善尽美"。然而，这种追求往往脱离现实土壤的滋养，当个体难以触及这些预设的目标时，便会在心海中激起更多的波澜，滋生出深重的烦恼和自卑感，更有甚者，会使自己陷入无法自拔的自责与悔恨的漩涡之中。

综上，自卑心理产生的原因有很多种，不同学生的情况并不一样。一般来说，有自卑感的学生大多不擅长交际，不积极参加学校活动，也不敢在他人面前表现自己。作为教师，应充分了解学生自卑心理的表现。当发现学生存在这种情况时，有针对性地加强心理调适，找准导致他们自卑的根源，并对症下药。正如本剧中的苏菲，为了帮助小川逐渐走出自卑，主动向作为心理咨询老师的姑姑寻求帮助，通过专业途径，使用系统脱敏法，先主动接触小川，寻找他感兴趣的话题，并在这一过程中逐步树立信心，最终成功帮助他克服心理障碍。因此，面对不同情况的学生，教师应学会观察与沟通，发现他们身上的闪光点，当自卑造成严重困扰时，可寻求专业咨询，引导他们确立正确的人生价值追求，给予更多的人文关怀，切实做到为他们排忧解难，帮助他们克服自卑心理，重拾自信人生。

工作启示

自卑是一种消极的自我评价或自我意识，也是大学生常见的心理问题，尤其是刚入校的大学新生，对新环境及学习方式的适应缺乏必要的心理准备，便会出现程度不同的自卑。若不及时发现疏导，则会对大学生的身心健康及发展产生不利影响。一方面，过度的自卑心理会令人紧张、焦虑，不断自我怀疑，不愿尝试新事物，害怕与别人接触，导致人际交往出现障碍；另一方面，长期的自卑会对身体造成一定伤害，出现记忆力减退、敏感多疑、心理承受能力低下等症状，有的甚至还会引发其他精神疾病，从而影响正常的学业与生活。

因此，大学生的自卑心理问题不容忽视，只有摸准情况，找准病根，才能更好地对症下药。在学生工作中，我们应该主动接近学生，与他们进行交流、沟通，共同找出具体原因，帮助他们勇敢克服这种消极心理，必要时寻求家长的配合，实现家校合力。

在以下的内容中，我们将基于日常工作的实践经验，提炼出若干项具体策略，旨在协助学生有效克服自卑心理。

（1）帮助学生正确认识自我，肯定自身价值。[3] 为了帮助学生建立正确的自我认知并肯定自身价值，教师需要关注并解决现实中普遍存在的自卑问题。许多学生并非真的缺乏能力，而是未能充分意识到自身的优势和长处。这种对自我能力的低估，往往导致他们陷入自我否定的恶性循环。因此，教师肩负着引导学生正确认识自我的重要任务。实际上，每个学生都拥有独特的闪光点和优势。通过日常的交流互动，教师应鼓励学生深入挖掘并发现自己的长处，同时肯定他们通过努力所取得的成就和事例。这样的过程有助于学生形成清晰的自我认知，从而摆脱自卑心理，更好地展现自己的价值和能力。

（2）端正对待自卑心理的态度，修正理想自我。心理学家阿德勒认为，每个人都会有不同程度的自卑心理，虽然自卑是一种消极的情绪体验，但适度的自卑心理能够产生不断超越自身的动力，从而推动人类的进步。因此，当学生出现自卑心理时，教师应积极引导，帮助他们正确认识自卑，端正态度，通过扬长避短补偿自我，树立自信。

（3）帮助学生学会与人交往，参与集体活动。[4] 为了协助学生提升人际交往能力，积极融入集体活动中，教师需注重针对那些表现出自卑情绪的学生进行特别关注。这些学生往往表现出孤僻、内向和不合群的特质，倾向于自我孤立，缺乏与周围人群的交往和心理沟通，这种孤立状态可能导致其心理状态趋向极端。因此，教师应当积极鼓励学生扩大社会交往范围，多参与各类活动和实践，以此丰富他们的生活体验，并培养多元化的兴趣爱好。作为教师，应根据学生的特长和兴趣，策划和组织不同种类的校园活动。通过这些活动，激发学生的潜能，并促使他们在与他人的交往中逐渐学会表达自我情感，从而逐步摆脱自卑的困扰。同时，这些活动也有助于增进学生之间的友谊，使他们的心情更加开朗，自信心得到逐步恢复。

（4）多关怀激励学生，给予正面积极反馈。[1] 自卑的人常常因为缺乏自信，而不敢涉足那些自己没有十足把握的领域。他们可能在课堂上犹豫不决，不敢勇敢地举起手来发表自己的见解；他们可能在与老师和同学的交流中显得局促不安，不敢直视对方的眼睛；他们可能畏惧在众人面前表达自己的观点，害怕被他人评判；他们甚至可能对别人的每一句话都过度敏感，生怕自己的不足被揭露。然而，我们必须明白，正视他人是积极心态的体现，是内心自信的标志，更是个人独特魅力的展示。每一次勇敢的尝试，每一次坦诚的交流，都是对自我挑战和超越的见证。面对这种情况，我们应多创造环境，在课堂或其他公众场合多给学生发言和展示的机会。例如，可以设立学习互助小组，发挥小组成员带动作用，让相对安静的同学敢于尝试，并完善相关奖励机制，鼓励他们更勇敢去表现自己。此外，自卑的学生往往会把他人，尤其是教师对自己的态度和评价看得比较重，教师不经意的表扬或批评可能会影响他们的一生。因此，教师在工作中要慎重而客观地评价学生，积极运用语言暗示法帮助学生树立自信心，并及时给予正面而具体的反馈，让他们逐渐形成心理暗示。久而久之，他们就能学会欣然接纳别人的赞美，也更能发现自己的优势，在潜移默化中提升自信。

（5）帮助学生确立清晰的目标，用发展的眼光看待自己。对于大学生而言，产生自卑的一个重要原因在于心理失衡。在高中阶段，他们大多是佼佼者，时常受到周围人的夸奖，但到了大学，他们其中绝大部分人发现自己不再具有往日出类拔萃的表现，甚至许多人比自己更为突出，便出现了心理落差，优越感与自豪感受挫，最终走向自我否定的极端。因此，教师要帮助学生及时调整心态，根据自身实际情况制定目标，越细致、越易操作越好，同时，引导学生摆正心态，努力学习，锻炼能力，而不是专注于与别人做比较。每当实现一个小目标时，要及时鼓励自己，不断调整自己的奋斗目标，逐步建立信心，克服自卑。

（6）注重与家长交流，形成家校合力。教师在抓好学校日常工作的同时，也要重视与学生家长的交流和沟通，引导家长多主动与孩子交流，及时发现孩子的心理健康问题，形成家校共管。在日常生活中，家长也应该多表扬孩子做得好的地方，营造温暖轻松的家庭氛围。同时，鼓励家长多带孩子走出去，尝试不同的新鲜事物，让他们接触更多的人，经历更多的事，从而开阔视野，更有利于他们形成良好的心态，正确认识自己。

总之，我们在工作中要重视每个学生的发展和成长，尤其是没有自信、看不到自己优势和闪光点的学生，我们更应该多一些关怀，多一些鼓励，为他们搭建更多展现自己的平台，充分发挥优势与特长，以更全面认识自己。同时，应该引导学生正确面对挫折与成败，悦纳自己，正面反省，培养乐观向上的心态。此外，学校也应定期举办心理健康讲座或沙龙活动，形成梯队化的心理教师队伍。若学生自身无法克服自卑心理，应鼓励他们积极寻求专业心理咨询师的帮助，采取多种方法树立自信，克服自卑心理，形成良好的性格。

（剧本编写：华文学院心理协会；剧本修订、心理分析及工作启示撰写：刘潇潇、李梓颖）

参考文献

［1］阿德勒. 自卑与超越［M］. 马晓娜，译. 北京：北京联合出版公司，2016.

［2］王宝山. 如何帮助学生克服自卑心理［J］. 中学教学参考，2014（18）：84.

［3］姜秀华. 大学生怎样克服自卑心理［J］. 佳木斯大学社会科学学报，2000，18（2）：26-27.

［4］张文锋. 如何帮助学生克服自卑心理［J］. 四川教育学院学报，2003（6）：69.

捆绑

——以爱之名的束缚

角色介绍

阿伟：主角，喜欢小秋，害怕被抛弃，疑心重，以爱的名义限制女友自由。

小秋：阿伟女友，喜欢阿伟，工作积极上进，受不了被怀疑、被限制。

阿森：阿伟和小秋的同班同学，与小秋在同一家公司实习，乐于助人。

医生：心理医生，帮助阿伟和小秋走出困境。

剧情简介

　　大学生阿伟对自己的女朋友小秋疼爱有加，在即将毕业之际，阿伟不惜辞掉自己的实习工作，专门在小秋的实习公司附近租房，布置成小秋喜欢的海景感觉，并每天在家做好饭等小秋下班。然而，阿伟由于自己内心的不安，以及误会好友阿森的话，不断对小秋产生怀疑，疑心小秋为何下班不尽快回家，最后发展到疑心小秋与"富二代"相爱，甚至要求小秋辞掉实习工作。小秋受不了这种捆绑式的爱情，痛苦不已，最后与阿森一起找来心理医生与阿伟深入交谈，才明白阿伟内心的挣扎。原来阿伟小时候被妈妈遗弃，因此长大后也担心小秋会像妈妈一样离开自己。最终，在心理医生的帮助下，阿伟重拾信心，决定改变自己。

精彩剧情

第一幕

　　医生　我想，阿伟，我很高兴今天你能来找我，我就知道你是爱小秋的，但现在你能跟我分享你们的过往是什么吗？

阿伟　（充满了温情，看着手中的卡片）是的，医生，我的确很爱她，以前我总是给她带巧克力，但是丫头啊她总舍不得吃，她是那么温柔又可爱。

阿伟　（充满了愤怒与激动）为什么，为什么，我难道还不够爱你吗？我几乎每半个小时给你打一次电话，为了你我甚至连实习也放弃了，难道我还不够爱你吗？

阿伟　（温情）我曾经问过她，我没有钱，你愿意嫁给我吗？她说，只要我给她买个小公寓，她就嫁给我，做我老婆。

阿伟　不要走！不要走！不要离开我！（一边哭泣）我求求你，我可以改的，我什么都可以改的，求求你，求求你，我可以，我可以，我可以，我可以，我可以的！（突然坚定）

第二幕

（地点：海景房；阿伟捂着小秋的眼睛）

小秋　（欢快地）你带我去哪里啊？神神秘秘的。

小秋　（阿伟放开双手，小秋睁开眼睛）哇，哇！（向前走，参观环境）好漂亮啊，蔚蓝色的天花，紫色的玻璃板，好有海的感觉，真舒服啊！

小秋　（开始走向阿伟）那盏不就是我喜欢的灯吗？！这是哪里啊？

阿伟　这是我们的家。

小秋　这是怎么回事？怎么突然……

阿伟　你不是说你喜欢海吗？这里一切都是依照你的喜好设计的，你看那对公仔，像我们一样恩爱。

小秋　（故作生气，甩开阿伟的手，转身坐下）这么大的事情，你都不跟我商量一下。

阿伟　哎呀，我想给你个惊喜嘛，我就知道你会喜欢。

小秋　阿伟啊，为什么要住这里啊，我们在学校不是住得好好的吗？

阿伟　你已经开始实习了嘛，而且我们也要毕业了，这里离你公司很近的，以后我会每天在家里做好饭，等你回来吃。

小秋　什么？你要在家等我，你实习的公司比我还要晚半个小时下班，你怎么等我啊？

阿伟　那份实习我没做了。

小秋　什么？！这是怎么回事？你好好说清楚啊。

阿伟　没什么，你也说我比你晚半个小时下班，那份实习又忙，你回来半个小时在干什么我都不知道，我实在受不了。

小秋　阿伟啊，实习机会是很难得的，你应该珍惜才对啊，怎么随便就说不做了呢？而且你不是说过，我们彼此深爱对方不就够了吗？你的好朋友阿森和我在一个公司实习，难道这样你还不放心吗？

阿伟　我不是不放心，也相信你。但是阿森也说了，你们公司男同事特别多，你又那么优秀，我怎么可以放心？

小秋　可是，这……

阿伟　好了，行了，反正我现在实习也没有了，你好好工作就行。

第三幕

（地点：海景房）

（阿森站在门外，门铃响了，阿伟系着围裙跑过来开门）

阿伟　来了。（打开门，非常惊讶）阿森，怎么是你？！

阿森　是啊，欢迎吗？

阿伟　当然，进来吧！（热情地搭着阿森的肩膀）

阿森　哇！装修得不错嘛。欸，你在做饭啊！

阿伟　对啊，等小秋回来吃，奇怪，你怎么会上门？

阿森　哦，是小秋告诉我，你们最近搬到这边来了啊。我今天刚下班踢完球，就想来参观参观咯。

阿伟　对哦，小秋也该下班了，怎么她现在还没回来？

阿森　哦，可能手头上还有些事情没做完，你知道小秋这个人，平时她很勤奋的。

阿伟　她平时总是准时到的，现在都过了5分钟了，怎么还没回来。（突然冲着阿森喊）她是不是跟其他男同事在一起了？

阿森　哎，你看你，你现在做人家男朋友，反而把女朋友盯得死死的。你跟小秋大一到现在都三年多了，一直好好的，小秋是个怎样的人，你还不知道？！

阿森　（起身，走向阿伟）哎，我告诉你啊，小秋这样的女孩子啊，现在很
　　　稀罕了呀，我们班的女生都很嫉妒她的。

阿伟　嫉妒小秋？这话什么意思？

阿森　哦，我们班有个男生，又帅又有钱，他以前偷偷追求过小秋，还送
　　　过一条项链给她，但是这些事情，后来全班同学都知道了。哦，对
　　　了！他爸爸，还是小秋现在实习公司的老板。

阿伟　（突然很激动）什么？！小秋现在实习公司的老板是他爸爸！还送项链！

阿森　不是啦，小秋肯定没答应。

阿伟　你怎么知道她没答应，是你跟她在一起骗我对不对？（手指着阿森）

阿森　阿伟啊，我跟你二十多年兄弟，难道你现在连我都不相信了！

阿伟　（步步逼近阿森，推了他一把）我不相信，你给我走！

　　　（阿森拿起包准备走，迟疑地看着阿伟）

阿伟　（怒吼）你可以走了吗！

　　　（阿伟的手机响了，接听）

阿伟　喂，小秋，你现在在哪里？

小秋　阿伟啊，公司临时有急事，又要开会了，好了先不说了，我散会再
　　　打给你吧。

　　　（阿伟重拨回去，听到的是忙音，阿伟生气地摘下围裙，狠狠地甩在
　　　椅子上）

第四幕

（地点：海景房）

小秋　我回来了，不如我们今晚去吃顿好的，好不好？

阿伟　你今天做了什么，跟谁在一起？

小秋　我今天上班很累了，我们不说这个吧。

阿伟　你是不想说还是怕说，你为什么挂断我电话？

小秋　每次我跟你说我在开会，你都要我告诉你坐我隔壁的是谁，是男是
　　　女，我是在开会啊，我不知道怎么跟你说。

阿伟　我知道你不方便说，因为你跟那个"富二代"在一起。

小秋　什么"富二代"，你是说我班上那个同学吗？我承认他追求过我，但

那只是误会，我跟他说我已经有男朋友，他也就没有别的行动了。

阿伟　误会？你现在公司的老板是他爸爸，你还敢说你跟他没关系！

小秋　这份工作是我辛辛苦苦努力得来的，跟他一点关系都没有，要我怎么讲你才相信啊！

阿伟　我不相信，你怎么讲我都不相信。我让你换公司，你为什么不换？

小秋　我为什么要换，这份工作是我好不容易面试得来的，而且我又完全不能理解你为什么要辞去实习工作？

阿伟　我做的一切都是为了你！所有的家务活我来做，让你回家能够吃上热菜，我做的一切都是为了你，因为我爱你！

小秋　我根本不需要这样的爱，你明白吗？现在我已经完全失去自由了，我对你从来都没有要求过什么，为什么你要这样限制我，我觉得这样生活我很委屈、很压抑，我不想再这样下去了！

阿伟　你委屈？你压抑？我感觉你应该快乐才对，至少每天有人在家等你，在你身边爱你，你还委屈？

小秋　你有考虑过我的感受吗？我连逛街买衣服都没有选择的余地。我喜欢的衣服你不是说太暴露就是说不好看，不许买。我是个女生啊，为什么我连件自己喜欢的衣服都不能有，连选择衣服的权利都没有。

阿伟　你穿那么好看干吗，你要去征婚吗？

小秋　（愤而甩了阿伟一巴掌）你知道自己在说什么吗？你根本一点都不相信我，再这样下去我会疯的。我们分手吧！（哭着跑出去了）

阿伟　啊啊啊啊——（情绪崩溃，渐渐蹲下来，坐在地上，然后走到沙发边，最后晕倒在沙发上）

（小秋打电话给阿伟，没有人接听）

小秋　奇怪，怎么不接我电话呢？

小秋　（走进房里，看到阿伟瘫在沙发上，着急地喊）阿伟，阿伟，阿伟，你怎么了，阿伟？阿伟你醒醒啊，阿伟，阿伟，你不要吓我，阿伟，阿伟……

第五幕

小秋　医生，你真的要帮帮我，我快受不了了，他一听到我提起心理医生，整个人就很激动，他始终不愿意见你，所以我只有等他回学校查点资料，才能让你跟我到家里来，真的是非常抱歉。

医生　你的情况呢，我都已经听阿森讲过了，我也希望能够帮你解决问题。

阿森　阿伟啊，你回来了，我带了位朋友来给你认识认识。她是学心理学的，你最近有什么不开心的就跟她聊聊吧，别憋在心里了。

阿伟　我心理没病，不用，你们走。

医生　阿伟，我的好朋友小秋说她现在很辛苦，感觉失去了自由，她想离开你，如果你还爱她，还想留住这份感情，让我们一起来帮助你，好吗？

阿伟　我真的很无奈，我不能失去你，没有人可以抢走你。

小秋　我已经说过多少次了，我跟他一点关系都没有，你要相信我。

阿伟　我不相信。

阿森　阿伟啊，我上次跟你说项链的事情是想告诉你，你有这么好的女朋友，应该好好珍惜，没想到，你却想偏了。

阿伟　我不相信，我现在谁都不相信。

医生　你刚才说，你最爱的女孩还有与你从小一起长大的朋友你都不相信，那你相信谁啊？

小秋　阿伟，看到你这个样子我真的很心痛，你究竟发生了什么，我们都很担心你。

医生　（走过去牵阿伟往沙发走）阿伟，来来，过来这边，先坐下。平静一下心情，你告诉我们，你以前最相信的是谁？

阿伟　（突然哭泣）我妈妈，我妈妈是最爱我的，（泣不成声）但是在我六岁的时候，她抛弃我，抛弃我爸，嫁给了一个有钱人，她离开的那天，紧紧地抱着我，紧紧地抱着我，从那以后我再也没见过她，我真的好想她，我真的好想她。

医生　阿伟，我想你妈妈当时应该是有苦衷的，可能你感觉被背叛、被遗弃，但是你知道吗，小秋的做法和你妈妈是不一样的。

阿伟　小秋，我不是有意要限制你的自由的，因为我害怕，害怕你会像我妈妈一样离开我，我害怕会失去你，我求你，我求你，我最后一次求你，不要离开我。（跪下）

小秋　阿伟，阿伟，你先起来，阿伟，我们都是为了你好。

阿伟　我什么都可以改。我什么都可以改的。（不停地说）

小秋　你别这样，你别这样。

（小秋和阿森一起把阿伟扶起来）

医生　阿伟，阿伟，来，跟我深呼吸，吸气，呼气，吸气，呼气。我们都知道你很爱她，我们来做一个实验。（从书包里掏出一条长绳）来，都到这边来。（对小秋说）请你把这捆绳子绑在阿伟身上，然后在他背后打个结。（对阿伟说）我这是在帮助你，不要紧张，把你的双手轻轻举高一点，对。

医生　（在阿森和小秋合力把阿伟捆绑住后）请问你现在什么感觉？

阿伟　（生气怒吼）我感觉我像个傻瓜被你们玩弄！（把绳子挣脱开）

医生　（对阿伟说）你先平静下来。（对小秋说）你继续。

医生　请问你现在什么感觉？

阿伟　我不知道你们在干什么，我没有感觉。

医生　你不太理解是吧，如果我现在请你用最大的力气挣开身上的绳子，你试试看，动作快一点！

（阿伟把绳子解开，狠狠地甩在地上）

医生　请问你现在有什么感觉？

阿伟　（沉默一会儿）自由。

医生　那之前，当你被绳子绑着的时候，你是什么样的感觉？

阿伟　（沉默了一会儿）很有束缚感。

医生　阿伟啊，我想今天你已经体会到了小秋的痛苦，当她被你的爱所捆绑的时候，完全没有自由，她是多么的难受。我们不是要你痛苦，是想要帮助你，希望你能够珍视自己的生命，珍视自己的人生，我希望以后你能够主动地、勇敢地来找我，坚强地面对，走出儿时的阴影。（掏出名片递给阿伟）来，这是我的名片，拿着。

小秋　只有懂得珍惜自己的人，才会懂得珍惜别人，我会一直陪着你的。

阿伟　我……可以吗？

阿森　我也会帮你的，以后有什么不开心的，你还可以像以前那样来找我倾诉。

阿伟　我可以吗？

小秋　希望你能够战胜自己，成为一个优秀的人，你可以的！

阿伟　我可以吗？我可以的，我可以的，我可以的！（逐渐变得坚定）

心理分析

　　奥地利精神病医师、心理学家、精神分析学派创始人弗洛伊德曾在精神分析理论中提到，早期经验思想主要表现在心理结构理论、心理发展阶段理论和人格结构理论的观点中。其中，心理结构理论从潜意识的角度，以强迫性重复的形式表现了早期经验的作用；心理发展阶段理论揭示了不同心理和行为发展的敏感期内早期经验对于成年生活的具体影响；人格结构理论则表明健康人格培养的方向在于：不仅要重视儿童社会化成长的内容，而且要让儿童关心自己的体验和兴趣。[1]上述提到的强迫性重复现象，即儿童成长早期经历的一些情绪体验和行为模式在成年后会通过一定的方式重复表达出来。1岁之前的经历虽然无法从大脑提取相关的记忆，但母亲对孩子照顾的细心程度，会决定个体成年后人格成分中的安全感和信任的品质；3～6岁的孩子与异性父母的关系模式会在成年后亲密关系建立时与异性同伴相处的过程中重复再现。如果个体在幼年时期的原生家庭生活里体验到的是积极的情绪以及良性的人际互动模式，则会在成年的婚姻家庭中重复积极的情绪表达及良性的人际互动模式，反之亦然。[2]

　　在二十世纪后半期盛行的发展心理学观点中，也认为早期经验对个体心理发展起极其重要的作用。儿童出生后的几年最易受环境的影响，它在很大程度上决定人的一生的心理发展，即研究一个成人的人格适应问题时，往往可以在他的童年经验中找到答案。[3]

　　在本剧中，阿伟六岁时，母亲与父亲离婚，嫁给了一个有钱人，离开了家庭，同时也离开了阿伟。对于阿伟来说，这是童年时期不可磨灭的创伤事件，阿伟感到被抛弃、背叛，而担心被抛弃的感觉会随着他的成长，在他各种各样的生活事件中出现。例如，当阿伟得知女友小秋在追求者爸爸的公司实习时、得知实习公司男员工很多时，都表现出了极度的不安。小时候被抛弃的经历使得阿伟在后来的生活中，每当发现自己可能被抛弃，就会拼命想把这些使自己不安的因素消除，不惜损害女友的事业、梦想甚至自由，也包括损害自己的发展机会。不仅如此，阿伟还表现出极度的不信任和自卑，例如阿伟不相信多年相伴的兄弟阿森，甚至觉得阿森和小秋一起欺骗他，这是因为童年时期阿伟对母亲极其信任，相信母亲不会离开他，然而事实是母亲离开了他，因此阿伟开始形成一种观念"人是不可信的，因为我的母亲就是这样的"，这种经验导致他对人缺乏信任感，觉得随时有可能被背叛和抛弃。这样的观念一旦形成，如果不加干预，会伴随他的一生。

　　除此之外，阿伟也存在自我价值感缺失的表现，自我价值感是个体对自身价值、重要性及悦纳程度的认知与情感体验，指觉得自己是重要的，被人需要、尊重、看重的程度的感觉。自我价值感的高低主要受自己的身体状况、家庭气氛、过去经验、学业成就以及人际环境的社会期望的影响。[4]自我价值感的实现，在关系之中才能建构，儿童的自我价值感调节依赖于父母等亲密家庭成员。被抛弃的孩子在成长的过程中和长大后会出现一种现象，即"莫名其妙的失败"。一件事通过自身的努力快要成功时，往往会莫名其妙地失败。其内在的深层原因可能是孩子从小被抛弃，导致孩子潜意识觉得自己不应该获得成功，没有资格获得成功。同时，孩子也害怕一旦获得成功后，后面会面临更大的惩罚与打击。本剧中阿伟有很明显的自我价值感缺失问题，他对人生没有追求，没有想要体现自我价值的欲望，甚至连实习都可以放弃，这种自我价值感缺失使得他无法获得成就感，也就无法产生自信。

　　阿伟在与小秋的恋爱中所出现的种种行为，都暗示着他把对母亲的情感折射到了小秋的身上，这也是阿伟的心理防御机制之一。安娜·弗洛伊德在她1936年出版的《自我与防御机制》一书中提出，心理防御机制是指个体面临挫折或冲突的紧张情境时，在其内部心理活动中具有的自觉或不自觉地解脱烦恼，减轻内心不安，以恢复心理平衡与稳定的一种适应性倾向。[5]在主体面对困难与挫折时，心理防御机制会被触发，以帮助主体更好地度过难关。防御机制在积极层面上能够减轻心理压力，促进心理平衡，并激发主体应对挑战的能动性，从而使他们更坚定地克服困难。然而，这些防御机制也可能导致主体在得到短暂的心理舒缓后，产生自我满足的情绪，进而可能出现退缩或恐惧等负面情绪，从而影响心理健康。在心理防御机制的诸多形式中，转移作为一种重要方式，其定义为：当个体对某些对象的情感、欲望或态度，因某种原因无法直接向该对象表达时，会选择将这些情感、欲望或态度转移到一个相对安全，且更易于被大众接受的对象上，以此来减轻自身的心理焦虑。阿伟正是将这种对离开的母亲的情感转移到了女友小秋的身上，因为母亲的离开，使得阿伟非常害怕小秋离开，因此想尽一切办法抓住小秋，使得她无法挣脱。尤其是当得知小秋被"富二代"追求时，更戳中了阿伟小时候母亲嫁给有钱人而抛弃他的这种痛苦，因此他把这种被母亲抛弃的情绪转移到小秋的身上，认定小秋在骗他。这种转移，使得阿伟和小秋都在这段恋情中痛苦不已。事实上，转移使用得当，对社会及对个人都有益。比如，一位结婚多年、膝下无子的老师，将其全部心力用于关怀他的学生，就是正面转移的例子。因此，阿伟要正确对待父母离婚、母亲离开这一件事，正确使用心理防御机制，才能真正达到心理上的健康发展。

工作启示

　　爱情，作为人生旅途中的一道绚丽景观，历来为世人所向往和追求，尤其对于情感世界丰富多彩的青年大学生而言，更是充满了热情与期待。因此，树立正确的现代青年恋爱观，深入领悟爱情的本质，对于高校大学生的生活与学习具有显著的积极影响。这不仅能激发恋爱中大学生的执着与坚韧精神，促进他们积极投入学习，提升自身素质与能力，更能激励双方携手展望未来，共同构筑幸福美好的人生。然而，现实中许多大学生在恋爱观的塑造上存在误区，导致学业受阻、生活受扰。鉴于大学生身心发展尚未完全成熟，情绪调节与自我控制能力相对较弱，面对情感问题往往难以妥善处理，容易引发一系列心理问题。[6] 因此，教育并引导广大大学生树立成熟、理性的恋爱观，已成为高校思想政治教育与管理工作的重要议题。纠正大学生恋爱的盲目性，引导他们树立正确的恋爱观，具有极其重要的意义。恋爱观作为人生观、价值观在恋爱问题上的具体体现，其正确与否直接关系到大学生的人生道路与未来发展。在思想道德修养的实践中，高校应着力帮助和引导大学生正确认识爱情的本质，明确爱情在人生道路上的定位，这不仅是大学生人生观、价值观教育的重要内容，更是他们健康成长的必要条件。

　　（1）引导学生妥善协调学习与恋爱关系，明确大学阶段目标。爱情是人生的美好部分，但非主要追求。[7] 教育学家陶行知说过，恋爱不是精神鸦片，恋爱是成长过程的一站，并不是生命的全部。所以我们既不应该大力抵制，也不应该过度沉迷无法自拔。保持中正的态度能有效帮助大学生在感情中找到自己的位置，既避免过于沉迷而造成的严重内耗，又避免不尊重、不负责任导致"游戏型"恋爱。[8] 人生的主旋律是事业，爱情只有植根于事业的沃土之中才能开花结果。大学生是受高等教育的群体，是未来社会发展的中坚力量，把握好恋爱的度，做到爱情与事业双丰收，青春才会更有意义。大学阶段，作为人生学习的宝贵时期，同时是个体走向社会的重要预备阶段。作为大学生，应充分利用这一黄金时期，明确目标，深入学习理论知识，积极参与实践锻炼，不断提升自身在各方面的能力。在处理学习与恋爱关系时，大学生应持有审慎和理性的态度，在投入恋爱之前，应审视自身是否已达到既定目标，是否具备健康恋爱的观念，以及是否能够妥善平衡学习与恋爱的关系。大学生应将学业置于首要位置，只有妥善处理好学习与恋爱的关系，才能确保爱情的力量成为推动学习的积极动力，而学业的成功亦将促进爱情的稳固与发展。[9]

（2）充分利用课堂教育，引导学生树立正确的恋爱观。[10]学生普遍将爱情视为异性间纯粹的情感，这种理解存在片面性。当前，部分年轻人热衷于"嗑CP"，即将注意力过多投向虚拟世界的情侣关系，认为这比真实恋爱更吸引，他们过度关注屏幕情侣的一举一动，将此作为情感寄托。复旦大学沈奕斐教授指出，社会日益缺乏对感性逻辑的包容，市场经济的发展使理性逻辑占据主导地位。爱情这一感性力量，在理性的商业计算面前被冲刷和改变，致使许多人在面对情感问题时首先考虑得失，从而降低了爱情的本质意义。因此，高校教育工作者应借助课堂教育和其他形式的活动，深入解析爱情的本质，帮助学生理解其真谛。学校应根据学生生活阶段和思想发展特点，开设相关课程或系列讲座，精心讲授"树立正确的恋爱观"这一主题，从理论上助力青年大学生形成积极健康的恋爱观，并强化他们的恋爱责任感。[6]同时，积极推动校园文化建设，丰富校园文化活动，营造一个健康、积极的校园环境。

（3）积极运用心理咨询，帮助学生保持健康心理。大学生正处于青春期后期，性意识成熟，对异性交往充满渴望，且好奇心旺盛，加之网络不良内容等因素的诱导，他们有时可能在好奇心的驱使下模仿不当行为，自控能力不足时易导致性道德失范。作为教育工作者，我们不应回避关于性的议题，而是应当向学生传授正确的青春期生理与心理知识，减少爱情的神秘感，缓解大学生对性的好奇心。因此，学校应设立并推广性心理咨询活动，以缓解和调和学生的性心理障碍及问题，及时为青年大学生提供恋爱困惑的疏导。同时，我们应高度重视心理咨询机构的作用，针对因恋爱问题而出现的心理疾病或障碍的学生，提供个性化的心理辅导，帮助他们重拾信心，预防恶性事件的发生。[11]

（4）注重情感疏导，强化制度管理。大学生群体普遍具有敏感而丰富的情感特质，教育者在沟通时需避免语气生硬或偏颇，以预防学生产生对立情绪。因此，从尊重学生的情感角度出发，我们不仅要满足学生的合理需求，更需积极有效地进行情感疏导。这包括积极利用辅导员、班主任、班级心理委员、舍友等多渠道，给予学生充分的关注与关爱，构建一个互相关心、支持的良好环境。确保学生有途径、有方法找到他们信任的人，倾诉内心的烦恼与情绪。同时，强化制度管理也至关重要。我们需深入研究并制定一系列切实有效的规章制度，如学习制度、自修制度、宿舍管理制度等，以制度化的方式规范大学生的恋爱行为，确保校园生活的和谐有序。

总之，当代青年大学生在积极抵御外界负面因素干扰的同时，亦需致力于培养自身恋爱能力，以合理的方式应对恋爱中的种种问题，并构建健康、理性的恋爱观念。大学生恋爱观的正确性对其学习、生活产生着深远的影响，并直接关系着其未来发展的轨迹。因此，树立和坚守正确的现代青年恋爱观，不仅有助于当代大学生妥善处理学业、事业与爱情、婚姻之间的关系，更能促进他们全面认识自我、完善自我、超越自我，进而推动其人生观、价值观向更加成熟稳定的方向发展。

（剧本编写：许双；剧本修订、心理分析及工作启示撰写：苏铭彦、许双）

参考文献

［1］弗洛伊德. 精神分析引论［M］. 高觉敷，译. 北京：商务印书馆，1984.

［2］蒋彦妮. 弗洛伊德精神分析理论早期经验思想在儿童人格发展中的影响［J］. 甘肃高师学报，2017，22（7）：58-60.

［3］缪小春. 儿童早期经验在心理发展中的作用［J］. 心理科学，2001，24（3）：319-322.

［4］覃义贵. 试论自我价值感［J］. 西南师范大学学报（哲学社会科学版），1997（4）：68-72.

［5］弗洛伊德. 自我与防御机制［M］. 吴江，译. 上海：华东师范大学出版社，2018.

［6］黄情. 新形势下引导大学生树立正确恋爱观的思考［J］. 改革与开放，2016（18）：87-88.

［7］陆苏华. 浅析如何引导大学生树立正确的恋爱观［J］. 科学技术创新，2010（32）：245-245.

［8］张爱华，杨云兰. 陶行知恋爱观对当代大学生恋爱的启示［J］. 科教导刊，2022（4）：146-149.

［9］戴金祥. 切实加强大学生恋爱观的教育和引导［J］. 江汉石油学院学报（社会科学版），2002，4（2）：11-13.

［10］黄志梅，周振武. 大学生恋爱观的教育与引导［J］. 职业技术教育，2005，26（35）：140-141.

［11］张元元. 新时期高校德育工作刍论之大学生恋爱问题［J］. 时代教育，2015（1）：250.

错觉

——走出"猜疑"的藩篱

角色介绍

敏儿：漂亮，热爱舞蹈，个性温顺。

富城：易冲动，做事情欠条理，喜欢猜测别人，情绪不稳定。

嘉俊：富城好友，英俊潇洒，个性嘻哈。

阿铭：富城好友，心思细密，乐于助人。

剧情简介

　　大学生富城和同学敏儿恋爱了，富城觉得女朋友敏儿最近总是有意无意地找借口躲他，就连之前约好的每晚一个电话，现在都没有了，女友电话还常常处于通话中。而自己的舍友嘉俊和敏儿好像关系不错，这让富城非常怀疑他们的关系。在敏儿舞蹈表演当天，富城因为怀疑敏儿和嘉俊的关系，与敏儿发生争吵。之后由于撞见敏儿和嘉俊有说有笑地聊天，情绪非常激动，在短暂的心理挣扎之后拿刀刺向了嘉俊……最后，在好友阿铭的帮助下，富城重新审视了自己和敏儿的关系，与敏儿、嘉俊和好如初。

精彩剧情

第一幕

（富城在教室，拿着手机一直在拨号）

画外音　对不起，您所拨打的电话正在通话中，请稍后再拨。

　　　　　对不起，您所拨打的电话正在……

嘟嘟嘟嘟嘟……

富城 通话中，通话中，怎么老是通话中。哎，通了。喂，敏儿……

画外音 对不起，您所拨打的电话已关机。

富城 什么，关机？不是说好每晚一个电话的吗？怎么最近老是打不进去。你在忙什么呀？跟谁聊那么久？连我的电话都不接，连我的电话都不接！

（富城很生气，用力地捏扁左手中的饮料瓶，狠狠地摔到地上）

旁白 第二天上午，敏儿很早就来到教室帮富城和他的舍友们占座位，可富城他们却迟到了。

（上课铃声响起）

老师 好，我们开始上课，现在请同学们看看书上第15页的案例。

（富城、嘉俊、阿铭来到教室）

阿铭 都怪嘉俊，起床拖拖拉拉，差点迟到了。

嘉俊 没事，不是还有富城女朋友在帮我们占座位吗？

富城 （嘀咕）讲得好像是你自己的女朋友那么轻松。

嘉俊 嘿，在那儿，敏儿。

敏儿 来啦，怎么那么晚？

嘉俊 （坐到了敏儿右边）嘿嘿，睡过头了。

敏儿 就知道，你们这些男生啊。

（富城不悦，快速坐到敏儿左侧，把凳子往敏儿方向挪，手搭在敏儿肩膀）

富城 亲爱的，怎么最近老打不通你的电话？昨晚你在跟谁聊天，聊那么久啊？

敏儿 昨晚？我参加了一个舞蹈比赛，打电话向老师询问有关比赛的事情。

富城 （有所猜疑）哦。

（下课铃声响起）

老师 好，下课。

嘉俊 Yes，终于下课了，富城，我们一起去打球吧。

（富城转过身，不理睬嘉俊）

嘉俊 （挠挠头）怎么不说话呢？阿铭，你去吗？

阿铭 好啊，走吧，富城不走吗？

富城 （不高兴）不。

（阿铭耸耸肩，搭着嘉俊肩膀走了）

敏儿　你怎么对嘉俊不理不睬的，也不跟他们去打球？

富城　（不耐烦）不想去。

敏儿　对了，这个星期天的舞蹈比赛，你会来现场看我吗？

富城　（露出笑意）当然！到时我会为你欢呼喝彩。

敏儿　（笑）叫上嘉俊他们吧，多点朋友来我会比较不怯场。

富城　（不悦）哦，我不知他们有没有时间。

敏儿　好吧，那我先去练舞了，拜拜。

富城　嗯，拜拜。

　　　（阿铭正找着手机："咦，我的手机呢？"同时，阿铭听到富城在自言
　　　自语）

富城　（自言自语）整天嘉俊前，嘉俊后，我才是你男朋友啊！舞蹈比赛
　　　也要把他叫上，你们到底什么关系呀。难道敏儿对嘉俊……不会的
　　　（摇头）敏儿喜欢的人是我，可是敏儿为什么总是对着嘉俊笑得那么
　　　开心（抱头蹲下），不行（站起），我的女朋友只可以对我一个人笑。

阿铭　（跑过去）富城，你没事吧？

富城　不要管我！

第二幕

（舞蹈比赛现场）

旁白　终于到了敏儿参加舞蹈比赛的日子，富城不情愿地带上嘉俊和阿铭
　　　来到比赛现场，为敏儿加油助威。

　　　（敏儿在舞台中间跳着《传奇》，富城、嘉俊、阿铭在下面观看。富
　　　城看看敏儿又看看嘉俊，嘉俊则专注地看着敏儿。敏儿跳完一曲，
　　　大家都鼓掌了。除了富城，嘉俊的掌声最热烈）

敏儿　（看见他们，笑着打招呼）你们都来了，怎么样，我刚刚的表现还
　　　行吧？

　　　（富城、嘉俊、阿铭三人走到敏儿身边，在富城想要夸赞敏儿的时
　　　候，嘉俊抢先一步赞美敏儿）

嘉俊　（使劲鼓掌）太棒了！

（富城眼睛一直盯着嘉俊，想站起来，却又坐下，阿铭发现异状）

阿铭　（看看表）嘻，我都给忘了，嘉俊跟我约了人，要先走了，你们俩好好聊。（急忙把嘉俊拉走了）

嘉俊　（不解，边走边问）我们约了人吗？

敏儿　好，拜拜！

敏儿　（莫名其妙）你怎么都不说话啊，也不夸夸你女朋友我刚才的舞姿。

富城　哼，（小声）你还知道你是我女朋友，我以为你眼中只能看到嘉俊。

敏儿　你说什么？（惊讶）

富城　（大声）我说！你还当我是你男朋友吗，你跟嘉俊的事别以为我不知道。

敏儿　（惊讶）我跟嘉俊会有什么事？我完全不懂。

富城　你是心虚了吧，你说！你是不是整天和嘉俊嘻嘻哈哈的。现在想想，之前你的电话总是占线，是不是都在跟嘉俊煲电话粥，枉我还那么信任你。

敏儿　你……（气急，蹬脚）你不可理喻！

（敏儿转身离开）

富城　什么？我不可理喻。我做错了吗？对，我错了！错在把自己的女朋友白白让给自己的舍友。谭嘉俊，你口口声声说我们是兄弟，可你却把兄弟心爱的女朋友给抢走。谭嘉俊，你个骗子，我不会放过你的！

（生气地握紧拳头，愤怒地把身旁的椅子踢倒在地）

第三幕（宿舍楼下）

旁白　富城经过宿舍楼下，远远地看见敏儿与一个男生在聊天，走近一点，发现男生是嘉俊。（敏儿和嘉俊没有看见富城，两个人有说有笑地在聊天）

富城　（自言自语）还说两人没有关系，看，都走在一起了。嘉俊，你继续装吧，我要用刀子把你虚伪的面具给刮下来。不，不行，嘉俊是我的兄弟，我怎么能伤害他。是兄弟就不会勾搭我的女朋友了，我这是在拯救敏儿，让她看清楚嘉俊的真面目。

（敏儿转身离开，富城从口袋里掏出一把小刀，慢慢地走近嘉俊，正当他拿小刀要刺向嘉俊之际，阿铭冲上去握住富城手腕，夺过小刀，并用力地把富城推开）

阿铭　富城，你在干什么！

富城　（又扑上去）你不要拦着我，（用刀指着嘉俊）这个人是个骗子，骗走我的女朋友，我要刮下他的假面具，让敏儿看清楚！

阿铭　你在胡说什么？

嘉俊　富城，你先冷静点。你误会了。我跟敏儿只是朋友，你要相信我，我可以用我的人格发誓。

富城　我才不相信，你们刚刚还在那有说有笑的！

嘉俊　敏儿感觉到你最近心情不好，叫我多关心你，让着你。她做的一切都是为了你。富城，你听我说……

富城　（双手掩住耳朵）我不听我不听，你们都是骗子，我不相信你们！

（敏儿听到争吵声，赶过来）

（富城又把刀子夺了回去，扑向嘉俊）

敏儿　怎么啦？富城，不要啊！

阿铭　富城，别！

（敏儿和阿铭连忙上前阻止他，富城挣扎的时候把敏儿推倒在地，敏儿的头碰到地上。富城刀子掉在地上。富城、嘉俊和阿铭同时大喊：敏儿！）

第四幕（学院心晴工作坊）

旁白　阿铭得知学院成立了心晴工作坊，又想到富城这次的偏激行为，于是，主动申请成为一名工作坊阳光天使。心理导师教给他们一个"信任走路"的方法，以帮助富城克服偏执性格。于是，阿铭与嘉俊、敏儿一起商量，决定帮助富城走出心魔。

富城　这里是哪里？阿铭，你带我来这干吗？敏儿的头受伤了，我要赶过去看她。

（富城被阿铭拦住了）

阿铭　敏儿是不会见你的，除非你按她说的要求去做。

富城 什么要求? （不耐烦）快告诉我。

阿铭 （拿出眼罩）来，你先把这个戴上。

富城 要干吗? （不情不愿地戴上了）

阿铭 现在你回想一下。是谁，知道你晚下课，提前跑去饭堂打好饭菜等
你过来吃?

富城 （思考一下）是敏儿。

阿铭 是谁，知道你喜欢赖床，复习周的时候不吃早餐就跑去图书馆帮你
占座位?

富城 还是敏儿。

阿铭 又是谁，下雨天，在教学楼前撑着雨伞默默地等着你?

富城 敏儿，都是敏儿。

阿铭 没错，这一切都是敏儿为你所做的。你女朋友为你付出这么多，难
道你还怀疑她对你的真心吗?

（富城低头不语）

阿铭 富城，我带你去一个地方，你往前走。

（富城把右脚向前轻微踏了一步）

阿铭 你前面有障碍物。

富城 没事。（狠狠甩开阿铭的手）

（随后，富城撞上椅子，差点摔倒。阿铭赶紧扶着他）

富城 你在玩什么花样? 我什么都看不见。（试图摘下眼罩）

阿铭 别担心，我会扶着你越过障碍物，走完这一条路，相信我。

（阿铭扶着富城，小心翼翼地走。这时候，突然响起了敏儿的声音）

敏儿 富城，虽然这些日子我一直忙着舞蹈比赛的事情，但是我心里一直
都是牵挂着你的，比赛的时候我一直想着你，因为是你一直以来给
我支持与鼓励，我才能战胜一切困难。反过来，不管你遇到多大的
挫折，我也会一直在你身边，不离不弃。你相信我吗?

富城 敏儿，我听到敏儿的声音，敏儿在哪里? （想摘下眼罩）

阿铭 那是敏儿留给你的录音，你相信敏儿吗?

富城 我……我……（没有回答）

阿铭 我们到了。

富城 嘉俊……

（接着敏儿出现在富城面前）

富城   敏儿……

    （敏儿带动富城伴随着歌声跳一段舞）

阿铭   富城，我们每个人对你的关心都是出于真心。敏儿对你不离不弃，我和嘉俊永远都是你的好兄弟。以后有什么不愉快的事情都尽可能跟我们说，我们一定会帮助你。你相信我们吗？

富城   （低头思忖片刻，笑着抬起头）我相信。

心理分析

    人作为社会人，不可避免地需要进行人际交往。金盛华在 2010 年出版的《社会心理学》中这么定义人际关系：人际关系是指人与人之间通过直接交往形成的相互之间的情感联系。人际情感关系的基本导向，旨在促进人与人之间建立与维系一种基于相互接纳和支持的友好情感纽带。它并非直接对应特定的社会职能，而是遵循人类情感心理的自然规律进行产生、发展、维持和可能的消亡。一个良好的人际关系网络对于个体保持身心健康、促进个性正常发展、享受幸福生活以及取得事业成功具有不可或缺的前提作用。在影响大学生交往障碍的诸多因素中，社会认知偏差（social cognitive bias）是其中之一。金盛华提出，社会认知偏差是指在社会认知过程中，认知者和被认知者总是处在相互影响和相互作用的状态。因此，在了解他人、形成有关他人的印象的认知过程中，由于认知主体、认知客体及环境因素不可避免地存在差异性，社会认知往往会发生各种各样的偏差。当个体确立某一信念或观念时，在信息收集和分析的过程中，往往表现出优先寻找能够证实该观念的倾向，这一现象被称为证实偏差（confirmation bias）。[1] 而在本剧中，主人公富城在最开始，由于敏儿没有接电话，就觉得敏儿是在和别人聊天，而第二天舍友嘉俊的无意一句"不是还有富城女朋友在帮我们占座位吗"，就觉得敏儿和嘉俊走得很近。于是，在舞蹈比赛现场，富城寻找到了支持这个信念的证据："富城看看敏儿又看看嘉俊，嘉俊则专注地看着敏儿""嘉俊抢先一步赞美敏儿"。这些在富城看来，都是两人关系不简单的证据。而最后富城经过宿舍楼下，看到嘉俊和敏儿在有说有笑地聊天，就更证实了自己原本存在的"舍友把自己女朋友抢走"的认知，在心里为自己和嘉俊的友谊打了个叉。

    在现实中，的确存在许多认知偏差，而知觉者的情绪状态很大程度上影响着认知偏差。[1] 情绪状态是个体在特定事件或情境中所产生的心理反应，通常表现为在一定时间范围内的特定情绪体验。这些情绪状态可以根据其特征和表现方式进行分类，其中心境（mood）、应激（stress）和激情（affect）是三种典型的情绪类型。心境，特指个体所经历的一种相对平静且持久的情绪状态，它具备弥散性特征，即并非针对某一特定事物的独特体验，而是以统一的态度体验来面对所有事物。应激是指人对某种意外的环境刺激所做出的适应性反应。激情则是一种强烈的、爆发性的、为时短促的情绪状态。激情往往伴随着生理变化和明显的外部行为表现。[2]主人公富城在本剧就出现了好几次此种情绪状态。第一幕中，富城给敏儿打电话，结果是关机，富城就"用力地捏扁左手中的饮料瓶，狠狠地摔到地上"。第二幕中，敏儿舞蹈表演结束，富城觉得嘉俊看敏儿的眼神不对，找敏儿争执，两人争辩之后，富城"生气地握紧拳头，愤怒地把身旁的椅子踢倒在地"。而激情情绪状态最强烈的是在第三幕中，富城看到嘉俊和敏儿在宿舍楼下有说有笑地聊天，经过短暂的心理挣扎之后，愤怒地掏出刀要刺向嘉俊，这时的富城激情情绪达到顶峰。而在激情状态下，个体常常会经历一种"意识狭窄"的现象。这一状态表现为认知范围的局限性，理智分析的能力受到显著的抑制，同时，个体的自我控制能力亦会显著降低。这些因素共同作用，可能导致个体的行为失去原有的控制，进而采取冲动或鲁莽的行为动作。富城在激情状态下，出现"意识狭窄"的现象，听不进嘉俊的解释，自我控制能力减弱，甚至要用刀刮下嘉俊的面具。结果既伤害了友情又伤害了爱情。最后，富城在舍友阿铭的帮助下，有针对性地纠正认知偏差，即开始认真全面地考虑自己和敏儿之间的感情，而不是单纯地依据某个瞬间来判断。富城认识到，在恋爱过程中，敏儿一直在为自己悉心地做着诸如提前打好饭菜、占座位、下雨撑伞守候等这些温暖的事，并且还录音表明自己会坚定地站在富城身边。而嘉俊也来到了富城身边。富城在跳出由一些误会引起的狭窄认知，全面而深刻地看待这件事情之后，他的认知也得到纠正。因此，避免一些负面的认知偏差，需要我们尽可能地多去分析信息，全面地思考是否事情真如表面所呈现的那样，以免伤害了他人也间接伤害了自己。

总之，人际交往是一门学问，不管是爱情还是友情，都需要认真对待。人际关系异常会使人的身心朝着不良的方向发展。所以，良好的人际交往能力是影响一个人心理健康的重要因素。由于大学生身心处于不成熟到成熟的过渡期，他们感情丰富，易冲动，因此在人际交往过程中容易感情用事，情绪的起伏波动也可能比较大，这就需要大学生们学会情绪调节。根据 Gross 和 Thompson 的理论，情绪调节的策略可分为两类：前提关注的情绪调节策略和反应关注的情绪调节策略。前提关注的情绪调节策略指的是个体在情绪产生之前对情绪进行的主动干预。这种策略包括情境选择、情境修正、注意分配和认知改变，旨在加工和调整情绪产生的原因。反应关注的情绪调节策略则是在情绪发生后，个体对情绪反应进行的调节。这种策略主要体现在对情绪表达和生理反应的控制上。在这两类情绪调节策略中，认知重评是前提关注情绪调节的一种常用策略。认知重评涉及改变对情绪事件的理解和个人意义的认识，以更加积极的方式看待可能引发挫折、生气或厌恶等负性情绪的事件，或者对这些事件进行合理化。由于这种策略通常不需要耗费大量的认知资源，因此被认为是一种有效且有益的情绪调节方法。Gross 在 2003 年发表的针对个体在情绪调节过程中，不同策略的调节效果差异性研究表明，即使在高强度的消极情绪（如愤怒）下，使用认知重评策略的被试仍能成功地下调消极情绪。此外，认知重评在下调消极情绪方面具有有效性和灵活性，并被个体频繁运用到日常生活中。在人际关系中，要合理地进行情绪调节[3]，同时不要因为诸如愤怒、厌恶等情绪而对所呈现的信息，不加以思索就得出结论。学会透过现象看本质，尽可能全面地分析信息，不做思维的"懒人"，才能更好地进行人际交往，在社会中实现自我价值。

工作启示

大学生需要完成一些转变：从学习到工作，从学校到社会，从需要被照顾的孩子到独当一面的大人等。这些都需要在人际交往的过程中进行。倘若在这个阶段没有形成良好的自我认知和人际交往能力，不仅不能很好地适应社会，还可能对社会产生偏见，甚至做出冲动的害人害己的行为。反之，拥有良好的人际交往能力可以促进身心健康，为社会做出贡献。而良好的人际交往能力培养需要社会、学校和老师、家庭以及学生自己的共同努力。

首先，从社会层面来讲，要营造良好的、有利于人际交往的社会环境。一种诸如"老死不相往来"的社会环境是不利于人际交往能力的发展的。营造一种有利于和谐交往的社会环境，弘扬积极向上的沟通氛围，倡导合作沟通，开展各类人际交往的实践活动，才能更好地促进青年的人际交往能力。

其次，学校要加强对大学生人际交往的教育，为学生创造进行人际交往的机会。学校教育是我国非常重要的教育方式。一个人从孩童到青年的成长历程，大部分是在学校度过的。因此学校可以通过第一课堂和第二课堂等多种形式积极引导学生增强人际交往能力。比如，在第一课堂上，可以开设关于人际交往的专业课程，让同学了解人际交往的基本要点和原则，引导学生树立正确的交往观念。在第二课程上，可以将一些晦涩难懂的心理学理论换成有趣的心理游戏，或者以表演的形式表达出来，既帮助学生学懂心理学知识，又体验到和大家一起共事的乐趣，无形当中也提高了人际交往能力。可以开展心理专题讲座、心理咨询和专业的心理辅导，让学生通过心理老师的帮助，从人际交往障碍中走出来。学校还可以举办相关校园活动，在这些活动中，锻炼人际交往能力。比如艺术节、辩论会、校园歌手大赛、宿舍文化节等，为不同个性与性格的大学生提供更多交往和交流的机会，增进同学之间的友谊，构建良好人际关系。

再次，改善大学生人际交往的家庭环境。家长是孩子的第一任老师，也是终身老师，家庭总是在无形中影响着孩子的人际交往能力。父母待人接物、与他人沟通交往的方式，孩子都看在眼里，在心中也会形成一个榜样，并向榜样学习。因此，家长必须以身作则，以一种健康的、积极向上的方式与他人沟通交往，孩子也能耳濡目染，逐渐形成良好的人际交往能力。另外，家长也需要关注孩子自信心的培养，自信心会极大地影响孩子与他人的人际交往行为方式。一个不自信的人，会越发盯着自己的缺点甚至是放大自己的缺点，对于自己的优点则过分谦虚甚至意识不到，从而在人际交往中表现出低自尊的状态。家长可以通过鼓励式教育、无条件的积极关注等让孩子感受到爱和被接纳，建立足够的安全感，帮助孩子正确地认识自我，了解他人。

最后，也是最重要的，内因决定外因，学生有意识地提升自身的人际交往能力才是最根本的。这就需要学生在正确的自我认知基础上把理论和实践相结合。自我的认知是对自己的客观认识与评价，包括自己的身体、心理、能力、责任、社会特征等。进行客观、正确的自我认识是一个复杂但非常有必要的过程。大学生由于阅历较少，容易出现自我认知不足、缺乏自我效能感等状态，进而产生一系列的人际交往问题，如自卑、害怕交流、多疑等。大学生应积极主动进行自我探索，了解自我，挖掘自身的优点和长处，也可以通过分阶段设定小目标，获得实现目标的成就感，提升自信水平。从理论和实践的角度看，一方面，大学生自身应该努力学习人际交往知识，比如人际交往的原则。真诚是最受欢迎的人格品质。[1] 因此，在人际交往中要真诚待人。还要注意把握互惠原则，人际交往的本质是社会交换，不要只追求自己的利益，在人际交往中，要追求共同获益。另一方面，大学生应该多学习如何进行情绪调节，上文中提到的认知重评策略是一种较好的情绪调节技巧。有研究者认为，由于诸如愤怒等消极情绪存在很强的认知成分，因此如果个体能在认知上重构消极情绪刺激的意义，则更有可能下调消极情绪强度，导致积极的心理社会性结果。认知重评的习惯性使用，会让个体的人际关系将更为良好，并报告更高水平的幸福感，同时习惯性使用重评策略与潜在的危险性行为（如由吸烟以及酗酒引起的斗殴）之间存在负相关[3]，善用认知重评策略即用积极的方式理解负面情绪事件能帮助我们获得良好的人际关系。这也要求大学生在平时多扩宽思路，增长见识，避免认知狭隘和局限。还有诸如"回避和接近策略""控制和修正策略""注意转换策略""表达抑制策略"等情绪调节策略。[2]回避和接近策略（又称情境选择策略）是通过选择有利情境和回避不利情境来调节情绪的方式。在面临冲突、愤怒、恐惧、尴尬和窘迫等情绪时，这种策略是非常有效的。控制和修正策略被视为一种积极的情绪调节方式，它通过改变情境中各种不利情绪事件来实现情绪的调节，强调通过对情境的控制来影响情绪的过程或结果。注意转换策略包括分心和专注两种形式：分心是将注意力集中于与情绪无关的方面，或将注意力从当前情境中转移开；而专注则是对情境中的某一特定方面进行长时间的集中注意，这种状态下，个体可以创造出一种自我维持的卓越状态。表达抑制策略则是指抑制即将发生或正在发生的情绪表达行为，涉及调动自我控制能力和启动自我控制过程，以抑制自身的情绪表达。大学生可以根据不同的情景和自身特点，善用这些情绪调节的策略，提高自我管理能力。此外，大学生应积极参与社会实践。人际交往不是纸上谈兵，大学生想要更好地掌握人际交往的技巧，提升社交能力，就需要走到人际交往的实践中去。学生可以通过积极参加社团组织、课外活动、班级活动等实践来不断完善自己的人际交往理论，提升人际交往水平。在这些实践活动中，充分运用这些人际交往的知识，理论只有用于实践才能真正发挥其作用。而人际交往实践又是一件随时都可以进行的实践，不管是在学习、吃饭，还是在交谈、询问，只要有人参与，就是一种人际交往实践，可以在实践中反复思考和总结，通过实践逐步提高自身的人际交往能力。

（剧本编写：许双；剧本修订、心理分析及工作启示撰写：许双、苏铭彦）

参考文献

［1］金盛华主编. 社会心理学［M］. 北京：高等教育出版社，2010.

［2］彭聃龄. 普通心理学［M］. 北京：北京师范大学出版社，2012.

［3］马伟娜，姚雨佳，桑标. 认知重评和表达抑制两种情绪调节策略及其神经基础［J］. 华东师范大学学报（教育科学版），2010（4）：50-55，70.

家庭篇

妈，我长大了

——良好的亲子沟通助力成长

角色介绍

小杰：男主角，来自单亲家庭，高考考入重点大学，渴望进入学生会锻炼自己。

妈妈：女主角，独自一人抚养小杰长大，希望小杰在大学刻苦学习，出人头地。

小然：小杰大学舍友，也是小杰大学最好的朋友，生性憨厚，不小心将小杰的秘密透露给他妈妈，是母子俩产生矛盾的导火索。

部门小伙伴们（ABC）：小杰在学生会部门内的三位小伙伴，得知小杰和妈妈的矛盾后，出谋划策使母子之间的矛盾得以化解。

主持人：负责主持小杰吐露心声大会的流程，引导小杰向妈妈表露埋藏在心中的真实想法。

剧情简介

自小生活在单亲家庭的小杰与妈妈相依为命。妈妈努力赚钱供小杰上学，小杰终于不负所望考上了重点大学。进入校园后，妈妈希望小杰专心于学习，而小杰则希望进入学生会锻炼自己，更希望结交更多朋友、收获难忘友谊，因而不得已对深爱自己的妈妈撒谎，以致母子俩产生隔阂。小杰一度陷入迷惘之中，一边是自己热爱的学生会，另一边是多年来含辛茹苦抚养自己长大、深爱自己的母亲……最终小杰选择放弃学生会的工作，决定在部门最后一次例会上宣布辞去部长职务。部门小伙伴们得知情况后，瞒着小杰邀请他的妈妈在例会当天来到学校，让妈妈聆听小杰埋藏在心底的心声。最终母子俩互相理解，消除了彼此之间的隔阂，小杰也得以留任学生会部长。

精彩剧情

第一幕（家里）

（晚上，小杰在客厅台灯下写作业，妈妈进场）

小杰　妈，你怎么这么晚才回来？（让出椅子给妈妈，并替妈妈按摩肩膀）

妈妈　哎，妈又找了一份工作，你马上要上大学了，得多给你赚一些学费呀！

小杰　妈，我说了，你别那么辛苦！学费的事情我会自己想办法的。

妈妈　哎呀，你上大学除了学费之外还要买新衣服、新手机、新电脑，但这些你都不用担心，你就好好学习！（抬头看钟）时间也不早了，妈去给你煲点汤，喝完汤写完作业就赶快去睡觉，明天还得上课呢！

小杰　好，妈，你也早点休息。

第二幕（家里）

（高考完，小杰考入了心仪大学，妈妈坐在客厅椅子上和朋友打电话分享喜讯）

妈妈　喂，小明妈妈啊……哎哟，小明考得真不错……啊？我儿子啊？（捂嘴大笑）考上了清北大学……对，四年之后，等他毕业找份工作，养活他自己，我这么多年的辛苦也就值了……嗯，时间也不早了，那我们下次再聊吧，明天我还要带小杰去买新手机、新电脑……好的，下次再聊！（挂掉电话，自言自语）我儿子啊，真争气！

第三幕（学校宿舍，晚上）

小然　哎，小杰，今天广场上的部门招新你准备报名吗？

小杰　（纠结状）不知道，还没想好，我自己是很心动的，师兄师姐也建议我去尝试锻炼一下，但是我妈妈就希望我心无旁骛地专注于学习，所以我还在纠结中。

小然　没事嘛，那是阿姨之前的想法，说不定阿姨现在观念转变了呢？你和阿姨打电话说说，再征求一下她的建议呗！

小杰　嗯，也是，我和她打个电话。（拨电话给妈妈）喂，妈。

妈妈　喂，小杰，这么晚打电话给妈妈是有什么事吗？

小杰　妈，是这样，我有个事情想和你商量一下。现在进入大学后我发现，大学生活和高中生活真的很不一样，氛围特别轻松。最近学生会开始招新了，师兄师姐推荐我去学生会锻炼一下。我自己了解过后，对于工作内容和氛围也很喜欢，所以我觉得……

妈妈　（打断小杰的话）小杰啊，你刚上大学，学习跟得上吗？你要去了学生会工作，肯定会耽误学习吧？我看学生会还是别进了吧。

小杰　（一脸不愿意）妈，你不懂！大学生活和高中生活真的很不一样，它不是死读书的。

妈妈　你……是！妈是没上过大学，不知道大学怎么样。但妈也知道，认真学习，拿高分，才能找到好工作。妈说不行就是不行，不准去学生会！

小杰　（生气状）妈，你怎么变得这么蛮不讲理了。算了，我挂了，拜拜。

　　　　（电话被挂断，妈妈说着还没来得及对小杰说完的话）

妈妈　你……你要好好照顾你自己啊。（自言自语）这孩子，还是这样心急火燎、毛毛躁躁的，真的担心他在大学里的学习，不知道学得怎么样？

第四幕（大学宿舍，白天）

小杰　（在自己的座位上焦灼不安、自言自语）今天就是学生会招新报名的最后一天了，虽然妈妈不允许我加入学生会……但是，我真的很想去锻炼一下，不如先偷偷地报名试试看吧，反正妈妈也不会知道，嘿嘿。（从旁边的书架上翻出报名表，低头认真填写）

第五幕（学生会）

旁白　一年过去了，小杰在学生会宣编部工作认真负责、能力出众，成功当选为部长。

小杰 （衣着正式，面对讲台下的部门成员，发表自己的竞选成功感言）亲
　　爱的各位同学，大家好，我是刚当选为宣编部新任部长的小杰，此
　　刻我的心情十分激动，谢谢大家对我的信任和工作的认可。我没有
　　忘记当初填写学生会报名表、想加入学生会的初心，也从来没有后
　　悔当初的决定，恰好今天是我的生日，很感谢大家这一年的陪伴！
　　（鞠躬）谢谢你们！

部门小伙伴们（ABC）　部长大大！恭喜恭喜！生日快乐！我们订了KTV
　　　　　　　　　　　为你庆祝生日，走，一起去热闹一下吧！

小杰 好！谢谢大家，走！

第六幕（KTV房间）

小杰 来来来，大家都来点歌吧！我就挑这首了，在家我妈最喜欢我唱这
　　首歌给她听了！

部门小伙伴们（ABC）（起哄）好啊好啊！

　　（音乐响起，恰好小杰电话铃声也响起）

小杰 （连忙示意小伙伴停止音乐）嘘，安静，我妈打电话来了，你们先别
　　唱了！喂，喂，妈。

妈妈 （手提蛋糕）喂，小杰，今天是你的生日，妈妈祝你生日快乐！你在
　　学校忙不忙？怎么生日也不回家和妈吃顿饭呀？

小杰 （小声）妈，我最近在学校有论文要写，还有作业要做，这周日晚我
　　会回去和你吃饭弥补的。

妈妈 （不解）你们学校作业怎么这么多呀？

小杰 就是啊！

妈妈 那你可得答应下周回家和妈妈吃顿饭，给你补回生日，啊？

小杰 （点头）嗯，好好好，好了，妈，不说了。我还有论文要写，有舍友
　　正在睡觉，我怕吵到他们。

妈妈 哦哦，行行行，那妈不打扰你了。那你要好好定时吃饭，认真上课，
　　你别自己出去到处玩，你别……别谈恋爱。你好好照顾你自己，好
　　好吃饭啊！

小杰　好，不说了不说了，妈。嗯嗯，爱你！（挂掉电话）

旁白　挂掉电话之后的小杰，再也找不回刚才那种愉快的心情了。

部门小伙伴们（ABC）（拉住小杰）部长，打完电话了？快过来，一起唱吧，继续唱！来！"噢，这首歌，给你快乐，你有没有爱上我？"

小杰　（自言自语）可是……这真的能给我快乐吗？

第七幕（大学宿舍）

旁白　妈妈亲手做了一个蛋糕，打算给小杰一个惊喜，没想到……

妈妈　（手提蛋糕，来到了小杰宿舍门前）这个孩子，学习任务这么重，连回家过个生日的时间都没有。我最近刚学会做蛋糕，亲手做了一个，带过来给他庆祝生日，也和舍友分享一下。（敲响宿舍门）

小然　咦，谁呀？来了来了。（起身开门，惊讶）阿姨好，请问您是?

妈妈　同学你好，我是小杰的妈妈。小杰在宿舍吗？

小然　阿姨，您好，请进请进。小杰他现在不在宿舍，他跟他们部门的小伙伴庆祝去了，您……不知道吗？

妈妈　（惊讶）部门？你是说他进了部门？

小然　对啊！小杰可厉害了，他刚成功当选我们学院学生会宣编部的部长，怎么，小杰没有和您说这个好消息吗？

妈妈　（低声喃喃）我儿子怎么进学生会了呢……我再三叮咛他不能去的啊！他也答应了我不去的呀！他怎么撒谎骗我……

妈妈　那……同学，你们最近是不是有论文要交？

小然　（无辜）没有啊，我们没有论文要交啊。

妈妈　（踉跄）我儿子……我相依为命的儿子什么时候学会了骗我呢？

小然　（关切地扶住）阿姨，阿姨，您没事吧?

妈妈　（故作坚强）啊，同学，我……我没事，谢谢你啊，这是我给小杰做的生日蛋糕，小杰也不在宿舍，麻烦你替我交给他。

小然　阿姨，小杰他们应该马上回来了，您要不坐下来等一下小杰嘛。

妈妈　不了，同学，谢谢你，阿姨待会儿还有事，就不在这里了。（转身离开宿舍）

（晚上小杰和部门小伙伴聚会结束后回到宿舍）

小然 （见到小杰走进宿舍，起身）小杰，你今天过生日呀？！你妈妈今天晚上来我们宿舍了，送来了她亲手为你做的生日蛋糕，没想到你没在。她因为有事，也没等你回来就走了。阿姨没和你联系吗？

小杰 （惊讶状）啊？我妈今天晚上过来了？

小然 是呀，（指）你看，这是阿姨亲手给你做的蛋糕呀！你进部门的事阿姨不知道吗？我刚刚貌似不小心把这个消息透露给阿姨了……真是抱歉呀……

小杰 （悲伤状）哎，我妈不同意我进学生会，所以我是背着她偷偷报名的。她今晚给我打电话，我还骗她说在宿舍学习、写论文。我真是个浑蛋！太对不住我妈了！（垂头，眼泪悄悄流下）

小然： （拉住小杰）停停停……那是后话了，你先给阿姨回个电话吧，阿姨离开的时候还挺伤心的。

小杰 （停住，擦眼泪）是，我得赶紧给我妈回个电话。哎，现在我没脸见我妈了，不知道怎么开口和她解释了。

小然 （扶住小杰肩膀）和阿姨实话实说吧，俗话不是说，"一个谎言需要另一个谎言去掩盖"，阿姨最接受不了的应该就是你欺骗她。相信只要你和阿姨说清楚、说明白，阿姨都能理解你。

小杰 （拿出手机）嗯，谢谢你小然，我试试。（拨打妈妈电话）喂，妈？

妈妈 小杰，回宿舍了？

小杰 是，我回了，您下班回家没有？今天晚上我太浑蛋了，不该撒谎骗您。是这样的，恰好今天是我们部门的竞选大会，我成功当选部长，所以部门小伙伴提议说给我祝贺一下并庆祝生日，我不好扫他们兴，又怕您担心我，所以无奈之下，就和您撒谎了。

妈妈 这个我可以理解，但是你当初不是答应了妈妈大学好好学习，不参加学生会的吗？

小杰 因为我实在很喜欢，所以当时就瞒着您抱着试试看的心态填写了报名表，没想到不仅面试成功了，而且现在还成功当选部长。

妈妈 （哽咽、叹气）是，你长大了，所以妈妈说的话你都不听了，也是妈妈无能，不然还可以给你的大学生活提点有用的建议。今天就先这样吧，很晚了，你早点休息，尝尝妈妈给你做的蛋糕。

小杰 （着急）妈，别这么说，不是这样的，您一直是我心里最看重的人，您说的话我肯定听的。您给我几天时间，我给您一个满意的答复。

（妈妈挂断了电话）

第八幕（学校广场）

（各学院学生会摆摊宣传活动）

小杰　小伙伴们，这是我们学院举办的传统文化创意大赛的宣传页，你们准备一下，派发给过来参加活动的同学和路过的同学，然后动员有兴趣的同学扫描二维码浏览我们的推文，了解更多的详细信息。

部门小伙伴 A　呦，这次的宣传页水平一如既往的好呀，这又是我们部长大大操刀设计的吧。

部门小伙伴 B　确实，我们一起入部，小杰的成长可谓惊天动地，自学了好多技能，再看我们几个，几乎停留在原地，太不思进取了。

小杰　（笑着推走他们）就爱拿我开玩笑，走你，赶紧去发宣传页吧。

部门小伙伴们（ABC）　（互相推搡着往外走）走走走……来，同学们都过来看一看呀，传统文化创意大赛，就等你来参加了……

（派发宣传页期间，小杰一直在摊位后面徘徊，眉头紧锁）

部门小伙伴们（ABC）　部长大大，我们回来了，宣传页派完了，同学们也基本吃完饭回宿舍去了，走，我们也去吃饭吧。

小杰　派完了是吧，那么……我现在宣布一件事。

部门小伙伴 C　什么事啊？

小杰　我可能……不做宣编部的部长了，我准备辞职。

部门小伙伴 A　啊，怎么了？

部门小伙伴 B　发生什么事了吗？突然就说不做了，我还记得当初你刚加入部门时的壮志未酬和前几天竞选会议上的激情发言呀！

部门小伙伴 C　对啊，部长，不要走啊，我们合作得不是很愉快吗？

小杰　（搭住部门小伙伴们肩膀）加入学生会一年多，我当初加入的初衷也实现了。可是，我骗了我妈，我亏欠了她太多。这样吧，我回去再考虑几天，例会的时候再和你们说吧。我就不吃饭了，直接回宿舍，你们去吃吧，我先走了。（离开）

部门小伙伴 A　部长这是怎么了？不行，我们一定要为部长做点什么！

部门小伙伴 B 对啊，部长这么照顾我们，教会了我们那么多！

部门小伙伴 C 是啊，部长很爱我们的，我们一定要把他留住！

部门小伙伴们（ABC）（对视，伸出手做加油的姿势）嗯！

第九幕（教室，部门例会）

旁白 一方面，小杰用几天的时间考虑得很清楚了，他不想再违背妈妈的意思，决定辞去部长一职。另一方面，部门的小伙伴们与舍友小然一起找学院辅导员说明小杰的情况，听取了老师的建议，并要到了小杰妈妈的联系方式，打电话邀请她到学校一趟。

（部门小伙伴们已在例会现场，等待小杰上场）

小杰（登上讲台）亲爱的各位同学，经过上一阶段大家的努力，现在我院举办的传统文化创意大赛已经进入了报名的白热化阶段，目前报名人数已经突破了 4 000，报名推文浏览量已经突破了 20 000！距离报名最终截止时间还有 4 天，我准备联合其他学院学生会，让他们帮忙宣传造势。还需要得到大家一如既往的支持，谢谢大家，大家辛苦了！同时，我还有一件事情要宣布，考虑再三，我现在正式请辞宣编部部长的职位。很抱歉由于我的个人原因，耽误了我们部门工作的进展。相信在新任部长的带领下，我们部门的工作一定能马上步入正轨。谢谢大家的支持和厚爱，谢谢！（90 度鞠躬，同时流下热泪）

部门小伙伴 A 部长，等等！

部门小伙伴 B 离开前，再和我们玩个游戏吧，一会儿就好！

小杰（疑惑）你们想干吗？

部门小伙伴 C（站起身）来嘛，你先坐下。（搬来一张椅子在讲台上，安排小杰坐下，并且用提前准备好的布条蒙住小杰的眼睛）

小杰 你们要干吗？

部门小伙伴 A 我们有请主持人出场。

主持人（登上讲台）小杰，接下来的游戏环节是为你精心设计的，名字叫"你还记得吗"。接下来我会问你几个问题，请你不要过多思考，及时回答我，可以吗？

小杰（点头）可以。

（部门小伙伴 A 邀请小杰妈妈进入教室，在教室第一排坐下）

主持人　小杰，你还记得当初加入学生会的初衷吗？

小杰　当然记得呀！当时刚进入大学，看到各部门招新，我就对宣编部的工作内容很感兴趣，对工作氛围十分向往。不怕你们笑话，其实我报名还有一个小插曲。（苦笑）当初我跟我妈说要加入学生会的时候，我妈妈是坚决反对的，她想让我专注学习。最后，我还是架不住自己太喜欢，所以背着我妈妈偷偷报了个名试试看，没想到竟然面试成功，一做就是一年。在这一年里，我和我的小伙伴们一起接受肯定，一起承受失败，我真的学会了很多平时在学习中学不到的东西。

主持人　好的，小杰。第二个问题，既然你这么喜欢宣编部，又享受这个工作，现在也成功当选了部长，是什么原因让你提出辞职呢？

小杰　（垂头丧气）刚刚不是说了吗，当初我就是背着我妈妈报名的。前几天，我生日，也就是我竞选成功那天，我为了隐藏参加学生会的事，竟然对我妈撒谎了，我太难受了。我妈最后还是知道了我参加学生会的事，我要给她一个交代。我安慰自己，在部门干了一年，报名时的初心已经满足了，现在到了履行我对妈妈的承诺的时候了。

主持人　小杰，那你愿意和我们说说你的妈妈吗？

小杰　（陷入回忆中）我的妈妈呀？我的妈妈十分爱我，十分勤劳。我来自单亲家庭，小学时同学们都嘲笑我没有爸爸。是我妈白天打一份工，晚上打一份工，含辛茹苦地把我养大。（**妈妈开始感动地低头擦眼泪，一直看着小杰**）她很忙，每天都很晚才回家，可是当她回家的时候，她总会问我："小杰你吃饭了吗？小杰你做完作业了吗？小杰，妈煲个汤给你喝吧。"我深深地知道我妈养活我有多不容易，所以我发誓一定要努力学习，好好孝敬她来报答她对我的爱和付出。

主持人　小杰，如果妈妈此刻就在你的身旁，你有什么想要对她说的吗？

小杰　前几天我过生日第一次对我妈撒谎了，而且是在她历经千辛万苦生下我的这个特殊日子里，我对世界上最爱我的人撒谎了，我真的太浑蛋了。如果可以，我想当面向我妈道歉，但是我的浑蛋行为又让我很愧疚，没脸见她。那晚当我妈在电话里问我为什么要欺骗她的时候，我很伤心，我不应该贪图一时和伙伴们在一起的快乐，而忽视了她过去这二十年来对我的付出。虽然我真的很爱我的部门，很爱我的小伙伴，但是要说最爱的人肯定还是我的妈妈。如果可以，我还是会鼓起勇气，对我妈说："对不起，妈，我长大了，您的儿子他长大了，可他依然爱您啊！"

妈妈　（妈妈感动，擦干眼泪，冲上前抱住小杰）儿子啊！妈也对不起你啊！

小杰　（惊讶，解开眼罩）妈，你怎么来了？（抱住妈妈）

妈妈　妈不知道，你的内心这么难过。要不是你的同学邀请妈妈来学校，妈不知道你有这么多的苦衷。小杰，留在学生会吧，你们老师也和我打了电话，妈现在知道加入部门，交新朋友，锻炼自己，也是一件好事。而且我的儿子这么优秀，工作做得这么好，不留在部门就太屈才了。

小杰　（激动，兴奋）真的吗？太好了！（妈妈点头）妈！谢谢您！（再次紧紧抱住妈妈）

妈妈　（帮儿子擦干眼泪）是的是的，松开手，妈妈都要喘不过气了。但是你要答应妈妈，以后不能再对妈妈撒谎了，而且要平衡好工作和学习。

部门小伙伴 B　那是，肯定的。阿姨您不知道呀，小杰可厉害了，自学了很多编辑设计技能，自己的学习也完全没受影响，这次评奖学金，小杰还拿了一等奖。

妈妈　真的呀？

小杰　（挠挠头，谦虚地说）是，妈，因为还在公示期，所以还没和您说，嘿嘿。

妈妈　哎呀，我的宝贝儿子太棒了！真是长大了！

旁白　我爱你，太腻了；对不起，太沉重。就让我们一起说一句让妈妈安心的话吧："妈，我长大了！"

心理分析

在心理学定义上，一般大学生步入大学后即进入了成年初期。在此阶段，一方面，大学生在生理上和智力上都已成熟，渴望得到全面的自我认知和实现自我价值的机会，希望建立新的人际关系以便尽快适应新的环境；另一方面，大学生从青春期的半独立过渡到完全独立，有支配自我行为、自主作出决定的能力，希望摆脱父母的控制。

心理学家认为，成为一个优秀大学生的关键是"适应"。这既是智力表现，也是健康指标。心理适应主要指各种个性特征互相配合，适合周围环境的能力。瑞士心理学家让·皮亚杰也提到智力的实质是适应。皮亚杰的认知发展阶段理论认为，认知是在已有图式的基础上，通过同化、顺应和平衡等机制，在环境和教育的影响下，个体在低级心理机能的基础上，逐渐向高级心理机能转化的过程。图式，是指头脑中已有的认知结构，也就是先前的经验。同化，是指人们在利用已有的图式去理解事物时，把新的知识纳入原有的知识体系中进行解释的过程。顺应，是指当人们遇到不能被原有图式同化的新刺激时，修改或重新建构原有图式，从而适应新异刺激的过程。平衡的概念是指，认知最初处于较低水平的平衡状态中，当面临新异刺激时产生了不平衡，通过同化或者顺应，使认知达到一个新的水平，从而恢复平衡状态。本剧的主角小杰选择加入学生会，认识更多小伙伴，建立新的人际关系并锻炼自己的能力，正是其主动适应大学生活，进行自我认知和实现自我价值的表现。

大学与高中存在着许多不同。这些不同也导致了大学新生及新生家长的各种适应性问题。如果大学新生或者新生家长无法通过同化和顺应的机制来保持心理平衡，就势必产生适应性问题。剧中小杰的母亲并不理解小杰有适应大学生活的需要，只是单纯地希望小杰能一如既往地全身心投入学习当中；而小杰清楚自己的需要，并具备自主决定的能力，最终决定加入学生会，违背了母亲的意愿。但为了不伤害与母亲的感情，不与母亲发生冲突，小杰选择了对母亲隐瞒此事。这也正是本剧的矛盾所在。经过部门小伙伴的帮助，母亲才终于了解了小杰的内心真实想法，明白了其适应新环境、建立新人际关系的需要，也明白了随着小杰从青少年期过渡到成年初期，母亲的角色也要有所转变，需要给予小杰更多自由和自主决定的权利，实现了新生家长在孩子进入大学后的转变。

如果小杰和母亲有良好的亲子沟通基础，在上大学前或者大学刚开始的阶段能对是否加入学生会经过沟通、达成共识，便能避免发生本剧中的矛盾。"亲子沟通"指父母与子女通过信息、观点、情感或态度的交流，达到增强情感联系或解决问题等目的的过程。[1] 随着年龄的增长和自我意识的增强，大学生与父母的沟通问题普遍存在并日益突出。与同龄人侃侃而谈，与父母打电话的次数却屈指可数，而且每次对话都感觉无从谈起，造成了大学生与父母之间的隔阂，给亲子关系设置了一道很大的障碍。父母责备孩子不听话，孩子埋怨父母不理解自己，归根结底，是缺少亲子沟通或者沟通方式出了问题，使得为数不多的沟通也成了无效沟通。在遇到问题时，一部分父母并不能心平气和地和孩子进行沟通，而是以父母的绝对权威站在主导地位，与处于弱势被动地位的孩子进行沟通。他们更注重自己说的内容是否被孩子听到并且遵照执行，忽略了不仅要会说更要会听孩子说。只有双向平等沟通才能让沟通发挥应有的作用，才不会导致亲子沟通障碍，避免亲子关系的紧张。如本剧中小杰面临是否加入学生会的抉择时，尝试和妈妈商量探讨，但是被妈妈打断，用她自己的价值观进行判断，认为"工作肯定会耽误学习""认真学习，拿高分，才能找到好工作"，以母亲的权威，严厉禁止小杰加入学生会，导致小杰因为妈妈的蛮不讲理气冲冲地挂断了电话。

高质量的亲子沟通，更容易帮助学生形成积极的价值观，不同的亲子沟通类型会对学生价值观的形成和发展产生不同的影响。[2] 另外，亲子沟通开放性越高，学生心理健康状况越好。[3]

研究表明，大学生与父母亲子沟通存在非常显著的男女性别差异，无论是和父亲还是和母亲沟通，女生与父母沟通的心理发展水平高于男生。[1] 我国传统社会文化导致的价值观性别差异使得父母对于男生的期望值高于女生，在教养方式上也更为严格。但是男生有着强烈的自尊意识和自信心，逆反心理较女生重，在亲子沟通方面也更容易出现像剧中小杰和妈妈之间的矛盾，那就是表面上的不反对，经常要以服从或被服从、压制或被压制的方式结束与父母的交谈。[4] 而对于女生而言，父母一般能采取较为民主、平等的方式来对话，倾听她们的想法和观点。另外，女生的生理和心理较同龄男生相对成熟，且女生的言语和交往能力也较男生更有优势。这些都导致了女生在亲子沟通中有更高的沟通质量。男生要在亲子沟通中达到自己想要的效果，则需要更多的智慧和策略，但是往往男生较强的自尊心和较少的耐心又会导致他们绕过亲子沟通的环节，直接追求结果，正如本剧中的小杰那样选择对母亲隐瞒了自己加入学生会的事。

另外，女生更加倾向于与母亲进行沟通，男生则更加倾向于与父亲进行沟通。根据内群体理论，女生更容易将同性别的母亲看作同一群体，男生则更容易将父亲看作同一群体，各自更加倾向于与自己同一群体的角色进行交流。[3]同时，女生在沟通中更加看重情感体验，而母亲在沟通中对于情感、情绪的察觉力、捕捉力较强，因此女生更倾向于与母亲沟通；男生相对独立，自己价值观的形成和发展源于对父亲的模仿，父亲又是家庭顶梁柱的象征，因此男生更倾向于与父亲沟通。同时，相对于母亲，与父亲建立良好的亲子沟通关系，对学生拥有良好的心理健康素质影响更大。[3]所以如小杰这种单亲家庭的学生，尤其是缺失了母亲角色的女生、缺失了父亲角色的男生，要建立良好的亲子沟通关系则需要父母和孩子的双向努力，高校在此过程中也要通过家校联动的机制加强指导和教育。

总而言之，从青少年期到成年初期的心理状态变化是一个复杂的过程。作为大学生，应该主动适应大学生活，进行全面的自我认知，时刻关注自己的心理状态，作出有利于自己的决定，并及时与他人交流，对自己负责。作为家长，也要了解到孩子的生理和心理均已成熟，有自我作出决定的能力，与孩子共同成长，实现大学新生家长的适应，多听取孩子的意见和想法，减少对孩子的控制。家校联动，重视亲子沟通，引导大学生树立健康、正确的价值观。

工作启示

在研究一个个体的成长经历时，对其原生家庭的分析是一个很重要的切入点。本剧中主人公小杰因为成长于单亲家庭，母亲独自一人抚养他长大，希望他能努力学习，通过自己的努力，出人头地，改变自己的命运，对他寄予了厚望；而他自己也因为从小目睹了母亲独自一人抚养自己的种种辛酸劳累，而暗暗发誓一定要听妈妈的话，好好学习、努力成才，报答母亲，所以才会在之后因为和母亲对待学生会的看法不同而善意地欺骗、隐瞒加入学生会的事，有了本剧的矛盾冲突。

大学新生入校的第一年至关重要，面临身份、思维和行为模式等方面的剧烈变化，如果自己不去有意识地调整，或者没有师长的指导，就会产生一系列的适应障碍，进而引发消极情绪和不当行为。归纳来说，大学新生常常面临这些问题：涉及身份转变导致的角色适应问题，校园环境转变导致的环境适应问题，生活习惯转变导致的生活适应问题，学习目标和方法转变导致的学习适应问题，教师、同伴和自我评价方式转变导致的评价体系适应问题，人际交往转变导致的人际关系适应问题，社会活动内容转变导致的社会性适应问题。针对以上问题，高校应在新生入学教育中安排新生适应性教育，主要包括以下几个方面[5]：

（1）建立完善新生入学学长制度。选拔高年级的优秀师兄师姐担任新生入校前的引路人，一方面可以消除新生对于未知的焦虑，另一方面也可以让师兄师姐以过来人的身份教导、引领新生及时完成高中"好学生"至大学成熟优秀"成人"的角色转变。

（2）全覆盖地进行学生事务自我管理教育。通过开设线下讲座、线上推文等形式，多措并举，对高校的学生管理规定、违纪处理办法、奖助措施、学分管理规定等事务办法进行宣传普及教育，让新生及早对大学生活中的各项规章制度有所了解，有助于早日实现自我教育和自我管理。

（3）前置学科专业教育，引导学生及早进行职业生涯规划。在新生入学之初便对学科专业培养方案、专业特色、人才培养质量等系统地进行介绍，帮助新生及早了解所学专业，激发学习兴趣，掌握学习方法。还可以结合职业生涯规划指导教育，引导新生适当设立目标，合理规划时间，及早适应大学生活。

（4）开设心理健康教育讲座。开设新生心理健康教育讲座，引导新生尽快完成大学新生适应性心理调整，呼吁新生重视自己的心理健康状况，了解求助途径，学会求助，对及早适应大学生活、提高学习效率意义重大。

高校应在新生入学时，便做好诸如单亲家庭学生、经济困难学生等信息摸查和台账登记工作，方便在之后的学生工作中分类指导。特殊家庭的学生进入大学后，面对互联网良莠不齐的网络环境、大学里五花八门的社交活动和相对于高中阶段显著增多的自由支配的时间，很容易在不良风气的影响下、与不同生活条件的同学的相处中，产生自卑、难以融入新集体的消极心理，导致学生陷入内耗的负面循环中，危害学生的心理健康，随之而来的是环境适应问题、人际关系问题、学业问题。高校秉持"以人为本""以生为本"的教育理念，要加强对这类学生的关注，做好分类帮扶工作。

做好多元帮扶指导工作。大多数单亲家庭经济较为拮据。一方面，应做好资助政策、助学金的普及教育工作，让单亲家庭学生、经济困难学生能充分地享受国家、学校资助政策，能更有信心和底气地追求知识、探索大学生活。另一方面，应从单一经济上的资助，转向思想、学业、生活、心理等多元帮扶，充分利用朋辈导师、学习与发展工作坊等资源，有针对性地对单亲家庭学生、经济困难学生开展帮扶活动。科学合理增设勤工助学岗位，不仅能在实践中锻炼提高社会实践能力，而且是缓解家庭经济压力的有效途径。

强化精神激励，激发学生内生动力。运用优秀学子引领事迹，在单亲家庭学生、经济困难学生中开展成功教育，强化其自尊、自信、自主、自强的意识，激励学生迎难而上，发愤图强，在逆境中磨炼自己的意志品格。开展艰苦奋斗教育，倡导勤俭节约、艰苦奋斗的优良传统，以坚强的意志品格和艰苦奋斗的优良作风战胜暂时困难。

同时，有必要建立并完善家校联动机制。一方面，学校可以通过家庭了解学生的成长经历、兴趣爱好、未来规划，因材施教，对特殊学生早发现、早预防、早帮扶。另一方面，搭建一个信息交流平台，方便家庭及时、准确了解学生在校期间的适应情况、学习情况、生活情况、人际关系等信息，把由于地理距离拉开的亲子距离通过增加共同话题的方式拉近；也可以通过共享学校的教育资源，就新生家长适应性问题、亲子交流方法和注意事项，与家长进行沟通，疏通亲子沟通路径。

家校联动的最佳关系是以高校为主导，家长为主力，学生为主体。高校作为主导方，要建立健全组织机构，将家校联动育人工作纳入日常思政工作体系，按照教育教学规律和学生成长规律，系统设计一体化家校联动体系；更新理念，以学生为中心，建立家、校、生合作育人共同体；充分利用新媒体、新技术优化沟通载体，畅通双向多元信息互通渠道。如何将家校联动做得充分又恰到好处，既受家长欢迎又不受学生抵触，既有助于学生成长又有助于亲子沟通的增进，是在接下来家校联动实践中要思考的问题。

（剧本编写：黄嘉浩；剧本修订、心理分析及工作启示撰写：袁婧）

参考文献

［1］陈秋香，宁玉珊，黄钰茜，等. 大学生亲子沟通的现状研究［J］. 当代教育实践与教学研究，2017（12）：185，247-248.

［2］魏俊彪，孙红亮，张云. 大学生亲子沟通类型与价值观的关系［J］. 中国学校卫生，2009，30（1）：34-35，37.

［3］税晓燕，宋水英. 亲子沟通对大学生心理健康的影响研究［J］. 产业

与科技论坛，2021，20（4）：111-113.

　　［4］孙五俊，魏俊彪. 河南省大学生家庭沟通模式与应对方式和幸福感的相关研究［J］. 中国学校卫生，2008，29（2）：134-136.

　　［5］樊鑫. 基于认知发展理论的大学新生适应性教育探析［J］. 中国民族博览，2018（1）：64-65.

天使的后裔

——爱与温暖，遍布人间

角色介绍

天使安琪（安琪）：女，天使的后裔，擅长入梦，负责调和家庭矛盾，在人间的身份是宿舍中的开心果安琪。

天使莫迪（莫迪）：男，天使的后裔，擅长制造幻境，负责安抚受伤心灵，在人间的身份是暖心的同学莫迪。

小爽：安琪舍友，活泼倔强，家境殷实，父母离异。

涛涛：安琪舍友，温和孤僻，家境一般，孤儿。

妈妈：小爽母亲，脾气暴躁，忙于工作，对女儿十分严厉。

剧情简介

大学生小爽父母离异，与母亲一起生活，但母亲忙于工作，对小爽又要求严格，母女二人关系不和。中秋节前夕小爽弄丢了钱包，赌气不想回家，再次引发母女二人的争吵。负责调和家庭矛盾的天使安琪利用魔法进入小爽妈妈的梦境，建议她写封信向女儿倾吐心声。小爽收到信，以为是一直给母亲写信的舍友涛涛的，不料发现涛涛竟然是孤儿，之前的信也从未寄出过。气愤伤心的涛涛跑出宿舍，得到了善良的天使莫迪的安慰，逐渐坚强起来。而另一边小爽在读了母亲写给自己的真挚的信后备受感动。此时母亲来到学校见小爽，母女二人开心团聚。事后涛涛在洗衣机里找到了小爽的钱包，二人互相道歉，舍友关系也恢复亲密。

精彩剧情

第一幕（天堂）

安琪　（欢快，舞动魔法棒）哈啰，大家好！我是天使的后裔安琪！专门负责调和青少年的亲情矛盾，把爱与温暖传递到人间！

莫迪　（欢快，舞动魔法棒）哈啰，大家好！我是天使的后裔莫迪！专门负责安抚青少年对亲人的思念，赋予爱来弥补思念与伤心！

安琪　（关心）咦？莫迪！最近有些青少年似乎遇到一些麻烦呢！就让神通广大的我们来看一看！

莫迪　（关爱）好啊！

安琪　（和莫迪同时）巴拉拉小魔仙！

莫迪　（和安琪同时）Blazing ga!

安琪　（埋怨）你念错啦！

莫迪　（抱歉）啊？我忘了！重来！

安琪、莫迪　（齐声，挥舞魔法棒）爱与温暖，遍布人间！

　　　　（安琪、莫迪看向小爽与她妈妈，只见小爽妈妈拿着考试卷，打骂小爽，责怪她考试不及格，小爽大哭）

妈妈　（非常生气）你怎么回事儿啊！怎么才考 59.5 分啊！难道多考 0.5 分都这么难吗！

小爽　（大哭抹眼泪，埋怨）呜哇……你和爸爸离婚之后，爸爸也不常来看我了，而你每天除了上班就是打我，我怎么可能考得好嘛！呜哇……

安琪　（画外音）哎呀妈呀！太可怕了！幸好我的天使妈妈和天使爸爸都从来不打我。

莫迪　我的天使爸爸和天使妈妈每次都说要打我，但是从来没有一次真的打我。咱们再看看这个妹子吧！

　　　　（房间内，涛涛正看着妈妈的照片）

涛涛　（伤心啜泣）妈妈，你去世之后我每天都好想你啊，你看，我考了 100 分，老师还夸我用功呢……妈妈，你回来好不好，好不好……

莫迪　（画外音）哎呀，这两个妹子也太可怜啦，我们去帮助一下她们吧！

安琪　（有些兴奋）好哇！不如变成她们的同学，去人间走一趟！

第二幕（宿舍）

（涛涛在桌子前坐着写信，安琪在一边看杂志一边唱歌，小爽垂头丧气进宿舍）

小爽 （垂头丧气）我回来了，哎——

涛涛 （停笔，注视小爽，关心状）你咋了？垂头丧气的！

小爽 （揉头，烦躁状）刚才出门把钱包弄丢了，烦死了！

安琪 （惊讶，停下唱歌）啥玩意？！你把钱包丢了呀，哎呀妈呀，那你这个月生活费咋整啊？喝西北风啊！

小爽 （生无可恋，趴在桌子上）嗯……

涛涛 （担忧）跟你家里人说一声吧，让他们再寄点给你。

小爽 （继续烦躁状）还是算了吧……不想找他们……

安琪 （走过来，义气地拍拍小爽肩膀）好咯好咯，别担心，只要姐姐我有一口面吃，一定会把汤给你喝的哈，别害怕，有啥大不了，每餐一两饭，不算早餐，两毛钱，一天四毛，一个月12块，够了吧，我养你，饿不死你，跟着我混。

安琪 （看了下手表，忽然想起有事）哎，现在几点了呀？哎呀妈呀，坏了坏了，我还有约呢，我先走啦！

（小爽和涛涛无语，看着安琪走）

涛涛 （调侃）她呀，能养得起自己就好了，还想着养你呢！

小爽 算了算了，别说我了。你刚刚忙啥呢？一整天没出门。

涛涛 （有点尴尬，支支吾吾）我呀，我……在给我妈写信呢！

小爽 （美慕）又写信！天天看你写信，你跟你妈关系真好！

涛涛 （拿起信一边折一边落荒而逃）呃……我刚好写完了，莫迪约我一起去图书馆看书，晚上回来给你带饭啊！

小爽 （美慕地看着涛涛出门，转过头转变为失落，站起身开始独白，表情哀怨）看看人家，母女关系多好，我和我妈，（苦笑）不要说写信了，不吵架就不错了，我要是告诉她我把生活费弄丢了，她还不得揍我一顿！

旁白 因为自己小时候母亲太过严厉，小爽有了心理阴影，不跟母亲说自己的情况，省吃俭用直到临近中秋假期，母亲开始催小爽回家……

第三幕（宿舍，家中）

（小爽妈妈坐在桌前给小爽打电话，小爽拿着手机接电话）

妈妈 （一贯的严肃）小爽，中秋节回家的车票呢？买好了没？

小爽 （不耐烦）我中秋节在学校过，不回去了。

妈妈 （生气，拍桌子）你这孩子，在学校干啥呀？不行！赶紧给我回来。

小爽 （烦躁）我都说了我不回去了，干吗一定要我回去！

妈妈 （强压怒气）中秋节就要一家人一起吃饭嘛，你不回来算怎么回事？

小爽 （生气，抱怨）你每次都这样，你非要掌控我的一切才开心吗？！你就只顾你自己的感受，我现在连吃饭的钱都没了拿什么回家啊！

妈妈 （疑惑，责备）吃饭的钱都没了？！我之前给你的生活费呢？你花哪儿了？

小爽 （赌气）丢了！都被我弄丢了。你女儿已经吃了一个月的土了，你开心了吧！

妈妈 （着急，被截断话）你……说什么胡话呢，钱没了怎么不找妈妈要，我肯定给你打点过去啊……

小爽 （截断妈妈的话，不耐烦）我哪儿敢找你要啊！让你知道我把钱包弄丢了还不又得打我！我要上课了，我中秋肯定不回去，挂了！

妈妈 （生气，着急）欸？怎么挂了！

妈妈 （沉默，叹息）欸！这孩子……

旁白 小爽和妈妈吵完架，努力平复自己的心情去上课。天使的后裔安琪看到她们之间的矛盾，决定进入小爽妈妈的梦中进行调解。

第四幕（卧室）

（小爽妈妈正在睡梦中，安琪走进她的梦境）

安琪 （着急）哎呀！这小爽和她妈妈的矛盾还不小呢！这可不行呀！让我来一展身手，去到她妈妈的梦里看看！巴拉拉小魔仙！啊，又念错咒语了！爱与温暖，遍布人间！

（小爽妈妈迷迷糊糊醒过来）

妈妈 （疑惑）你是谁？

安琪　（微笑）我是天使的后裔安琪！

妈妈　（顿时想到）后羿？哦！我知道了，是射日的那个后羿吗？

安琪　（无奈）不是，是天使的后裔，专业调解家庭矛盾二十年！我想问你一个问题，你爱你的女儿吗？

妈妈　（忧郁）当然爱呀！只是，我不知道该怎么表达，平时又很忙。我知道，小爽，她怨我不多陪陪她，现在她长大了，连话都不愿意跟我说了，唉……

安琪　（热心给建议）不如你写封信给她呀！有些话不方便当面说，可以在信里说的嘛！你们母女俩呀，最缺少的就是沟通啊！

妈妈　（感激）对啊！谢谢你了，后羿！啊不，安琪！

安琪　（帮到人了感到很开心）不客气！哈哈哈！

旁白　第二天小爽下课后回到宿舍，路过门口时，宿管阿姨给了小爽一封信，说是她们宿舍的，小爽拿着信回到房间……

第五幕（宿舍）

（涛涛在写作业，此时小爽走进宿舍）

涛涛　（看向小爽）回来啦？

小爽　（一边进场一边说）嗯，噢，对了，这儿有一封你的信。

涛涛　（疑惑）我的信？

小爽　（慢慢走到自己的椅子前）宿管阿姨说是我们宿舍的，没署名，肯定是你妈妈寄过来的。

涛涛　（低头失落，声音低）不是，不会是我的。

小爽　（疑惑地把信递给舍友涛涛）怎么可能，我们宿舍只有你写信啊，肯定是你妈妈的，给你。

涛涛　（有些烦躁地把小爽的手推开）我说了不是我的就不是我的。

小爽　（疑惑，继续递信）你怎么了，你先看下是不是你妈……

涛涛　（把小爽的信打掉，站起来，暴怒）我妈已经去世了，我从小就没有妈妈了，她怎么可能给我写信！

小爽　（继续疑惑）那你之前的信……

涛涛　（悲伤、怨恨加嫉妒）对，我的信从来都寄不出去，我再也看不到我妈妈了，不像你，有妈妈却不知道珍惜！

（小爽看着舍友涛涛离开，十分茫然，慢慢捡起地上的信，打开来看）

妈妈 小爽，我是妈妈，我知道咱俩打电话准吵架，就给你写了这封信。不知道从什么时候开始，你慢慢地长大了，变成了一个有思想有主见的女孩儿了，但是在妈妈眼里你依然是那个天真纯洁的小姑娘。从小到大，我总是按照我以为的最好方式教育你，而忽略了你的想法。我知道你一直埋怨我对你太过严厉。现在才明白，我这种望女成凤的急切心情不仅给你带来了心理伤害，也破坏了咱们母女之间的关系。妈妈向你道歉，希望你原谅我，妈妈会改正的。妈妈永远爱你。

小爽 （泪流满面，情绪渐渐失控，悲痛地捂着头蹲在地上，慢慢哭泣）妈……妈，对不起……呜呜呜……

旁白 小爽看了信备受感动，想起以前妈妈对自己的关心与爱，想起吃饭时妈妈总是把肉夹给自己，想起生病时妈妈一直守在病床边，想起生日时妈妈送给自己最想要的礼物……决定以后不再惹妈妈生气，好好听妈妈的话。这时被戳到心头痛处的涛涛伤心不已，自己一个人逃到宿舍外面，伤心落泪。

第六幕（路边长椅）

（涛涛坐在椅子上哭，莫迪过来安慰她）

涛涛 （啜泣）呜呜……妈妈，我真的好想你啊……呜呜……

莫迪 （关切）涛涛，你怎么了，谁欺负你了吗？

涛涛 （抬起头，抹眼泪）莫迪，我好想我的妈妈……呜呜……

莫迪 （略略停顿加试探）你的妈妈……是去了很远的地方了吗？

涛涛 （轻声无力）是的，远得我再也看不到她了。

莫迪 （沉默了一会儿，突然语气翻转，坚定）涛涛，那你就更不可以哭了，你要一直微笑下去！

涛涛 （顿了一下，哭泣，气愤）我妈妈都不在了！我怎么笑得出来！你尝试过没有妈妈的痛吗！你知道这么多年我是怎么熬过来的吗！

莫迪 （语气温和）我明白，我都明白，可我相信你的坚强，我更希望你能让你妈妈在那边看到的一直都是笑着的女儿。不仅是你的妈妈，还有很多很多爱你的人，用爱一直关怀着你，你不孤单！

涛涛　（情绪慢慢冷静下来，抽泣着说）我可以吗？我可以那么坚强吗？

莫迪　（语气温柔但坚定，微笑）可以的！我一直相信你！而且，我会一直陪在你的身边。对了！给你看个东西！（掏出一个苹果）连苹果也在对你微笑呢！

涛涛　（破涕为笑）谢谢你，莫迪。

第七幕（宿舍）

（小爽和涛涛各自在自己书桌前不说话，安琪蹦蹦跳跳地进宿舍）

安琪　（开心愉快）本宫回来了，还不快来接驾！

安琪　（尴尬，没人理，看看两个人，无辜）她们咋了？弄得我一人好尴尬呀！

安琪　（笑到弯腰，发现两人没反应，又分别看了她们两眼）嘿，我给你们讲一个笑话吧，咋样？可逗了！你们知道吃什么会变丑吗？吃藕！因为，吃藕丑！哈哈哈，哈哈哈，笑死我了！

安琪　（惊讶，尴尬）你俩咋了？吵架了啊？真的吵架了啊？

小爽、涛涛　（小爽和涛涛互相尴尬地望了对方一眼，同时开口）我……

涛涛　（不好意思状和尴尬）对不起，我昨天……不应该对你发脾气。我找到了你的钱包，在洗衣机里面。

小爽　（急着道歉）不是不是。是我不好，我不该那么追根究底的，谢谢你帮我找回钱包。

安琪　（安慰）好啦好啦，照我说，你俩就该干一架，超人大战蝙蝠侠，潘金莲大战西门庆。（对着两人谄媚地笑）

（两人无语地对视一眼）

小爽　（无奈）这句话是这么用的吗……

安琪　（拉着两人下台）无所谓啊，最重要的是开心，我要买点东西中秋节带回家呢，涛涛你不是也要买东西吗，走吧，陪我逛街去！

涛涛　（轻松）好啊！小爽拜拜！

小爽　（轻松）我要写作业，你们去吧，拜拜！

（叮咚、叮咚，宿舍门铃响起来）

小爽　（边说话边去开门）谁啊，安琪、涛涛，你们是不是又忘了拿钥匙……

小爽　（看到门后的人惊讶一秒）妈，你怎么来了？

妈妈　（慈爱地看着小爽，拍拍肩，摸摸头）你不想回家我不就找来了，有
　　　你在的地方才是家！我来这儿陪你过中秋！

小爽　（失落加歉意，低头，越说越觉得自责）妈……对不起，以前是我不
　　　好……我……

妈妈　（宠爱，抓住小爽的手）你这傻孩子，说什么傻话！以后啊咱们开开
　　　心心的就好！

小爽　（一把抱住妈妈）嗯，以后我肯定不惹妈生气了。

妈妈　（开心）好，走，咱们一家人去吃团圆饭！

第八幕（天堂）

（天使安琪和天使莫迪出现）

安琪　（开心）好开心，又帮助一个家庭缓解了矛盾！我怎么这么棒呢！

莫迪　（开心）我也帮助涛涛在没有妈妈的日子里学会了自己成长、学会了
　　　坚强呢！你怎么不夸我棒呢！

安琪　呵呵！唉，除了小爽和涛涛，这世上还有人因缺少亲情而郁郁寡欢，
　　　也有人拥有亲情却不懂得珍惜。

莫迪　所以说我们这些天使的后裔呀，革命尚未成功，同志仍须努力呀！

安琪　希望全天下的孩子们多多体谅父母。

莫迪　希望全天下的父母们换种方式表达爱。

安琪　让爱与温暖——

莫迪　遍布人间！

心理分析

　　亲子关系是家庭中最基础的关系。亲子关系影响青少年的健康成长和家庭
和谐。离异家庭因家庭结构和成员发生了重大变化，导致亲子关系在不同的情
况下呈现出不同的特点。离异家庭的子女主要有两大突出问题：一是心理闭锁，
敏感多疑，攻击性强；二是性格孤僻，情绪消沉，自卑感强。[1] 由此，他们在
心理上、行为上存在一定的缺陷，主要表现为：

（1）缺乏积极、健康的情感。离异家庭子女容易有强烈的自卑感和对环境的怨恨感，由此导致交往上的心理障碍。[1] 单亲家庭孩子越小，形成这种消极情感的可能性越大，调整和治疗就越加困难。

（2）没有安全感，不信任他人。无父爱的孩子更容易被社会上的不良因素所吸引，沾染上不良习惯。无母爱的孩子，会出现情感能力退化，角色混乱，社会适应困难。

（3）缺乏自信心，否定自我。对自我、对他人、对社会缺乏兴趣，自我价值感偏低，害怕面对各种困难，经常有负罪感。对事物的认识常常采取消极的防御机制（如退缩、逃避）来保护自己。

（4）欠缺良好的学习环境，无法安心学习。学校和家庭教育不利，孩子厌学心理加重，成绩下滑，有的弃学，过早流入社会。

（5）粗暴、冷酷、悲戚心理加重，道德感受到打击。长此以往，可能会导致惊慌、恐惧、冷漠，形成粗暴性格。如果离异家庭子女存在的诸多问题得不到及时调整、补救，还可能会引发一系列严重复杂的心理行为问题，直接给社会造成危害。

在本剧中，丢失生活费的小爽因为对母亲猜忌，害怕母亲责备，认为母亲一定会责骂自己，宁愿选择"吃土"也不愿跟母亲讲自己面临的困境，在后续与母亲的交谈中，对母亲要求自己中秋回家的行为表示强烈的不满，认为母亲就是想要控制自己，对母亲不信任、对家庭失去信心。父母与子女之间缺乏沟通，彼此不了解对方。

离婚使家庭结构和家庭成员关系发生了重大的变化，随之夫妻双方对孩子的抚养关系也发生了重大的变化。本剧还呈现了当代社会离异家庭对子女的教育问题，主要分为以下几种类型：

（1）加倍溺爱型。父母在离异后觉得有愧于子女，于是就把更多的爱都倾注在子女身上：在生活上有求必应，百依百顺，甚至不顾自身的条件，满足子女的各种要求；在对子女教育上放松要求，听之任之，缺乏正确的引导和规范；在行为上对孩子的事情无论大小难易，都亲力亲为，包办代替。由于溺爱造成子女依赖性强，独立意识差，是非观念薄弱，缺乏担当精神和对家庭、社会、个人的责任感，更容易形成固执、任性、偏执等性格缺陷。

（2）过分严厉型。望子成龙、望女成凤是中华民族父母千年不变的期盼。夫妻离婚后，抚养一方和子女相依为命、长相厮守，从而以自己固有的想法和方式去塑造孩子。有些父母在离异前就缺乏独立精神和人生目标，离异后又失去了对对方的依赖，所以就会把期盼孩子的成才变成自己生活的唯一目标，处处规矩，事事规范。[2] 这种渴望子女成才的急切心态往往会导致对孩子的态度简单粗暴和生硬，批评过多、控制过严。而这样会加重孩子的心理负担，加大压力，影响孩子心理的健康发展。本剧中小爽的母亲对待小爽过分严厉，缺乏有效的沟通，态度简单生硬，导致小爽出现逆反心理，拒绝向母亲表露心声。

（3）过分放任型。父母离异后有可能重新组建家庭，对离异家庭的孩子缺乏责任感，漠不关心，放任自流。虽然他们也声称自己爱孩子，然而事实上缺乏真正的爱。他们很少过问孩子的生活和学习状况，认为孩子的成长是他自己的事，孩子会自己克服困难。[2] 这类家长与溺爱孩子的家长相比，是走向了另一个极端，使孩子容易形成自由散漫、冷漠、情绪不稳定等心理问题。

（4）要求不一致型。婚姻关系尽管已经结束，可是双方对子女的教养责任依然存在。然而，父母双方培养和教育孩子的目标和方法要求不一致：一方对孩子成人成才的期望值很高，另一方则顺其自然，降低标准；一方严厉专制，无视孩子的独立与自主，另一方则放任自流，任其发展；一方溺爱有加，娇宠迁就，另一方则漠不关心，引导缺位。这样势必会造成孩子左右为难，无所适从，容易使孩子性格多变，情绪不稳，甚至会自暴自弃。[1]

单亲家庭的一个特殊之处，就是亲子沟通往往会遇到很大的障碍。单亲父母饱尝了婚变的伤痛，面对重新开始的生活，大多要比常人承受更多的重压，付出更多的艰辛。单亲父母一定要尽快调整好自己的心态，保持平和、稳定的情绪，做到性格开朗、心情愉快，这样才能给孩子提供良好的教育环境。父母需要转变教育观念，掌握正确的亲子沟通方法，以积极开放的心态，与孩子沟通，走进孩子的世界，成为孩子的朋友。本剧虽未交代小爽父母离异的原因及其父亲，但可想而知单亲家庭带给小爽内心的不安与无助，在其丢钱包后依赖的不是至亲的父母，而是舍友。小爽的父母离异后对其心理上的安慰是少之又少。她本该得到的安慰与倾听在母亲那里竟是责备与控制。这也是使母女之间矛盾加深的更深一层原因。本剧中，当小爽的母亲通过写信与小爽做心灵的沟通以及来宿舍看望小爽后，小爽联想到母亲为自己做过的那些感动的事情，母女关系马上升温。

因此，父母需要认同子女的成长，要以发展的眼光看待子女；父母应该放下权威的架子，坦诚地与子女交流，而不是整天板着面孔管束孩子；不要以裁判员甚至法官的身份出现，对孩子的观点思想急于作出评判；遇到不赞成的观点时，也不要马上表态。例如在本剧中，当小爽中秋节不想回家时，父母这时不应该强制性地要求孩子回家，而是应该询问孩子的想法，可能孩子在学校有活动或者别的原因，应允许孩子保留自己的观点。研究表明，民主型家庭中的亲子关系比权威型家庭中的亲子关系自然、和谐得多。父母用"平行交谈"的方式跟青春期的子女谈话，往往能引起热烈回应，《用心去教养子女》一书的作者罗恩·塔菲尔提出的"平行交谈"，其意思是父母与子女一边一起做些普通活动，一边交谈，重点放在活动上，而不是谈话的内容，双方也不必互相看着对方，这种非面对面的谈话方式会让父母和孩子都感到轻松自在。[3]这样，孩子一旦遇上重要事情，就会来找父母商谈，让家里时时刻刻都有一种"聆听的气氛"。

调试的关键不是判断观点的对错，而主要在于倾诉和疏导。本剧中的天使安琪和莫迪作为矛盾的调解员，一个提出主动沟通调解小爽和妈妈之间的矛盾，一个乐于倾听涛涛并给予安慰与鼓励。在故事最后，小爽和涛涛敞开心扉的沟通使两人重归于好。在沟通中，发送者和接收者的态度都会影响沟通效果。产生矛盾的双方，需要有诚恳的态度，才能有效地沟通理解，培养更深厚的友谊。同时，掌握好疏通矛盾的技巧和方法，可以帮助我们更好地解决问题。

总而言之，本剧中主人公小爽遇到的问题使我们看到了沟通交流在亲情、友情及其他方面的重要性。因此，在生活中，主动有效的沟通能够化解很多的矛盾和问题。父母与子女之间因交流沟通使家庭更和睦，老师与学生之间因交流沟通使关系更融洽，朋友之间因交流沟通使友谊更牢固。

工作启示

当前，在父母与孩子之间，尤其是父母与独生子女之间，最棘手的是沟通问题，即两代人不同的世界观、人生观反映在对一些问题的不同看法。它会影响两代人之间正常的感情沟通。另外，部分大学生由于家庭原因在与同学的交往中表现出自卑等交流沟通障碍，在与别人沟通的过程中，往往会掩藏自己内心的一些真实想法，选择自己一个人承担。那么，如何改善父母与子女，以及学生之间的交流沟通问题呢？

1. 父母如何改善与子女之间的关系

（1）多一点尊重。父母不管是和哪个年龄阶段的孩子沟通，最重要的是信任孩子、尊重孩子。这样，孩子在与父母相处的过程中，有足够的安全感，内心的声音被听到和尊重，这有助于建立他们的自尊心和自信。

（2）多一点沟通。父母在沟通的过程中，应多从孩子的角度去考虑问题，认真倾听孩子的想法，接纳孩子的缺点和不足，鼓励孩子勇敢表达自己的观点，避免用批评和指责的语气，才能做到良好的沟通。这样，孩子在遇到困难的时候，才愿意跟父母倾诉，不会将心事埋在心里。父母可以在特定的时间或者以特定的方式建立一个良好的沟通环境和途径，例如晚餐时，聊一聊当天在学校发生的趣事，或者像剧中使用书信的方式鼓励孩子表达内心。家庭关系顾问迈克尔·波普金说："把话定下来，话的分量也会增加。"本剧就是采用这种形式，化解了母亲与小爽之间的矛盾。这种特定的沟通方式能帮助家庭成员分享感受，增进理解，帮助孩子建立良好的沟通习惯。

（3）多一点陪伴。现在父母工作忙碌，下班后也经常是捧着手机，可能在陪着孩子，但这种不是高质量的陪伴。父母可以安排一次家庭旅行、一次户外活动、一次简单的家庭游戏。尽量给孩子创造一个快乐、轻松和愉悦的环境，通过这些共同的经历，家庭成员可以更好表达内心的想法，建立亲近感，同时也增强了家庭的凝聚力。

（4）多一点空间。父母与孩子保持亲密关系的同时，还需给孩子充分的私人空间，有些父母偷看孩子的日记、乱翻孩子的书包，特别是青少年时期，孩子逐渐有了独立的意识，这些行为是对孩子的不尊重，孩子容易对父母起防范之心，从而封闭内心。父母应该给予孩子适当的自由空间，让他们有机会尝试新事物、解决问题和承担责任，帮助孩子培养自信心和独立性。

（5）多一点爱和鼓励。亲子关系的核心是爱，很多父母为了在孩子面前树立威严，习惯以批评或者说教的方式和子女交流，常常不善于或者羞于表达内心的爱意。孩子做错事、受伤，其实父母比谁都心疼，表现出来却是责骂；孩子在学习中有了进步、考了好成绩，其实父母很开心，说出来却是希望下次考得更好。因此，很多孩子会误以为"父母不爱我""我都很努力了，却得不到父母的肯定"，从而容易产生亲子矛盾。父母表达对孩子的爱意和关心，可以给孩子一个温暖的拥抱，或者送上一份特别的礼物，或者使用赞美和鼓励语言，让孩子感受到家庭中的温暖，当孩子接收到父母的爱，才能让孩子学会爱。

（6）多一点包容和原谅。每个人成长的过程中，难免会犯错，父母的宽容和接纳，是孩子最大的底气。父母的宽容教育，会让孩子内心更有安全感。接纳孩子的缺点和坏习惯，帮助孩子认识到自己的错误并不断地修正。父母是孩子的第一任老师，孩子是父母的一面镜子，父母的有些坏习惯会映射在孩子身上，最好的方式，是父母能以身作则，通过自己的行为去影响孩子，远比教训的效果更明显。此外，在亲子关系中，难免会出现冲突和误解。学会包容和原谅是改善亲子关系的重要一环。父母和孩子都应该学会宽容和理解彼此的过错，并共同努力解决问题，建立和谐的家庭氛围。

总之，改善亲子关系需要父母用心经营、用爱滋养、用情守护，让我们以爱的力量，给予孩子无限的关爱和支持，共同打造一个幸福美满的家庭，建立良好的亲子关系，守护孩子的健康成长。

2.子女如何改善与父母之间的关系

提起代沟，我们是否想过，我们自己对父母可曾抱有先入为主的成见呢？很多时候，我们只以自己的生活经验作准则，批评父母，尤其是他们的兴趣和嗜好，觉得他们"守旧"。其实，我们不感兴趣或不接受的东西，并不等于是落伍而无价值的。

当我们对父母有感到不满的地方，不妨冷静地分析一下他们为何要这样做，也许就会感到不那么厌烦。例如：父母经历过不少艰难困苦的日子，他们对金钱便会看得比我们重一点。

年轻人总觉得父母过分固执，但是否曾客观地倾听父母的心声？我们是否也十分固执地坚持己见呢？遇到意见分歧的时候，我们与父母应彼此谅解，互相迁就；各持己见，互不相让，只会把关系弄得更糟。年轻人总希望父母了解自己，却没有坦白而婉转地向父母表达自己内心的感受。其实，要做好父母与子女间的沟通，首先双方要以诚恳的态度，讲出自己的心里话。

我们应该了解到，父母已经是成年人，一切思想习惯都根深蒂固，思想不易改变过来。年轻人应抱着尊重父母的态度，理解父母的言行，吸收父母的经验，因为父母的人生经验比我们多，他们或多或少都可以提供一些可供参考的意见。只要年轻人愿意改变与父母的沟通方式，主动表白内心的感受，两代人之间的关系一定能有所改善。

3.同学之间如何更好地沟通交流

（1）积极与谨慎并存。人际交往是相互的，需要参与交往的双方都迈出主动的一步。在积极主动地表达自己的想法和感受时，也要注意观察对方的反应，尊重他们的个人空间与边界。在这样的良性关系中，不仅能加深双方友谊，还能提高个人对自己的认识，增加自省能力。然而，在保持交流沟通中的积极与热情的同时，也需要一定程度的谨慎。在成长过程中，除了老师家长的教诲，对我们影响最大的莫过于朋友。许多学生最终走上邪路，往往就是因为他们结交了坏朋友。这种教训极其深刻，因此我们在交朋友的时候必须慎之又慎，要交品德高尚的朋友，交志同道合的朋友。

（2）理解与尊重并重。在同学交往中，理解他人的感受与尊重彼此的差异同样重要。每个人都有自己的背景和经历，可能会影响他们的观点和行为。因此，在与同学交往的过程中，做到互相理解和尊重彼此的差异，能很大程度上减少人际摩擦。

（3）真诚与诚信齐行。真诚的态度，诚信的原则是建立良好关系的基础。正所谓"与朋友交，言而有信""不精不诚，不能动人"，诚实守信、真诚相待可以让同学们感受到彼此的信任和支持，获得真挚的友谊；而欺骗与虚伪只会让同学之间的交往漂浮在名为"谎言"的浮萍之上，稍微大一点的风浪过去便会消散。

（4）宽容与谅解并举。大学的学生们都还处在个人发展的新阶段中，行为处事总会有不妥之处。然而，人无完人，过分计较于他人的过失，或是主观上不认可的解决方案，都是不利于同学之间交往的。知错能改，善莫大焉。同学之间需要相互宽容和谅解，换位思考，避免敌意情绪的产生和积压，化解潜在矛盾，使关系更为融洽。

（5）独立与合作互济。同学之间，既要保持适度的独立性，培养个人的能力和自信，又要学会合作与分享。大学生们需要转变心态，不能把在家里对亲人的依赖带入大学校园中，要求同学替自己安排好一切；也不能忽视同学之间合理的互帮互助、取长补短带来的个人能力的提升和人际关系的优化。

上面这些交友策略相辅相成，能够帮助同学们在交往中保持热情，同时做到互相尊重理解，提高交往的质量。当然，在交往实践中，要根据具体情况具体分析，而不是将交往技巧生搬硬套。将实际的人际交往与这些交往思路相结合，帮助我们打造融洽的人际关系环境，进而更好地学习、享受生活。

（剧本编写：任琦、宋娇娇；剧本修订、心理分析及工作启示撰写：张淑敏）

参考文献

［1］汪洁. 离异家庭的亲子关系［J］. 天津市教科院学报，2017（1）：86-89.

［2］丁芳. 离异家庭子女心理问题产生的家庭影响因素及其教育对策［J］. 理论与现代化，2008（3）：121-124.

［3］立涛，梅子，李宝海. 通向子女心灵世界的捷径［J］. 家长，1998（2）：28-29.

寻找安沐"心"

——从心出发，真心生活

角色介绍

安沐（沐）：主角，生活迷茫，缺少理想，听从父母安排。

小晨（晨）：安沐朋友，活泼开朗，独立坚强。

父亲（父）：安沐爸爸，性格强势，喜欢安排安沐的生活。

母亲（母）：安沐妈妈，关心儿子。

沈俊（沈）：安沐舍友，性格开朗，心思细腻，关心舍友。

陈洛飞（陈）：安沐舍友，大大咧咧。

医生（医）：负责开导安沐。

剧情简介

少年安沐被迫接受父母的安排，选择了自己并不感兴趣的专业。在大学里，来自家庭、学习、个人的各种压力使他一度消极不振，甚至患上了厌食症。后经朋友的帮助、父母的理解，以及自己的勇敢探索，安沐终于找到自己的理想，并渐渐恢复活力，积极面对生活。

精彩剧情

第一幕（家中饭桌上）

（安沐低头扒拉着饭，父母在旁边喋喋不休）

母　安沐，我和你爸都商量好了，志愿就报金融了。

沐　妈，可不可以不要这么着急？让我再考虑考虑！

父 （怒）还考虑什么？专业决定就业！我和你妈都是干这行的，将来也能帮上你！

母 对啊对啊，你就别管这些了，快多吃点，最近怎么越吃越少？

沐 （大力将筷子扔在桌上）我吃饱了，先回屋了。

父 （怒）你给我坐下！怎么跟我们说话呢！

沐 （冷笑）说话？我说的话你们有听过吗？从小到大，你们说什么我就做什么，报志愿是应该听你们的建议，可要读大学的人是我！（加大声音，拍桌子）是我！

母 （叹口气）我们……我们都是为了你好啊，金融专业多热门呀！多少人挤破头都想读呢！

沐 但金融不是我的梦想！

父 梦想？！哼（冷笑）那你倒是把你的梦想说给我听听。

沐 （安沐低头，沉默不语，握紧拳头）我……我……

父 你还小，知道什么？！（对母亲）把志愿单拿来！

母 好，我去拿。（对安沐）安沐，你就别和你爸犟了，相信我们没错的。

（母亲转身去取志愿单，安沐去抢，不料推倒了母亲，母亲倒在地上）

母 安沐，你……

沐 妈，对不起，我不是故意的。（去扶母亲）

父 （生气地推开安沐）你小子是不是要造反！你妈腰不好你不知道吗？

母 没事没事，我休息一会儿就好了。（父母下台）

（安沐看着妈妈，沉默着，看着手中的志愿单，深吸一口气，坐在椅子上，动笔）

第二幕（宿舍楼下、宿舍里）

母 安沐，最近怎么样？学校生活还适应吧？

沐 还可以吧！

母 那就好，那就好。

父 对了，你这周末去你王叔的公司实习吧。

沐 实习？你们怎么都不和我商量一下！（语气带有埋怨）

父 有什么好商量的，让你去就去。

母　安沐，爸爸妈妈也是为你好。我和你王阿姨好说歹说才给你争取到这个机会。

沐　爸，妈！你们怎么总是替我做主。我不想去！

父　现在实习多难找呀！这么好的机会，你最好想清楚！

母　去吧，我的好儿子。（揉揉安沐的肩头）

沐　（眼神躲闪）妈，我等会儿还要学习呢。

母　（从父亲手里接过水果给安沐）好好好，这是爸爸妈妈给你买的水果，记得周末去王叔的公司啊！

　　（安沐低头沉默不语，父母下台）

　　（安沐进宿舍门把水果递给沈俊）

沐　给，我妈给我带的水果，要吃吗？

沈　哇，这么好心，都给我。那我就不客气了。（拿出几个，剩下的还给安沐）开玩笑，给。

沐　不用，你都吃了吧，不然给老陈也行，反正我没胃口。

沈　你小子是真奇怪啊，这不前几天还和我们撸了一桌的串儿，现在胃口说变就变。昨儿聚餐说没胃口，今儿连水果也不要了。

沐　（瘪嘴）切。

　　（沈俊在旁边玩手机，安沐无所事事，在书桌上随意涂鸦。突然，短信铃声响起，安沐看向手机）

晨　嗨！安沐，好久没联系啦，过得怎么样啦？我现在在上海读建筑设计。我超喜欢这里的氛围，有空给你看看我的设计作品哦！

沐　（小声）小晨知道自己要做什么，我真羡慕她……而我呢？唉……

沈　（凑过来要看安沐手机）嘟嘟囔囔啥呢？咦，有情况啊，女生发来的短信？（作势要拿手机）

沐　（将手机举到一边躲开沈俊）别瞎说！

　　（安沐的躲闪，使得桌子上安沐的画图露出来，沈俊一把拿过画图）

沈　这是什么？你画的？

沐　（慌忙拿过纸）瞎画而已……

　　（陈洛飞进）

陈　给，顺便帮你们打的饭，你们就烂在宿舍里吧！

　　（对安沐）你小子也是够懒的，不打游戏，还不去吃饭。

沐　我不饿……

沈　（伸个懒腰）你别理他，这小子这两天修仙呢，都不怎么吃饭。

陈　行行行，你厉害。不过看在小爷帮你打了饭的份上，你好歹赏个脸吧!

沐　（看着饭菜，皱眉）啰唆，我吃总行了吧。

沈　OK!

（二人戴上耳机打游戏）

（安沐低下头，吃了两口，捂着嘴离开座位到垃圾桶处呕吐）

沈、陈　（几乎同时说）这什么游戏啊，太差劲了!

沈　算了，别打游戏了，打球去?

陈　走走走。

沐　不是吧? 还打，昨天都快被你们打残了。

（沈和陈拖着沐就要走，安沐挣扎）

沈　我们昨天才打了多久啊，再说你一天待着也是待着，还不如放松放松。

（边说边用力拍安沐）

（安沐倒地）

沈　安沐，安沐? （晃晃安沐）不会吧，什么情况。我还没使劲……

陈　废什么话，快送去医院。

（两人扶着安沐快速下场）

第三幕（医院）

（医院里，安沐躺在床上，舍友们围在他身边）

沈　你醒了! 医生——（大声喊）

陈　你突然晕倒了，已经通知叔叔阿姨了，他们应该很快就到。

沐　好……

沈　你说你总是不吃饭，住进医院了吧?

陈　行了行了，别损了，不过安沐你确实也太过了，感觉最近你总是把吃的都给了这小子，这怎么能行呢?

（医生进）

医　（翻看病历）什么时候醒的?

沐　刚刚。

医　感觉怎么样?

沐　还好，头还有些晕，我也不知道发生什么事，就突然没意识了。

母　安沐，你没事吧？可急死妈妈了。（上来抱住安沐）

父　（着急）医生，我们家安沐怎么了？

医　病人目前的基本情况就是低血糖引发的晕倒。一般是进食过少或者消化不良引起的，但病人伴有心律不齐和血压略高的现象。这应该是长时间饮食不规律造成的。

陈　安沐最近很奇怪，要么不吃，要么就暴饮暴食，你刚刚是不是还吐过一次？（看向安沐）

　　（安沐点头）

医　（皱眉）这种状况是什么时候开始出现的？

沐　大概一个月以前吧。（正说着突然开始呕吐）

母　安沐，你怎么了？（拍拍安沐的背，沈俊递过来一杯水）

沐　（喝口水）没事，就是觉得胃里有东西撑着，难受，吐出来就好了。

母　医生，这是怎么回事啊？

医　暴食厌食交替，还伴有呕吐的现象，但病人的生理各项指标都基本正常。这种情况下我们有理由相信是心理因素导致的，孩子最近是不是压力过大？我建议你们带孩子去看看心理医生。

父　（冷笑）心理医生，开什么玩笑。

母　就是就是，我们的孩子性格很好的，心理不会有什么问题的，你会不会搞错了？

医　不是说孩子心理有什么问题，压力过大是现在青少年存在的普遍现象，关键是要帮孩子找到缓解压力的办法。你们还是商量商量吧。

　　（医生下）

沈、陈　（对视）叔叔阿姨，那我们也先回去了。

　　（安沐爸爸妈妈点头示意）

母　谢谢你们照顾我们家安沐啊！

沈、陈　没事没事。

　　（舍友下）

沐　（深吸一口气，仿佛作出了重大决定）爸，妈，听医生的话，让我去看心理医生吧。

父　（诧异）嗯？

沐　医生说得对，最近我真的压力很大，快要撑不住了。

母　安沐，你在说什么呀？发生什么事了？

沐　（不动，握紧拳头）是这样，我一直不喜欢我读的专业，我努力尝试去适应它，可我真的提不起兴趣，我真的受够了。

父　你这个孩子一点都不懂得体谅我和你妈的良苦用心。我们安排这些都是为了谁？还不是为了你的将来，你难道不懂吗？

沐　为了我？可你们问过我真正想要的是什么吗？

父　（站起来指着他）你，你！

母　安沐，你答应过妈妈的，要听……

沐　（打断母亲）是，我是答应过你们，可我发现为了你们的梦，我辜负的是自己的人生。

母　（带哭腔）什么辜负不辜负的，你怎么这么想呢，妈妈做错了什么吗？

沐　不是，这不是一回事……

父　（打断安沐）那你说，你想要什么？！

沐　我……（自嘲，轻笑）我连自己想要什么都不知道。（低头）

　　（父亲生气地背过身，母亲摸摸安沐的头，拥安沐入怀）

第四幕（另一座城市，小晨的学校前）

　　（安沐背着书包，站在原地等待小晨）

沐　（独白）我向心理医生倾诉了我的烦恼，医生建议我换个环境调节心情。于是，我独自来到了小晨所在的城市。

　　（小晨朝安沐迎面走来，拍了一下安沐的肩膀）

晨　怎么样？这儿还不赖吧？

沐　（点点头）还不错。

　　（小晨带领安沐来到她的工作室前，推门）

晨　当当！这是我的工作室。

沐　（走到桌子旁，手指掠过几张图纸，目不转睛，惊叹）哇！好棒！

晨　（拿过几张图纸塞给安沐）哎哎哎，对了，快帮帮忙，描下线，我实在是忙不过来了。

沐　啊？我？

晨　我还记得小时候我们一起做美术作业呢，你画得比我好多了！

沐　嗯，好吧，我帮你。不过你这么大大咧咧的一个人，做这么精细的工作，没少出乱子吧。

晨　我是大大咧咧，（停顿一会儿）可是，为了自己喜欢的东西，我愿意改变！

沐　（愣住）唉，我不像你，我自己都不知道自己喜欢什么。

晨　怎么会？看你画的画，我就知道你一定对绘画感兴趣，不是吗？

沐　哈哈，对啊，我从小就把画画当作一种习惯了，怎么会不喜欢呢？小晨，谢谢你！（开心地笑）

晨　谢我什么，你这个人真奇怪。

第五幕（宿舍、家）

（场景一：宿舍）

沐　（独白）我现在正试着把爱好变成努力的方向。我的身体也在好转。当然啦，这离不开他们两个的帮助。

（安沐和沈俊在聊天，有说有笑，陈洛飞带饭推门入）

陈　又让我做苦力！

沈　以防安沐晕倒，这是你应该做的。

安　（看了看饭盒）哟，食堂新菜色呀，好像很好吃的样子。

沈　（瞅了眼）对哦，之前没见过。

陈　（敲了沈俊的头）什么新菜品啊，还不是因为你从来不去食堂，所以没见过。

（安沐笑，低头吃饭）

沈　哎呀，你也别吃太多了，医生说了要定时定量。

（场景二：安沐在家里，和爸爸下棋）

沐　（独白）爸妈的态度在缓和，我们之间的争执也少了，我也开始做我自己喜欢的事了。

父　上次你说报了个建筑设计培训班，怎么样了？

沐　还行，挺有感觉的。

父　那就好……咦，这棋怎么下的？应该放在这里。（做动作将棋子移动）

沐　你这可是赖棋啊！（阻挡爸爸，把棋子移回原位）

父　（又将棋子移回去）我可是你爸，听我的！

（妈妈上，端水果，拍爸爸肩膀）

母 又来了又来了，怎么什么都要听你的啊！前几天还说要民主呢！

父 下个棋要什么民主！拿……拿过来。

（三个人都笑了）

（场景三：安沐专心画图）

沐 （独白）最最感谢的就是小晨，是她让我不再迷茫。我现在正过着自己想要的生活。

沐 （打电话给小晨）喂，小晨，设计图纸我发给你了，你帮我看看怎么样……哎，哪里哪里……说到底我还得感谢你呀，要不是你我哪会这么快找到方向……对，我在申请转专业……那可不，等我的好消息吧，先忙啦，拜拜！

（挂电话，继续画图，过了一会儿，舍友上）

沈 行啦行啦，安大设计师，消停会吧！

陈 就是就是。（架住安沐脖子）我们打球去咯！

安 别别别……我的设计图啊！

心理分析

本剧有一定的现实基础，在现今大学生中具有普遍性。因此，本剧比较能在老师和学生中产生共鸣。下面我们来分析下厌食症的心理理论和产生来源。

多数厌食症患者强烈相信自己无力又无能。此种疾病时常发生在一些过去总是取悦父母，却在青春期突然变得固执而反抗的"好女孩"身上。她们经常感到自己的身体与自我分离开来，身体仿佛是属于父母的。这些患者感受不到自主权，甚至觉得无法控制自己身体的功能。于是，发病前那种完美小女孩的姿态，正是为了抵御深沉的无价值感所采取的防卫方式。

希尔德·布鲁克将厌食症的发展源头，追溯到婴儿与母亲之间关系上的困扰。更清楚地说，母亲似乎依据其自身的需求，而非孩子的需求来养育孩子。当孩子发出的信息未能得到赞同与认可时，孩子便无法发展出一个健康的自我。相反地，这些孩子将自己视为只是母亲的延伸物，而非他自己自主权的核心。布鲁克将厌食行为理解成孤注一掷的努力，以获得赞美与认可，而肯定自己是独一无二、具有独特特质的人。

一些家族治疗师，例如瑟菲尼·帕拉佐利和萨尔瓦多·米纽庆，赞成并进一步发展了布鲁克的一些动力学观念。米纽庆与其同事描述了厌食症患者家庭中一种相互交缠的模式。在这些家庭中，代际以及人际的界线消失了，每一个家庭成员都过度涉入其他家庭成员的生活，以致没有人觉得自己是独立于家庭母体以外的个体。

帕拉佐利表示，厌食症患者无法在心理上与母亲分离，以至于无法对自己的身体有稳定的感受。他们经常感到身体被坏性母亲的内射物所盘踞，而饥饿的作用是为了阻止此一具敌意之内在客体在体内蔓延。

威廉斯也提出类似的论点，强调厌食症患者的父母容易将自身的焦虑投射在孩子身上，而非去涵容这些焦虑。此种投射经孩子体验为带着敌意的外来物。为了保护自己，并免于父母投射出来的、未经消化的经验与幻想的影响，孩子可能发展出一个"禁止进入"的防卫系统，借由拒食而将其具体化。

厌食症患者所采取的极端防卫姿态，暗示其内在存在着与防卫旗鼓相当的强大冲动。根据波利斯的看法，强烈的贪婪是厌食症的核心，因为患者无法接受自身的口欲，以致他们必须将其投射出去。经由投射性认同，这个贪婪、索求无度的自我表征被移转到父母身上，即在患者拒食之际，父母对患者是否进食变得异常执着。这种反应使父母（而非患者自己）变成拥有口欲的那个人。

在一个克莱恩学派的整合陈述里，波利斯将厌食症理解成因为不寻常的占有欲望，导致患者无法从他人身上接受好的事物。任何接受食物或爱的行为，都是在面质患者这个事实：他未能占有他想要的。于是，解决之道就是不接受来自任何人的任何东西。忌妒和贪婪常常在无意识里紧密地联结，患者艳羡着母亲所拥有的美好事物——爱、同情、抚育。然而，接受这些却只会让忌妒加剧。于是，患者宣告放弃它们，以支撑无意识中毁掉这些艳羡事物的幻想，如同伊索寓言里出现的那只狐狸所说的，"得不到的葡萄必定是酸的"。

患者在传递这样的信息："我无法拥有任何美好的事物，所以我只好放弃全部的欲望。"这种弃权声明使厌食症患者成为他人欲望的客体。在患者的幻想中，自己的自我控制令人"印象深刻"，并因此得以成为他人所忌妒和赞美的客体。在此，食物象征着患者所期望获得的正向特质，与其渴望占有母性角色，不如选择被饥饿所奴役。

布伦博格以波利斯的观点作为基础，认为厌食症患者透过解离的机制将欲望转为放弃。布伦博格认为，这些患者在成长过程里，因为缺乏足以协助其发展出情感自我调节能力的人际关系，使得患者必须经由解离，而成为分离的自我状态，来隔离创伤经验，不致受到强烈情感所影响，使能力发挥到最大。跟波利斯一样，他认为厌食症患者无法把欲望当作可调控的情感般涵容，而受制于这种无能为力的状态。他们感到自己无法按捺欲望直到作出明智的选择。也因此，在治疗过程里治疗双方究竟是谁来抑制这些欲望，将会成为治疗的重要议题。

以自体心理学观点来说明，儿女被双亲视为提供镜映和认可功能的自体客体，儿女本身的自体却被否定了。随后，这个孩子无法靠他人来满足其自体客体需求，也因此变得极度怀疑自己的双亲或任何生活里的重要他人是否可能暂时放下他们的利益和需求，而同样也能关注到他被抚慰、肯定和镜映的需求。这个孩子可能会借由加剧自己的饥饿与限制饮食等行为，强迫父母亲注意到他在受苦，并且体认到他需要帮助。

如果尝试为厌食症的精神动力学理解做个简短脚注，这些外显的厌食症行为其实是多重因素所决定的症状：第一，一种孤注一掷的举动，渴望能够变得独特、与众不同；第二，一种攻击，针对父母期待所培养出来的虚假自我；第三，对新生真实自我的确认；第四，对真敌意的、几乎等同于自己身体的母亲内射物的攻击；第五，对贪婪和欲望的防卫；第六，幸福了使他人（而非患者自己）觉得他们自己是贪婪而无助的；第七，一种防御，以阻止来自父母、未经消化的投射进入患者身体里；第八，企图将父母带离只关注自身的状态，使父母能进一步察觉孩子受苦的呼救声；第九，在某些案例中，是一种解离性的防卫，借由成为分离的自我状态，以调节强烈的情感。

工作启示

对神经性厌食症进行预防性干预非常重要，比如做好心理教育、减少社会文化的影响，比如减少时尚产业对于身材的过度宣传等，还有对其他风险因素进行提早的干预。作为极难应付的疾病，教育工作者应引起重视，并在合适的时机向广大学生科普这种疾病，增强认识。

很多人都以为进食障碍是自己的身体出了一定的毛病，或者是自己的肠胃出现了一定的问题。其实并不是这样的。进食障碍最主要还是因为患者的心理受到了一定的影响，导致不能够及时地去处理自己的心理问题，让自己压力非常大，从而导致一定的进食障碍。

1. 学会调节压力

很多人都以为大学是一个非常轻松的阶段。其实并非如此，学生在大学里也面临着非常大的压力，有的时候需要进行专业的考核，以及各种实习，还要面临着找工作还是继续考研的压力。如果学生在平时生活中不会调节这些压力，很容易使身体遭受一定的伤害，从而会让自己患上进食障碍。所以想要预防进食障碍，一定要学会调节好自己的压力，可以通过做一些喜欢的事情或者是听音乐来帮助自己暂时忘记那些压力，也可以向他人倾诉，通过他人来帮助自己更好地去了解自己想要的一些东西。

2. 学会察觉和接纳自己的情绪

进食障碍很容易导致个体内分泌出现紊乱的情况，导致胃口不好，身体变得越来越虚弱。在大学校园中，其实很多人会患上进食障碍，如果想要预防进食障碍，一定要学会疏导自己的情绪，释放压力，在挑战大于能力时应懂得如何求助。

如果长期沉浸在一种比较消极的情绪当中，那么很容易让自己患上进食障碍，所以我们一定要采取一些措施来帮助自己调节坏情绪，要以积极的心态去面对生活。

在平时的工作和生活中，教育工作者一定要注意不仅要关注学生的成绩，还要多关注他们的心理状态。如果他们的心理受到一定伤害，可能会给他们的身体造成很严重的影响。进食障碍就是现在很多大学生会患有的一种心理方面的疾病，我们应该有意识地去预防这种疾病。

在发现身边人是进食障碍患者时，我们需要鼓励他参加与社会有关的活动，包括安排与食物无关的事情，让他在治疗疾病时得到鼓励。此外，有关进食障碍的一些学习和培训能够让我们理解患者平时的行为举止，有心理准备地参与到更多的病情沟通中，给予患者鼓励。

与此同时，专家指出，教育工作者在与学生家长交流的过程中，不要过分指责患者的父母，因为他们也承受着巨大的心理负担，越内疚越会削弱他们参与的能力。在国外的治疗中，医生了解病情，父母了解孩子，两者合作能鼓励孩子从疾病的控制中走出来。

进食障碍患者的家人其实也经受了各种精神的折磨。但是在与患者日常交流中还是要注意几个原则：

（1）不论如何，不要再去强迫或者请求他进食。

进食障碍的本质是患者想要通过控制饮食和体重来获得对生活的掌控感，获得自己能够应对这个世界的能力感。但如果这个时候，家人或朋友去反对患者节食、减肥，或者给予患者进食的压力，就会被患者解读为家人或朋友在阻碍他证明自己的能力，在阻碍、掌控他的世界以及他内心里所渴望的东西。因此，这个时候他的大脑里就会产生本能地要与这股阻碍他的力量对抗或斗争的冲动。既然这是一场战斗，他就不可能轻易认输——接受家人或朋友的进食请求。因此，不论如何，不要再去强迫或者请求他进食，不要再给他进食的压力。越是强迫他，请求他，他内心的受挫感和无力感就越深重，就会越发与食物建立一种敌对的关系。

所以家人只需要把食物准备好，告诉他，相信他自己可以管理好自己，相信他可以作出正确的、对自己更有利的选择，然后把决策权交还到他手上，让他自己决定吃不吃，吃多少。他能够自主决策，由此获得对世界的掌控感，才可能放下心防，逐渐恢复正常进食。

（2）家人要能够管理好自己的情绪。

一般来说，患者的家里每个人都很焦虑，爸妈每天也可能因为他崩溃，家里也总是为此吵架。这个时候家人一定要注意管理好自己的情绪，尽可能地把情绪调整到心绪平和稳定的状态。

焦虑、崩溃、痛哭、吵架都是家人内心的情绪表达，但情绪表达并不能解决问题。要想解决问题，就必须让情绪恢复平和冷静。也只有家人情绪平和稳定，患者才能不被自己的问题导致家庭陷入矛盾和冲突的负罪感拖累。当他逐渐能够收获到内心的平和稳定的时候，他才可能从与食物战斗的状态中解脱出来。

如果家人觉得自己的情绪无法控制，建议家人一起先做家庭治疗。先解决外部矛盾，再去帮助患者解决内部矛盾。

（3）不排除需要强制送医的可能。

厌食症是一种非常危险的心理疾病，如果不及时治疗，患者体重持续下降，很可能会有生命危险。即使最终救回来了，但长期缺乏能量和营养也可能会对患者本人造成不可逆的脑损伤。因此，作为患者的家人，还是要随时关注患者的病情发展（切记，要注意自己的情绪管理）。

如果状态持续恶化，并且家人付出的一切努力都没有成效，那么最多两个星期，就必须作出将患者强制送医的决定。因为，只要人健健康康地活着，就有的是时间来解决心理上的困惑或者意识观念上的偏差或错误。

（剧本编写：温子琪、梁蕾；剧本修订、心理分析及工作启示撰写：温子琪、梁蕾、黄晓聪）

便利贴女孩

——学会拒绝，勇敢表达

角色介绍

依依：大三女生，缺少主见，百依百顺，不会拒绝人，是标准的"便利贴女孩"。

妈妈：离异，女强人，安排了王依依生活上所有事情。

室友A：自私自利，爱贪便宜。

室友B：喜欢打游戏，随意使唤依依。

男友：霸道、虚荣，看不起依依。

吴老师：能理解依依，并耐心开导依依。

剧情简介

大三女生王依依，父母离异，自小生活便被女强人妈妈安排得妥妥帖帖。她不会拒绝别人的请求，一味顺从别人的安排。她明明想在国内读书，陪在妈妈身边，却选择顺从妈妈的安排要去国外读研；她明明特别珍惜爸爸送的白裙子，却选择答应借给室友；她明明在写作业不想去拿快递，却选择帮室友去拿；她明明不喜欢穿鲜艳的服装，却选择答应男友换鲜艳的衣服。不会拒绝给她带来痛苦，幸亏她遇到了吴老师。吴老师认真倾听她的诉苦，耐心开导她，帮她解开了心结。王依依选择勇敢地对身边的人说"不"，一一拒绝了室友、男友和妈妈的请求与安排。最终她得到了妈妈的同意和理解，留在妈妈身边，留在国内读研。

精彩剧情

第一幕（家中）

（妈妈坐在书房的椅子上看材料，依依走了进来）

依依 （轻声轻语）妈妈。

妈妈 （抬起头淡淡扫了一眼）嗯，坐。

（依依应言坐下）

妈妈 依依啊，最近英语学得怎么样？（眼睛看了一下桌子上的日历）还有一个月就要托福考试了。

依依 （低下头，双手绞着衣角）嗯……还好……（抬头看了一眼妈妈）可是……妈妈我……（头又低下）

妈妈 （放下手中的笔，抚摸着依依的头）你是不是想跟我说，你不想出国读研？依依，这样的话就不要再说了。

依依 （低头沉思了一会儿，猛地抬起头）不！妈妈，我……我……我是真的不想出国！（语气哀求）妈妈！我在国内好好待着行吗……我想……

妈妈 （打断依依）妈妈这是为你好才要送你出国的啊，你这个专业在国外的大学更好，你读个几年下来再回国就业不是挺好？（突然声音低下来）依依，你是我唯一的女儿啊，你一直都很听话很乖巧……

依依 （深深看着妈妈）妈妈……我……我知道了……

妈妈 我不是逼你，你自己再好好想想……

依依 （缓缓低下头）妈妈，我……我知道了，我再也不说了，我现在就去好好准备托福考试……您……不用担心……（说话间站了起来）我现在就去背单词……

妈妈 （点点头，欣慰地看着依依）去吧，迟点我叫你下楼吃晚饭。

依依 嗯……（说着落寞地走出书房）

第二幕

（场景：四人间宿舍，依依正在埋头做托福模拟试卷，另外三人在玩手机或者玩电脑）

室友A （捧着手机皱眉摇头）怎么办！周末要去见师兄了啊！

室友B （回头看了看室友A）好事啊，你在烦什么？

室友A 可是人家最近都没有买什么衣服！而且师兄喜欢女生穿长裙哎，我那几条都穿旧了，他早就看过了啊！（看了一眼依依）依依，依依！你衣柜里那条白色的长裙好好看啊……

依依 （一惊）啊，那个……嗯，是我爸爸送给我的生日礼物，还没穿过……

室友A （走到了依依面前，抱着依依手臂撒娇）哎呀依依！你看我要见男神哎，你把裙子借我好不好，好不好嘛！

依依 （受惊般瞪大眼睛）可是那个还没穿过……我……

室友A 哎呀我只是借来穿穿，又不是不还了！你就借我嘛，好依依好依依……你就答应我吧！

依依 这……好……好吧……（无奈地低下了头）

室友A 我就知道你肯定会答应的，哈哈！你最好了！

（依依苦笑）

（突然室友B的手机铃声响了一下，室友B低头一看）

室友B 啊！快递！（手里放不下正打得激烈的游戏，头也不回地喊）依依！依依！

依依 啊，怎么了？

室友B 我的快递到了，你帮我拿一下行不？我现在特忙！

依依 （看了看室友的游戏，再看看自己的托福试卷）可是我正在做托福啊……我恐怕不能帮你拿了……

室友B 哎呀你试卷可以回来再做嘛！啊啊我游戏快死了……

依依 （看着她，默然长叹了一声）好……我现在就去……（慢慢起身走向门口）

室友B 啊，对了，依依，是一个水晶杯，你小心一点，不要打破啊！

依依 （忍了忍）我知道了……

（出了门口，依依沮丧地低下了头）

依依 为什么我要答应啊！（捶了捶头）我就不能拒绝一下吗！我真是好讨厌我自己，明明拒绝的话都到嘴边了，为什么就是说不出来！为什么啊？！我在做着我最讨厌的英语试卷，我最喜欢的裙子借给了别人，我还一次都没有穿过……（语气低落）我现在还要去帮打游戏的室友拿快递！我……哎……

第三幕

（场景：宿舍楼下的花园，依依在等待迟迟不来的男友）

男友 （慢悠悠走过来）哎，依依。

依依 啊，你总算来了。

男友 （从上到下看了依依一圈）你怎么总是穿得这么素啊，我今晚可是要带你去见我的朋友的！啧啧，你就没有颜色鲜艳点的衣服吗？

依依 （一惊）我……可是我不太喜欢鲜艳的衣服啊……就这样不行吗？

男友 （皱眉）这样当然不行！你穿成这样是想让我的朋友以为我带了个麻袋吗？！

依依 （迟疑片刻）好吧……我尽量……我……

男友 什么尽量！是一定要做到！好了我先走了，到时候自己过来！

依依 哎……你……讲几句话就走了啊……

（男友头也不回地走了，口里还念着：真够笨的……当初怎么看上她了……）

依依 （听到后惊了片刻，长叹一声）连你也这样，连你也这样……（来来回回踱了几步）所以是因为我百依百顺，什么都答应你们，你们才觉得我好欺负么！为什么就不能让我自己做点我自己想做的事？为什么总是要我听你们的使唤？（忽然低落下来，蹲在地上低声道）都是因为我！都是我自己！总是不会拒绝，总是要当一个顺从的角色……都是我……都是我……（带着哭腔）

（吴老师带着学生路过，看到蹲在地上小声哭泣的依依）

吴老师 （走过去轻轻碰碰依依的肩）同学？同学？啊，是依依吗？是不是身体不舒服？

依依 （抬头看着吴老师）老师，我不知道……我不知道我为什么这

样······（哭腔）我什么都不知道······

吴老师 （把依依扶起来）你先起来，告诉我到底发生什么事了？

依依 老师，我很讨厌现在的自己······

吴老师 怎么会呢？你是一个好女孩啊！怎么会讨厌自己呢？

依依 （激动地）我就是讨厌我自己！我就是对别人太好了，我什么都要答应他们！哪怕是我不喜欢的事情我也要去接受······（语气低下来）因为我根本不会拒绝······我不会拒绝······

吴老师 有很多事情你想拒绝但是最后都会妥协，是吗？答应了之后又会痛苦，是吗？

依依 嗯嗯······可是我根本没有办法拒绝······我觉得好痛苦，也觉得自己好没用······我不想出国读研，不想明明很忙还要帮室友拿快递，我甚至不想为了男朋友穿我讨厌的衣服······这些我都不想，可是我却不能抗拒！我就像一张便利贴，哪里需要就贴在哪里，可是到最后还是会被别人丢弃。这到底是为什么？！我每天头脑中都会有两种声音在打架，一种说要接受、要接受，一种说要拒绝、要拒绝。我快崩溃了，真的快崩溃了！

吴老师 （叹了一口气）依依，我跟你讲个故事好吗？

（依依抬起头看着老师）

吴老师 曾经，有人去找禅师求得解脱痛苦的办法，禅师让他自己去悟。第一天，禅师问他悟到什么，他不知，禅师便举起戒尺打他一下。第二天，禅师又问，他仍不知，禅师又举起戒尺打他一下。第三天他仍然没有收获，当禅师举手要打时，他却挡住了。于是禅师笑道："你终于悟出了这道理——拒绝痛苦。"

依依 这······

吴老师 （轻轻抚摸依依的头）依依，每个人都应有接纳与宽容之心，但也要学会拒绝。你就要学会拒绝，拒绝会让你痛苦的事情。

依依 可是老师，我想过拒绝，但我无法面对被我拒绝的他们的脸······我怕他们会伤心，会不理我······

吴老师 你有拒绝人的权利与能力。这个是上天赋予你的。一味地去迁就别人，顺应别人，不会说不，从来不会拒绝，到最后伤害的是你自己，痛苦的也是你自己。而且，你一味地顺从，只会让别人看扁你。

依依 　老师，我……我……我是真的可以拒绝吗？我……我怕我没有这个勇气……我更怕会失去他们……

吴老师 　依依，相信你自己，只有你能给你自己这个选择与拒绝的能量。你要好好把握，不要让它溜走。如果身边的人会那么轻易地因为你的拒绝而远离你，那只能说明，他们根本就不配和你在一起。

依依 　（抿嘴沉思）老师……我……

吴老师 　你一定可以的，从现在开始你要做回你自己。

依依 　（缓缓点头）对！我一定可以的，我不能再这样矛盾下去，痛苦下去！（抬头看着吴老师）老师，谢谢您！我知道怎么做了！

吴老师 　（怜爱地看着依依）依依，你一直都是个好女孩。去吧！去做回你自己。

依依 　（依依点头，破涕为笑，向吴老师招手告别，过了一会儿，拿出了手机，打给男友）喂，我要告诉你，我想穿什么就穿什么，你应该尊重我的选择……（一边打着电话，一边大步向前走着）

第四幕

（场景一：依依正在宿舍收拾东西，准备回家）

室友 B 　啊，外卖到了！（转头看看依依）依依，你是要出去吗？

依依 　对啊。

室友 B 　那你下去的时候顺便把我的外卖拿上来好不好？我现在走不开。

依依 　（迟疑了一下）不好意思，我是回家，等下不上来了。

室友 B 　哎呀就楼上楼下走几步路嘛！

依依 　（看看室友 B 手里的游戏，坚定地说）你把游戏放下，现在去拿就行了啊，也就楼上楼下几步路。

室友 B 　哎！（奇怪地）依依你今天吃错药了吗？

依依 　（向她灿烂一笑）我只是想通了一些事情而已。（说着提起包包往外走）我先走啦！

室友 B 　哎，依依你等等！

依依 　（头也不回）我可不是你的便利贴哦！

室友 B 　（摇摇头）今天太不对劲了吧，往日她都会帮忙拿的啊……哎，算了算了……

（场景二：依依回到家，发现妈妈在办公）

依依 （站在原地一会儿，鼓起勇气）妈妈，我想跟您说点事。

妈妈 （抬起头）嗯，怎么了依依？

依依 妈妈……我……我决定在国内读研。

妈妈 （淡淡地看着依依）这句话你已经说过了，不要开玩笑。

依依 （眼神坚定）妈妈，我是说真的，我要在国内读研，我不想去国外。

妈妈 （带着点怒气）依依！你知道你自己在说什么吗？

依依 我知道，我太清楚了，妈妈。您以为我是一时意气吗？不是，我早就想这么说了。妈妈，我不想出国，我就想在国内好好地念书，我也不想成为什么女海归、女学霸、女中豪杰，我只想安安分分……

妈妈 （打断话）依依！你要有这样的思想你未来就毁了！你一直都这么听话，现在到底是怎么了，妈妈不可能永远看着你……

依依 可我只想留在您身边看着您啊！

（妈妈默然）

依依 妈妈！您想想您跟爸爸！这么强大又如何……（语气慢下来）我只想好好守着您，然后好好在国内读个研，将来也不求什么大富大贵了……我只想好好和妈妈在一块儿，好好过日子……

妈妈 （沉默，看着依依满含祈求的眼神，终叹了一声）依依，你变了……

依依 不！这才是真正的我……我不想再做我不喜欢做的事了……我想好好地生活……

妈妈 （又叹了一声）我知道了……

依依 妈妈，您……这是答应了吗？

（妈妈站起来，走到依依面前，轻轻拥住依依）

妈妈 妈妈懂了，听你的，就留在妈妈身边吧，好孩子。

依依 妈妈！谢谢您……

心理分析

本剧讲述了女大学生王依依从逆来顺受的便利贴女孩向敢于拒绝的勇敢女孩转变的故事。王依依生活在一个单亲家庭。妈妈教导她从小听话，她习惯了一切都被妈妈安排，连自己的未来，也是听从妈妈的安排。然而她的内心是抗拒的。在宿舍，室友习惯了随意使唤依依，随便借用依依的物品。依依从不敢拒绝室友的请求，也不敢反驳室友的冷言冷语。然而，她的内心是拒绝的。在男友面前，她像是一只乖巧的小白兔。她总是谨小慎微，总是要考虑男友的喜好和喜怒哀乐。男友看不上依依，不尊重依依，甚至是羞辱依依。依依看清楚了现实，她就像便利贴，对身边的人百依百顺，却得不到身边人对自己的尊重，大家都可以随意地使唤和安排她。终于在吴老师的开导下，依依勇敢地迈出了人生的一大步——她要做回自己，她要学会拒绝别人无理的要求。最终她得到了妈妈的尊重，拿回了人生的主动权。

本剧蕴含了一些普遍的心理学原理。一是习得性无助理论，不会拒绝也不能自若地提出要求在心理学上主要源自拒绝失败。习得性无助是指个体在经历一系列挫折和失败事件后，在情感、认知、行为方面产生的消极心理。如果这种挫折和失败事件出现得太频繁，个体就会将这种无助感泛化到类似的情境中，甚至泛化到对自己来说简单的情境中，于是个体会感到无助而抑郁。依依在跟妈妈、室友和男友的相处中，也有过拒绝的表示，然后都被反拒绝了。妈妈让她出国读研，她试图拒绝，"我是真的不想出国"。妈妈说："依依，你是我唯一的女儿啊，你一直都很听话很乖巧……我不是逼你，你自己再好好想想……"她被拒绝了。室友 A 借裙子，依依委婉拒绝，"是我爸爸送给我的生日礼物，还没穿过……"然而室友 A 不依不饶，拒绝再遭失败。室友 B 让依依去取快递，依依表示在做托福试卷，恐怕不能帮她拿，室友强行要求她去拿，拒绝又一次失败。依依也向男友表示："我不太喜欢鲜艳的衣服啊……就这样不行吗？"男友表示"当然不行"。反复多次的拒绝失败让她失去了说"不"的勇气，本能性习得了不敢拒绝。二是投射效应。不敢拒绝的心理，实质上是一种以自己客观现实为蓝本看他人的心理投射。由于自己内心难以接受被拒绝，所以认为他人也不能接受。然而，他人不一定会因为收到拒绝而感到被伤害。依依遭遇拒绝后产生的痛苦，使她不想将同样的痛苦施加于人，更加不敢拒绝他人。总体来说，依依不敢拒绝他人的原因主要有下面几个方面：

（1）被拒创伤。害怕拒绝他人的人，很大概率下都经历过许多言语及行为的限制。依依的妈妈是女强人，给依依的生活设立了各种条条框框。被"框住"的依依长期处在这种被限制的生活中，思想和创造力被约束，在无形中被控制着。长此以往，脑海里充斥着这种被束缚感。为了不违反被框定的规则和避免打破规则会受到的惩罚，依依逐渐对规则框架变得高度敏感。虽然她不得不服从于规则框架，却又厌恶这种被束缚的感觉，造成焦虑、烦躁、矛盾的心理。

（2）耻感文化。耻感文化是注重廉耻的一种文化心态。这种文化的特点是非常在乎别人怎么说、怎么评价。受这种文化过度影响的人，其行为常被外在因素所制约和支配，缺乏个性主张，总是随大流，从而构成了束缚他内心的枷锁。在部分文化环境中，面子是很重要的。而在这种"面子文化"的长期影响下，人们很容易过分看重他人对自己的评价，担心会不会"丢面子"。这是将自我概念建立在他人评价上的表现。也正是这种性质使他们在人际交往中，会对他人的行为、需求和评价保持高度关注。因为他们想要通过关注他人、满足他人需求来获得他人对自己的高评价，以满足自己的内心需求。由于这类人们的自我肯定来自他人评价，自然是不敢拒绝他人的，毕竟拒绝他人可能会给他们带来负面的评价。依依在妈妈面前是很乖巧、很听话的女儿，在室友面前是很好说话、好相处的形象，在男朋友面前是很懂事、很顺从的女朋友。这些人给她贴的标签和评价，让她努力维持着，不敢打破。

（3）取悦"症"。取悦"症"通常表现为习惯取悦他人，畏惧拒绝，只考虑他人而忽略自己。这是一种一味迎合别人而压抑自身感受的不健康的心理状态。这种人总是委屈自己的内心，在别人拒绝自己的时候很痛苦，自己拒绝别人的时候更痛苦。他们不敢表露坏情绪，帮别人做事情谨小慎微，自己从不会麻烦别人。他们缺乏界限和原则，常常因为取悦别人，守不住底线。依依生活中就是这样，不断地"讨好"身边的人，来获得好评或相对宽松的生长环境。由于"讨好"是以压抑自我为代价，她会逐渐觉得是在为他人而活，会逐渐产生拒绝他人的愿望，但她欲拒不能。由于她内心的弱小与缺乏安全感，她无力接受"拒绝"的后果。

（4）依赖性与分别焦虑。人都有依赖性或依赖情结，只是依赖的对象、性质和水平不同而已。人的依赖性与分别焦虑高度相关，即你对某人某物过度依赖，肯定伴有失掉他（它）的焦虑。惧怕说"不"的心结之四，是人的依赖性和分别焦虑。依依在家与妈妈相依为命，在学校朋友圈子限于室友，男友也是自己感情为数不多的依靠。这些关系都不容失掉。她过分依赖这些人和这些关系，欲罢不能。

学会拒绝，勇敢表达是判断人社交中的心理成熟度的重要依据之一，即表现为能否自若地对他人说"不"，能否自如地向他人发出请求，能否平和地接受他人的拒绝。不会拒绝的人看起来人际关系挺好，他总是热心助人，口碑也好，可内心苦水只有自己吞。本剧中，主人公依依由于本身害怕被拒，投射为不敢拒绝别人。她从小想法不被看重，在多次的主动表达中都遭受了失败，导致她过分看重别人的意见和评价，而忽视自己内心的真实想法，甚至做出很多违背内心的事情，让她痛苦不已。在这样的家庭教育环境和耻感文化氛围的影响下，以及本身脆弱的内心、取悦型人格、焦虑心理因素的影响，依依不能正常表达自己真实的想法和内心的诉求，影响了她的心理健康。经过吴老师的开导，依依终于认识到要正视自己的想法，勇敢地表达出来，获得别人的理解和认可，而不是一味地迁就、顺从和讨好。

工作启示

家庭背景、生活环境、文化理解等方面的差异，导致大学生有不同的性格和行为习惯，在社交上的能力也各有不同。培养学生自立自尊自信的人格对他们的心理健康和成长成才都有重要作用。

首先，有利于大学生健康人格的形成。拥有健康人格的大学生能客观地认识自己、认识他人、认识周围世界，对自己有恰如其分的评价，充满自信，与环境保持和谐、平衡。大学生处在复杂的人际关系之中，面对来自各方的压力，保持个体的自立自尊自信自强，不依附于他人，重视内心的真实想法，在与不同人群的正常交往中保持个性独立，对形成大学生健康人格有重要促进作用。

其次，有利于大学生建立高质量的人际关系。大学生自立自尊自信人格的发展对于他们在各种社交场合保持清醒的判断和独立意识的表达有重要作用。他们不会过分讨好别人，也不会太委屈自己。他们能妥善处理好各种人际关系，在与各种人的相处中保持自尊自信，有利于建立稳定、和谐、愉悦、高质量的社交关系，让他们享受更好的社交体验。

最后，有利于大学生的全面发展。大学生的全面发展主要表现为其能力和素质的全面提高。大学生心理健康是大学生成才和全面发展的重要标准之一。它有助于塑造健全的人格，建立和谐的人际关系，保持健康的心理情绪和预防潜在的心理疾病，从而实现大学生的全面发展。

依依身上表现出来的顺从和习得性无助是大学生群体不容忽视的心理问题，需要辅导员、老师的积极干预。对这类学生可以采取以下措施进行帮扶：

（1）廓清认知。按照元认知理论，对惧怕拒绝的学生进行心理建设，需要深入了解问题的关键所在，消除学生的错误认知。让学生认识到百依百顺并不能赢得别人的尊重，适当拒绝既是善待自己，也是尊重别人。通过咨询、谈心谈话与学生建立信任关系，使学生处于一种平和的心理状态，让学生认识到问题的症结，认识自我，减弱进而消除对拒绝的恐惧情绪。

（2）树立正确的社交观念。让学生充分了解拒绝的自然属性和相关知识，并且能识别出社交活动中的歪曲认识与思维缺陷。正常的社交应该是交往双方处于平等公正的地位，而不是一味地付出、迁就和顺从。交往过程中双方都应该重视自己的内心感受，并允许自己积极表达个人想法。大学生在面对亲情、友情和爱情等关系时，更应该保持独立自主的思想，实现个性化发展。

（3）培养学生的自我探索能力。学生的自我探索能力是大学生心理健康发展的重要能力之一。首先，让学生接纳自我，不否定自我，不要求自己完美，不苛求自己，不急于从负面情绪或评价中逃离。大学生往往由于对自己没有正确的认知或不关注自我发展，导致行为上的走样。其次，梳理过去与现在、内心与现实、自我与人际。通过这种探索，让自己解放自己，不再束缚自己，不被过去束缚、不被他人束缚、不被现实束缚。尝试喜欢自己和喜欢那些喜欢自己的人，不必刻意对那些不尊重不关心自己的人示好。最后，勇敢地拒绝，不压抑自己，不迎合别人，积极地表达自己，做真实的自我。

（4）培养拒绝他人的能力。大学生出于保持良好的个人形象、维持稳定的交往关系，通常以牺牲个人利益和忽略个人想法的方式来成全别人、讨好他人。他们呈现出拒绝能力弱的问题。要培养学生的拒绝能力，可以通过团体心理干预和社交技能训练，用小组实验、角色扮演、安排特定的社交场景等方式，增加学生的拒绝演练和体验，并引导学生参加校园文化活动，增强社交信心。训练到一定阶段，还可以推荐一些社会实习或实践活动，让学生融入社会，接受社交挑战，开展真实的拒绝实践。鼓励学生在日常生活中尝试与家人、朋友提出不同的想法并坚持己见，付诸行动，在一点一滴、身边小事中培养拒绝能力。

（5）加强家校合作。学校要和学生家庭沟通，了解学生的成长环境、性格特点。家校双方都有责任帮助孩子健康成长。原生家庭往往对学生的性格发展有重要的影响，家长打压式教育会给学生造成一定的心理影响。部分家长由于缺乏科学的教育知识，往往不能发现和意识到孩子成长过程中的一些心理问题。学校有必要经常给予家庭必要的教育指导，并及时就孩子在校情况进行沟通，做到家校合作，形成教育合力。家校合作为学生营造了相对宽松和健康的成长环境，培养孩子独立的性格，为孩子提供尝试拒绝的初体验场所。

大学阶段是学生全面发展的阶段。对大学生心理健康教育的重视，是落实立德树人这一人才培养目标的重要体现。本剧中依依表现出的这种在正常社交关系中的习得性无助和害怕拒绝的心理是现代大学生群体中较普遍的心理问题。大学生面临着升学、就业、家庭关系等多方面压力。他们经济上不独立，思想上不自立，往往使他们缺少拒绝的资本和勇气。因此，学校、家庭和社会应给予大学生更宽容的环境、更包容的舞台，使他们勇于表达自己的想法，重视内心的感受，坚定理想信念，从而培养出独立自信的健康人格。

（剧本编写：华文学院心理协会；剧本修订、心理分析及工作启示撰写：孙英）

重生

——对暴力 SAY NO

角色介绍

海燕：主角，饱受家庭暴力折磨，患有被迫害妄想症。

海燕妈：常年受海燕父亲暴力对待。

海燕爸：酗酒，脾气暴躁，有暴力倾向，常年暴力对待海燕母亲并曾误伤海燕。

向阳：海燕男朋友。

美惠：海燕舍友。

夏玲：海燕舍友。

建华：海燕朋友。

剧情简介

主人公海燕从小在有家暴的家庭长大。一个月前喝醉酒的爸爸还动手打妈妈和自己，在自己的手臂上留下了很大的疤痕……深受打击的她患上了被迫害妄想症，在生活中处处怀疑别人，认为自己会被迫害、被欺骗、被下毒，总认为有个别人或个别团伙要加害于她，每天都担心害怕、痛苦不堪。海燕爸爸在得知女儿的病情后，悔恨不已、痛改前非。海燕在家人和朋友的陪伴下，积极就诊用药，最终痊愈，恢复了往日的阳光灿烂。

第一幕（宿舍）

（海燕趴在自己的位置上睡着了，双手紧握拳头，眉头紧锁，挣扎不已，一身冷汗，直至惊醒。这时，美惠拿着杯子刚好从她身后走过。海燕马上把头转过去盯着美惠，直到美惠倒好水回到自己的位置上）

美惠　海燕你一直看着我干什么？

海燕　没……没什么。

（美惠把杯里水喝光，放下杯子，拿起桌上的苹果和水果刀，走到海燕的桌子旁）

美惠　海燕，要不要吃苹果？你和我一起分一下吧！

海燕　（站起身，慌忙把美惠手里的水果刀打出去，尖叫）你要干什么！你要对我做什么！！

美惠　（一脸不知所措）啊？我没有要做什么啊，就是问你要不要吃苹果。

夏玲　（着急，从自己座位上起来）海燕你怎么了，是哪里不舒服吗？

海燕　没什么，我不想吃，以后也不要给我了……

（海燕瑟瑟发抖地坐回自己的位置上，时不时回头看看美惠。起身去倒水喝，喝了一口，觉得味道不对，紧锁眉头，冲到卫生间连忙把水吐出来，然后开始干呕）

（美惠、夏玲连忙跟到卫生间）

夏玲　海燕，你怎么了？

美惠　（递过去纸巾）你没事吧，海燕。喏，给你纸巾。

海燕　（不接纸巾，盯着美惠的双眼）你刚才是不是在水里下药了？你到底想干吗？

美惠　（一脸无辜）没有啊，你乱想什么呢……

（海燕不再说话，低头不断漱口，然后离开了宿舍）

第二幕（部门团建）

（海燕所在的学生会部门今晚有团建活动。六七个人一行朝吃饭地点走去，前面几个人在嘻嘻哈哈地说笑，海燕拉着向阳，走在最后面）

向阳 海燕，我们走快一点吧，跟上大家，也可以一路一起聊聊天。

海燕 （拖住向阳）我们就走在后面吧，这样比较安全。

向阳 这里没有人要害你的，大家都是朋友啊！

海燕 不，他们都不是什么好人，随时都可能伤害我们。

…………

建华 到地方了！今天晚上大家敞开了吃，敞开了喝。想吃什么都点上，饭管饱！酒管够！我买单！

其他人 （附和）好呀好呀！

海燕 （听到"酒"这个字眼，海燕的脸色突然变了）喝酒？来之前不是说只吃饭吗？

建华 大半个学期没聚过了，这次大家就放松放松一起 high 一下啦！少喝一点就行了嘛！你不是还有"护花使者"在这里吗？怕什么！

海燕 （情绪激动，尖叫）你们要做什么！为什么喝酒？！喝完酒你们要做什么！

向阳 （连忙安慰）海燕，不要紧张，大家只是稍微喝一点点啤酒，很少量的。

海燕 谁知道他们喝完要做什么！我讨厌酒！我讨厌！

（向阳堵住海燕的嘴，海燕连忙起身）

海燕 我先走了，你们慢慢玩吧。

建华 （追上去拉住海燕）海燕，不要走啊，我们一起玩放松一下，你走了我们部门人就不齐了，喝不起来了。

海燕 （甩开建华的手慌忙跑掉）你拉着我干吗？！你想做什么！你们都想做什么！

建华 向阳，海燕怎么这么敏感呀！她到底在怕什么？

向阳 我也不是很清楚，不过她似乎对酒比较敏感。

建华 （拍拍向阳的肩膀）总感觉她这两个月怪怪的，也不知道发生了什么，你多陪陪她，多照顾一下她吧。

向阳 嗯，那是肯定的，还用你说。

第三幕（女生宿舍楼下）

向阳　海燕，我们很久没有出去吃好吃的了，听说新开了一家牛扒店，特别好吃，我带你去吃吧。

海燕　牛扒……

向阳　怎么了？你之前不是很喜欢吃牛扒的吗？

海燕　（脸色一下子暗下来）我不想吃了，我们去吃其他的吧。

向阳　那家牛扒听说很好吃呢，我们去试试吧。

海燕　（情绪激动）我都说了不想吃！不想吃牛扒！不想吃！为什么要强迫我去吃牛扒！

向阳　我只是觉得很好吃，所以想带你一起……

海燕　（情绪更加激动）我不喜欢牛扒，也不想吃！我不喜欢有刀叉的东西！（甩下包转身准备走）

向阳　（一把拉住海燕）海燕，你最近怎么了？大家都觉得你最近怪怪的！有什么事情就说出来，别憋在心里，大家一起帮你解决不行么！

海燕　（摇头，神情呆滞，重复）我不喜欢吃牛扒，我不喜欢刀叉。我不喜欢吃牛扒，我不喜欢刀叉……

向阳　（拉着海燕坐在旁边的花坛沿上）海燕，我们在一起这么久了，彼此都很了解、很信任了，对我来说，除了父母最亲近的人就是你了，相信你也是一样的。现在你遇到事情，我真的很担心，不要自己难受，把话说出来，我们一起解决好吗？（抱住海燕，用手抚摸着她的后脑勺和后背）

海燕　（低头，双头使劲压住太阳穴，痛苦状摇头）真的可以说吗？

向阳　当然可以的，我是你最最亲近的人了呀，而且我也担心你。

海燕　（挽起自己的衣袖，手臂上有一道长长的触目惊心的刀疤印）事情是这样……

第四幕（家中）

（晚上，海燕妈在客厅看电视，海燕在自己房间看书。这时海燕爸在门外拿着一个酒瓶，醉醺醺地开始敲门）

海燕爸　开门，给我开门，快给我开门！

海燕妈　（赶紧起身跑过去开门）你怎么又喝了这么多酒啊！

海燕爸　有应酬就要喝一喝，你管不着。

海燕妈　（扶住醉醺醺的爸爸往客厅沙发上走）应酬应酬，天天应酬，也没见你有多能耐。

海燕爸　（一把推开海燕妈妈）你说什么？你再说一遍。

海燕妈　（差一点摔跤，赶紧站住，大声）说就说！除了喝酒打老婆你还会什么？这日子没法过了，离婚吧！

海燕爸　（抽出皮带）离婚？你敢说离婚？老子今天揍死你！（一把将海燕妈妈推倒，扬起皮带一下下地往妈妈身上抽）

海燕　　（从屋子里跑出来劝架，拉住爸爸的手）爸，快别打了。

海燕爸　（一把甩开海燕的手，声嘶力竭、瞪着眼睛，手指着地上的海燕妈妈）起来！你给我起来！你竟敢和我提离婚？老子打断你的腿，看你往哪里跑！（继续扬起皮带一下下地往海燕妈妈身上抽）

海燕　　（扑过去护住妈妈）爸！别打了！妈也只是气话，快别打了！

海燕爸　走开走开。（继续对母女两人拳打脚踢）不走是吧，好啊，连你都和你妈一伙！（情绪越来越激动，余光瞥到茶几上亮闪闪的水果刀，拿起刀挥动着）好啊，老子今天揍死你们，看你们谁要和我离婚。（慌乱中刀尖划过了海燕露出来的胳膊）

海燕妈　（尖叫）啊，（慌乱）血，燕儿你咋流血了！

海燕　　（转头看到自己胳膊上的血，尖叫）啊！啊啊啊！血，我的血！
　　　　（晕血，晕过去了）

海燕爸　啊，血，哪里来的血？啊！真是血！燕儿，我的燕儿！

海燕（旁白）　从那时候起，我就一直很害怕，害怕酒精，害怕一切锋利的东西，害怕自己身边的所有人。连我的父亲，都能对我挥刀相向，其他人就更不用说了……

第五幕（学生宿舍楼下小花园中）

（向阳和建华、夏玲、美惠等朋友商讨海燕的事情）

向阳　　事情大致就是这样，海燕因为之前受到了太大的伤害，才会对刀和酒之类的东西特别敏感、恐惧，大家都理解理解，多多包容。

建华　　我也觉得海燕最近怪怪的，原来她身上发生了这样的事情，太恐怖了。

夏玲　　我觉得应该带她去看看医生哦。

美惠　　我也觉得，可是海燕不愿意怎么办？我们是不是应该先和伯父说一下呢？毕竟是爸爸，还要一起生活，伯父的改变比什么都重要。

大家　　嗯。

建华　　要不向阳，你给伯父打个电话吧。

向阳　　（拨打电话）您好，伯父，我是向阳。

海燕爸　是向阳啊，最近过得怎么样？和我家海燕还好吗？

向阳　　嗯，挺好的，不过伯父，海燕最近身体不太好……我们都很担心。

海燕爸　你说我们家海燕吗？她怎么了！

向阳　　伯父您别生气，我也是问了很多次她才肯和我说实话……其实好像上次伯父喝酒后用刀划伤了海燕胳膊，给她留下了很大的阴影。她在学校天天疑神疑鬼，担心其他人要害她，聚会也不敢喝酒，甚至连要用刀叉的牛扒也不敢去吃了。

海燕爸　啊，这孩子竟然被我害成了这样。

向阳　　一开始我们觉得没什么，不过后来她举动也越来越夸张，越来越奇怪，我们都特别担心。

海燕爸　哎，都是我的错啊，都是我的错。你们帮我好好劝劝海燕，每次清醒了我都很后悔，但是每次喝酒后我就又不是我了……现在还把孩子害得这么惨，哎……

向阳　　好，伯父，我今天和您打电话主要就是为了告诉您海燕在学校的情况。我们一起帮助海燕走出阴影吧。

（这时海燕走向他们）

海燕　　你们都在这里干什么呢？

美惠　　没啊，就散散步，正好碰到了，在这里聊天呢。

（海燕也坐下来和他们一起聊天）

向阳　　（拉住海燕的手）海燕，大家都很关心你、担心你，我刚和他们说了你的事，我陪你一起去医院看看医生好不好？

海燕　　（脸色突然沉下来）为什么你要和大家说？把我的家丑都说出去！为什么要我去医院？我哪里有问题？

向阳　　我们都是你最亲近的朋友啊，我们都想帮助你。

大家　　海燕，你不要激动，我们没有害你的意思，我们只是想要帮你……

海燕　　我不要去医院！我不想去，我不去！（呐喊着昏倒在地上）

大家　　海燕！海燕！

第六幕（医院）

（海燕躺在病床上睡觉，大家都围在病床前）

医生　　经过大家对海燕经历和症状的描述，以及一系列的检查，我们初步认为她患了被迫害妄想症。这种心理疾病的产生多在精神因素，如失败、挫折或惊吓作用下开始发病，因此精神因素起着促发作用。患者坚信自己被迫害、欺骗、跟踪、下毒等。患者往往会变得极度谨慎和处处防备，小小的轻侮可能就被她放大，变成妄想的核心，时常将相关的人纳入自己妄想的世界中。海燕处处提防舍友、朋友，见到刀子和酒都很敏感，甚至表现得很夸张。这些都是由这个病引发的。刚才海燕的情绪过于激动，我给她打了镇静剂，一会儿醒来会安定很多。

海燕爸　（哽咽）医生，那我家海燕怎么办……求求您帮帮她呀，她还那么小，那么美好。

医生　　目前，被迫害妄想症的治疗主要有药物治疗和心理社交治疗两种方式。药物治疗中抗精神病药是其中一类首选药物。如果病人不配合治疗，可考虑使用长效的肌肉注射剂。如果病人情绪波动较大，包括出现精神病后的抑郁，便可使用抗抑郁药物。所以你们要好好说服海燕，让她尽量接受抗精神病药物治疗。还有一种主要的治疗方法就是心理社交治疗，主要通过给予病人支援来改变某些行为。此外，病人要避免过度的压力。认知行为疗法可能会改善病人的妄想，但也只是辅助性的。最好病人同意，家人朋友一同参与治疗计划，一起带她走出心中的阴影。

建华 　向阳、美惠、夏玲，我们一起帮海燕走出阴影吧。

向阳、美惠、夏玲 　嗯嗯。

海燕爸 　谢谢你们，都是我的错啊！（泣不成声）

（海燕刚好醒来，看到爸爸又吓得弹了一下）

海燕爸 　（跪在海燕床前）海燕啊，都是爸爸的错，爸爸知道错了。爸爸不该酗酒，不该打你和你妈妈，爸爸一定改，以后再也不喝酒了！爸爸和你保证，和你发誓！（右手举起，作发誓状）

海燕 　（声嘶力竭）我没有你这个爸爸！出去，出去！

海燕爸 　（抱住海燕）海燕，爸对不起你，爸不该喝那个万恶的酒。一喝了酒，我就不知道自己是谁了。但爸爸最爱的还是你和妈妈呀，你们可是爸的全部啊！爸爸用余生来赎罪，好好保护这个家庭。海燕，你原谅爸爸吧，再给爸爸一次机会吧！

海燕 　（转过头，不看爸爸）我不想原谅你，也不会原谅你的！

向阳 　海燕，人都有犯错误的时候，再原谅他一次吧。

海燕爸 　（抹泪）爸懂，爸懂，爸爸不强迫你，但是爸爸要你保重好自己的身体，你可是爸的命根子啊！一定要听医生的话，好好治疗！

（海燕看着窗外不说话）

向阳 　（拉起海燕爸）伯父，海燕可能也需要一点时间来整理心情，我们耐心等待，相信海燕吧。

建华 　对，海燕，我们一起加油，有什么需要随时和我们说，我们一定竭尽所能地帮你。

向阳 　谢谢大家！海燕刚醒，还是让她先休息一会儿吧。（对海燕爸说）伯父，我留在这里就行，您刚过来，也先去安置一下自己吧。走，我送你们出去。

（向阳送海燕爸、建华、美惠、夏玲走出病房，海燕爸时不时回头看看海燕）

第七幕（三个月后，海燕家乡）

（海燕病情痊愈，恰逢假期，为表示感谢，邀请朋友们去海燕家乡玩耍。晚饭后在江边散步。海燕爸扶着海燕妈，向阳、海燕、建华、美惠、夏玲在后面）

海燕妈　燕儿她爸，这江边夜景可真漂亮呀。

海燕爸　是呀，景是美，风也有点大，你感冒刚好，把衣服拉好（停住，帮海燕妈把衣服拉拢）。

海燕妈　（甜蜜地笑了，转头）孩子们，你们去玩你们的吧，难得过来一趟，让燕儿带你们去逛逛，我们这边的夜市可有名了，好多小年轻特地晚上开车过来吃。我有海燕爸陪着呢，不用担心。

海燕　（跑上前，来到爸爸妈妈跟前）好的，妈妈，那我今晚就晚点回来哈（鬼脸）。（转身对朋友们招手）走，姐带你们吃香喝辣去。

大家　（挥手）伯父伯母再见！

海燕　大家想吃什么呢？啤酒小龙虾怎么样？！我知道一家巨好吃的小龙虾，带你们去尝尝！他们家烧烤也是一绝！

大家　好呀好呀！（一行人嘻嘻哈哈地走远了）

心理分析

　　妄想症，又称妄想性障碍，是一种精神病学诊断，指"抱有一个或多个非怪诞性的妄想，同时不存在任何其他精神病症状"。妄想症患者没有精神分裂症病史，也没有明显的幻视产生。但视具体种类的不同，可能出现触觉性和嗅觉性幻觉。尽管有这些幻觉，妄想性失调者通常官能健全，且不会由此引发奇异怪诞的行为。按妄想目标指向分类，可分为关系妄想、被迫害妄想、特殊意义妄想、物理影响妄想、夸大妄想、自罪妄想、疑病妄想、嫉妒妄想、内心被揭露感、情爱妄想型、暗示妄想型等种类。[1]

　　被迫害妄想症，则是妄想症中最常见的一种，是精神疾病的一个重要症状。本剧主要是根据被迫害妄想症这一理论进行创作的。被迫害妄想症是一种慢性进行且以有系统、有组织的妄想为主的疾病。[2] 被迫害妄想症的妄想是"非怪异性"的，患者往往因为处于恐惧状态而胡乱推理和判断，思维发生障碍，坚信自己受到迫害或伤害，会变得极度谨慎和处处防备，还时常将相关的人纳入自己妄想的世界中，内容会牵涉日常生活可发生的情境内容。如本剧主人公海燕看到舍友从自己身后走过会心生警惕，看到舍友拿水果刀切苹果会认为她要杀害自己，连喝白开水也会怀疑有人下毒，等等。

目前关于被迫害妄想症的确切发病原因尚不明确。按照生物—心理—社会医学观点，可将被迫害妄想症的基本病因大致划分为生物因素、心理因素和社会因素三个不同等次。另外，还会有躯体、药物、心理、社会等诱发因素。长期酗酒、家暴的父亲这一社会因素便是本剧主人公海燕病情发作的主要基本病因，争吵中被父亲用刀子划伤手臂的恐惧便是病情的主要诱发因素。被迫害妄想症患者坚信自己被迫害、欺骗、跟踪、下毒等。患者往往会变得极度谨慎和处处防备，小小的轻侮可能就被她放大，变成妄想的核心。本剧主人公海燕长期受到家庭暴力的困扰，并切切实实受到过肉体上的伤害，致使其精神上持续处于恐惧状态，因此即使处在安全的环境之中，仍然对身边的人处处提防，并时刻怀疑舍友、朋友会伤害自己，对伤害自己的酒、刀叉等物品也存在着剧烈的抗拒反应。

类似于自我防卫，被迫害妄想症患者心中对于自己假想的敌人已形成了不正当防卫机制，而且这种防卫过当心理是持续性且不断加重的。[2] 刚开始，患者对人猜疑、警戒、自我封闭，表现出来的最显著特点是情绪波动大，敏感多疑，人际关系疏离或不融洽。[3] 本剧主人公海燕就正处在这个阶段，无论对男友，还是舍友、朋友，都表示出明显的敌意。接下来，由于敌视他人，可能做出危害他人的暴力、攻击性举措。但同时，他们的内心又十分的害怕恐惧，常常会觉得所有人都是他们的敌人，承受着一般人难以想象的精神压力。在这种情况下，他们有时会选择伤害自己，极端情况下甚至会选择自杀。为了让被迫害妄想症患者可以尽快康复，人们需要给他们更多的理解和包容，并在条件允许的情况下表达关怀。若密切关注到患者精神状态出现异常，诉说有人故意陷害、污蔑、伤害自己等，但现实情况和患者所说并不相符时，需要及时就诊。幸好海燕的身边有一个观察仔细、包容她的男友，和一群关心她、有爱心的朋友，能及时发现她情绪状态的异常，并集体出谋划策，联系海燕爸，让海燕在被迫害妄想症症状还处于较轻的阶段时及时就医用药，海燕才能在这么短的时间内痊愈。

被迫害妄想症患者的病程变异甚大，有些患者可在发病几个月内缓解，有些则起起落落，或者在缓解一段时期后又复发，病程逐渐慢性化。[4] 经过适当治疗，个别患者可以完全恢复正常生活，即使治疗不完整，大部分患者只要妄想影响不大时，仍可维持相当功能的社会生活。但也有少部分患者不能照顾自己，病情严重。

目前，被迫害妄想症的治疗主要有药物治疗和心理社交治疗两种方式。

（1）药物治疗。治疗妄想症主要依靠药物，但对不同类型的妄想症，应选用不同的治疗方式。抗精神病药是其中一类首选药物。当代现象学精神病学将妄想症具体定位为失常的超多巴胺状态。正是多巴胺的超常水平导致了现象学层面上的对个体经验要素的异常突显分配，而抑制多巴胺的抗精神药物可以控制妄想。[3]如果病人不配合治疗，可考虑使用长效的肌肉注射剂。如果病人情绪波动较大，包括出现精神病后的抑郁，便可使用抗抑郁药物。

（2）心理社交治疗。虽然通过药物治疗，使用抗精神病药物通过受体封闭可以立刻阻碍生化异常的驱动力，但无法清除已存在的异常认知图式[3]，所以被迫害妄想症的治疗还需要辅以心理社交治疗。心理社交治疗是指透过给予病人支援来改变某些行为。此外，病人要避免过度的压力。通过认知行为疗法，使患者认识到妄想是错误的、荒谬的，并重新建立正确的观念，可以改善病人的妄想。在病人同意的前提下，家属也加入治疗计划可以显著提升治疗效果。本剧主人公海燕的恐惧来源于父亲的酗酒和暴力行为，而父亲最终改正恶习并与母亲重归于好，主动向主人公道歉，从根源上解决了患者的恐惧，令主人公重新收获幸福和谐的家庭生活、阳光积极的校园生活。

由于被迫害妄想症患者敏感多疑，对外界抱有敌对的态度，所以心理社交治疗的第一步是要与患者建立或者重新建立信任关系，在相互信任的基础上交流情感，向患者全面介绍其自身人格障碍的性质、特点、危害性及纠正方法，使其对自己有一个正确、客观的认识，并自觉自愿产生改变自身人格缺陷的愿望，这是进一步进行心理治疗的先决条件。[4]此外，要有意识地经常进行敌意纠正训练法，鼓励患者积极主动地进行交友活动。

总而言之，对待被迫害妄想症患者一定要多加陪伴和迁就，尽量与患者沟通并寻找疾病的根源，与医生共同寻求解决办法。

工作启示

自人类组成家庭以来，就伴随着家庭暴力的发生。在我国，父母在管教子女过程中，会出现打骂、反复性念叨、经常贬低、关禁闭、随意干涉、逼迫子女就范等粗暴的做法，大致可分为肢体暴力、语言暴力、精神暴力这三种暴力形式。[5]家庭暴力对受害者不仅会造成身体上的伤害，还会使其遭受精神上的巨大痛苦，危害其身心健康。本剧主人公海燕从小在家暴环境中长大，在被醉酒的父亲误伤后精神崩溃，患上被迫害妄想症，对自己生活环境中的一切人和物充满了被迫害妄想，导致自己和舍友、朋友关系疏远、产生隔阂。研究显示，家庭暴力显著负向预测大学生心理健康总分，及躯体化、强迫、人际关系、抑郁、焦虑、敌对、恐怖、偏执、精神病性等因子得分。[6]

大学生正处于自我同一性的心理延缓偿付期，自我探索需求旺盛，又面临日益严峻的就业形势、复杂的人际关系、多元的社会结构，再加上当代"00后"大学生中独生子女的比例较高，挫折耐受性较弱，心理危机事件在当代大学生群体中具有人群普遍性、发生常态性和后果恶劣性。然而，所有心理危机在发生之前都是有预兆的，如本剧主人公海燕平时在宿舍对舍友行为的种种被害妄想。舍友虽然有对海燕生病的怀疑，但是没有第一时间联系学院辅导员或者学校心理健康教育中心进行反馈咨询。幸好海燕发病初期症状较轻，没有对自己或者他人造成伤害，否则后果不堪设想。因此，高校的心理危机工作重点在于"防"，而非"补"，要提升全员心理危机意识，建立完善心理危机预防系统。

（1）充分利用新生入学心理测试结果，建立心理健康档案。在新生入学后，学校心理健康教育中心统一组织全员心理健康测试。学院辅导员、班主任应在心理健康教育中心的专业指导下，及时对心理测试结果进行分析、总结，及时与测试指标异常的学生进行谈话，进一步了解情况，发现问题根源，进行有效引导，帮助新生尽快适应新环境，建立好心理健康档案。

（2）多方收集筛查信息，完善学生成长经历档案。新生入学时可以通过学籍档案查询、家庭信息登记、联系学生家长、成长经历问卷调查等方式，初步建立学生成长经历档案。并在后期工作中，通过谈心谈话、走访宿舍等办法完善丰富档案信息。将有特殊成长经历的学生，如孤儿、单亲家庭、离异家庭、重组家庭、残疾人家庭、贫困家庭、有家暴经历、有精神病史、有家族精神病史、有心理疾病治疗史，列为重点关注对象，是心理危机预防系统的关注焦点。[6]

（3）建立家校联动机制，畅通家校信息沟通渠道。家庭是影响大学生心理健康的重要因素，是解决大学生心理危机的重要资源；家长是参与危机干预的必要人员，是解决危机事件的重要人员。做好家校联动，在大学生心理危机干预中不仅十分必要，而且尤为重要。在新生入学之初，可通过电话随访方式，在了解学生成长经历的同时，建立起与学生家长的初步连接。后期要积极拓展网络沟通平台，建立常规的信息沟通机制，一方面定期向家长通报学生在校期间的学习生活状况和心理健康情况，另一方面也可充分利用高校的教育资源，用多种方式向家长普及心理健康知识，帮助家长树立正确的心理健康观念，提升心理健康问题和危机事件处理能力。

（4）充分利用大数据技术，建立心理动态检测机制。目前的心理危机干预工作机动性强，十分被动，危机干预团队成员要24小时手机保持畅通、时刻待命，还被笑称为"救火队员""消防员"，对于队伍的耗竭性特别大。近几年大数据技术发展迅猛，为高校全员化、精准化管理提供了可能。可以通过大数据技术，实时收集学生的学习成绩、图书借阅、离校次数、归寝时间、校园卡消费等动态数据，实时分析，测评学生的心理健康动态发展情况，并能结合相关数据研判，识别发现危机信号并进行提醒。

（5）加强学习培训，强化心理危机预警机制。建立"学校心理健康教育中心（专业咨询师）—院系（辅导员）—班级（心理委员）—宿舍（舍长）"四级心理危机预警机制，加强学习培训，丰富危机干预、精神类疾病的知识储备，提升专业技能，提高危机干预工作的精准性。不断强化心理危机预警机制四级节点人员的责任感和同理心，保障危机预警四级垂直机构的顺利、平稳运行。

（6）多举办团辅活动，丰富学生心理体验。个体存在消极和积极两种此消彼长的心理能量。通过举办团体辅导，可以在团队互帮互助的游戏中让学生的消极心理得到充分释放。同时，在团队活动中还可以为性格孤僻、较为内向自卑的同学提供交友机会，使他们获得更多的社会支持。

但传统的心理危机干预，以"哀伤辅导"为主要工作思路，通过对遭受心理危机者进行短期有针对性的帮助行为，使遭受心理危机者的心理回归平衡状态，存在着预防不足、干预滞后、干预不彻底、干预病理化等缺陷。

而积极心理学倡导以个体的积极情绪体验、积极人格品质和积极组织氛围为工作要点，优化个体勇敢、意志、善良、自控、乐观和希望等积极心理品质。一方面，可以引导学生以积极的应对方式去面对生活中的困难、挫折，降低心理危机发生概率；另一方面，可以使得学生凭借积极的心理品质抗御心理应激事件，从而降低心理危机的伤害性。高校在心理健康教育课程中，可通过实施以幸福为中心的生命教育、以逆商为中心的挫折教育来实施积极心理危机的预防。

大学生正处于身心由半成熟到成熟过渡的阶段，可塑性极大。通过给予他们更多正面的引导和教育，通过关心和爱走进其内心，引导他们形成正确的价值观、人生观和世界观，从源源不断的积极心理中确定其人生的方向。

心理危机预警机制实现了高校心理危机干预工作从"被动干预"到"主动预警"的进步。积极心理学则实现了从"被动干预"到"主动预警"再到"积极预防"的升级变革，工作场景从突发危机事件转移到了日常的积极心理教育，工作对象从心理危机对象转移到了全体大学生群体，工作目标从危机状态的解除转移到了积极心理能量的塑造，工作思路从及时预警和快速干预转移到事先预防和积极防控[7]，是大学生心理危机工作创新变革中的重要思路。

（剧本编写：区思翘；剧本修订、心理分析及工作启示撰写：袁婧 ）

参考文献

［1］刘佳，唐彬杰. 对电影《禁闭岛》的双重解读［J］. 宜春学院学报，2010，（5）：112-113.

［2］原静. 注重心理健康　走出内心阴霾：大学生心理危机干预案例分析［J］. 作家天地，2020（20）：85，95.

［3］王庭岳. 被害妄想，心理上的防卫过当［J］. 医药与保健，2001（7）：33-34.

［4］罗子淡. 解读妄想症［J］. 生活与健康，2007（9）：48-49.

［5］李硕芬. 浅谈我国家庭暴力的原因和几点建议［J］. 商业文化（学术版），2007（9）：222.

［6］郎莉. 家校联动视野下大学生心理危机干预浅探［J］. 科教导刊，2021（10）：168-170.

［7］郭旭霞，刘月红. 积极心理学在大学生心理危机干预中的变革路径［J］. 吕梁学院学报，2021，11（1）：70-75.

发展篇

云端舞者

角色介绍

陈飞、秦浩：J大学毕业生，同班同学，毕业后合伙创业。

何楚婷：J大学毕业生，陈飞女朋友。

王硕：陈飞的高中同学，中学毕业后在一家公司工作，后自己开了公司。

其他人物：服务员、医生、李经理。

剧情简介

　　陈飞、秦浩、何楚婷是从知名大学J大学毕业的学生，刚刚走出校园。初出茅庐的他们对未来充满了无限的憧憬，然而生活并非想象般美好。陈飞和秦浩投身创业洪流，想要在社会舞台上演绎精彩和成功，却发现现实并不会按照自己的期望上演，现实生活中的磨难让他们三人陷入痛苦。然而，在这些痛苦中也隐藏着机遇，艰难创业的陈飞和秦浩是否可以总结经验、抓住机会？他们是否可以在"舞台"上释放属于自己的精彩？

精彩剧情

第一幕　如果能重来

（场景："滴……滴……滴……"安静的病房中，只有心电图的节奏声一声声敲打着人紧张的神经，楚婷躺在病床上，医生正为她检查，陈飞在病房外焦急地踱步，时不时向房内张望，秦浩坐在走廊的长椅上，想劝慰陈飞，却不知如何开口）

医生　（略显疲惫地走出病房）你们谁是何楚婷的家属？

陈飞　（急忙上前）我是！我是！

医生　病人已经脱离危险，你们可以进去看她了。

　　　（医生话音未落，陈飞冲进病房，看着病床上的楚婷，他怔住了）

秦浩　医生，请问她什么时候能够醒过来？

医生　这个……我不清楚，她现在只是脱离了生命危险，具体什么时候醒
　　　来还无法预计。

　　　（秦浩慢慢走进病房，看见陈飞在病床前不停地摇头，眼泪不断往下
　　　流——这是他第一次看到这个好兄弟掉眼泪，秦浩犹豫了一会儿，
　　　还是决定开口）

秦浩　陈飞，医生说楚婷没事了，这是楚婷最需要你的时候，你一定要冷静。

陈飞　（机械地点点头）好……秦浩，你辛苦了，你先回去休息吧，我留在
　　　这里。

　　　（秦浩下场，陈飞走到楚婷身边坐下，握着楚婷的手）

陈飞　楚婷……楚婷！对不起……都是我的错，求你了……楚婷你睁开眼
　　　睛看看我好不好……（陈飞握着楚婷的手贴在自己的额头上，泣
　　　不成声）

第二幕　云端

　　　（场景：陈飞、秦浩、楚婷三个人在大学校园，楚婷在电脑上写文章，
　　　陈飞和秦浩在边上看着手机商量着什么，看到楚婷，陈飞对着秦浩
　　　做"别出声"的手势）

陈飞　（突然拍楚婷的肩膀）还在写小说呢？

楚婷　（佯装生气）你什么时候能不玩这些小孩子的把戏？我写什么要你
　　　管啊！

秦浩　楚婷，你什么时候写完啊？上次正看到精彩处就未完待续了，这次
　　　能不能先剧透点啊？

楚婷　剧透有什么意思啊！我这叫"给读者留下丰富的想象空间"。

陈飞　看到没，楚婷说话就是专业，这可是将来的大作家！

楚婷　（楚婷转身走开，陈飞和秦浩趁机探过身去偷看楚婷电脑上的小说）

就是啊，所以，你们两个现在可得对我好点儿，要不然以后连签名都没有。说到以后……对了（楚婷回头，秦浩和陈飞立即坐正，互相使眼色），你们俩整天神神秘秘的，校招会也不去，说校招的企业都入不了你们的法眼，简历也不投，说不能被别人凭着一张 A4 纸就判定高下，你们两个眼光这么高，毕业之后到底想做什么呀？

秦浩　不愧是作家，有洞察力！我和阿飞决定一毕业就去创业！

楚婷　创业？！（快步走到陈飞和秦浩前）有规划了吗？现在创业压力这么大，你们两个要做好心理准备啊！

陈飞　看你紧张的，这个还用担心吗？知道吗，现在一个公司最值钱的不是昂贵的生产设备，不是豪华的办公室，而是 Idea！就凭我们两个重点大学高才生的能力，出去创业一定是水到渠成！

秦浩　对，我们决定创业可不是一时冲动，最近几个星期陈飞一直在给我讲他的构想，我觉得可行性非常高……

楚婷　（打断秦浩）关键是，你们所谓的"可行性"是从哪得出的结论呢？

陈飞　这个……（有点犹豫）你就不用问啦，总之，你要相信我们是绝对有能力闯出一片天地，走向人生巅峰的！

秦浩　（开玩笑状）楚婷，陈飞这么棒，要不，借我用几天？

楚婷　这……不太好吧……

秦浩　就两天！

楚婷　好好，拿去拿去！

（楚婷笑着看着两人，摇摇头回去继续写小说，可她脸上不禁露出了担忧的神色）

第三幕　碰壁

（办公室，陈飞和秦浩在就公司的发展问题进行讨论，然而气氛却不似往常那么轻松）

秦浩　陈飞，李经理拒绝了我们的产品……

陈飞　我知道。

秦浩　这意味着我们的资金链随时都会断掉……

陈飞　（不耐烦地打断秦浩）我知道。

秦浩	陈飞，说实话，我觉得公司现在的问题在于我们的产品本身没有达到预期，我们应该想办法改进产品，而不是在宣传里砸资金……
陈飞	我不相信！我再找一次李经理！秦浩，你再和银行联系一下。（秦浩有些无奈，他了解陈飞的性格，他劝不了能力强又骄傲、执着的陈飞）
	（陈飞给李经理打电话）
陈飞	李经理……
李经理	（略生气）又是你……今天都给我打了好几次电话了。（语气缓和下来）小伙子，其实我很欣赏你的冲劲，但你们实在是缺乏经验。就拿这个产品来说，想法很好，但落地过程中有太多不确定性。我建议你们沉下心来好好了解市场，不要在我这里浪费时间。
陈飞	您再给我一次机会吧，我们……
李经理	（严肃）不行！我是生意人，又不是慈善机构！
陈飞	李经理……
李经理	好了！不要耽误我做生意了。
陈飞	您听我说……（李经理挂断了电话，电话中传来"嘟嘟"的声音）
陈飞	（转向秦浩）怎么样，银行同意我们贷款了吗？
秦浩	银行……银行不同意继续贷款，应该是觉得我们没有能力偿还……
陈飞	好……好！（抓起公文包冲出办公室）
秦浩	陈飞，陈飞你去哪？

第四幕　最后一根稻草

（咖啡馆内，屋外突然下起了暴雨）

陈飞	（打伞进入店内，失魂落魄状，在桌子前坐下，将公文包无力地放在桌子上）哎……
服务员	先生，（陈飞无反应）先生？
陈飞	（回过神来）什么？
服务员	麻烦您把伞收起来一下，请问您需要点什么呢？
陈飞	哦好的，对不起，请给我一杯苦咖啡，谢谢。

服务员　好的先生，您稍等。

王硕　（急急忙忙跑进咖啡馆避雨，嘴里嘟哝着"这鬼天气"，并拍掉身上的水珠，回头看见陈飞，惊喜交加状）哎，这不是陈飞吗？

陈飞　你是……（努力回忆）王硕！请坐请坐！

王硕　真巧！你说说高中毕业以后我们多久都没见了！（打量着穿着西装的陈飞，若有所思状）瞧你这西装革履的，在哪高就呢？（服务员上咖啡）

陈飞　我……我……没有……我现在没做什么。

王硕　（突然反应过来开始安慰）嗨，别灰心，当年你成绩那么好，现在又是名牌大学毕业生，起点这么高，工作什么的，不用担心。

陈飞　（苦笑着摇摇头）算了，说说你，你做什么工作？

王硕　我？我可比不上你们大学生，高中毕业后就在社会上混了几年，不过，现在也有一家小公司了，欸？不然……你考虑考虑来我公司工作吧！

陈飞　（语气生硬地）不用，我自己也开了公司。

王硕　（有点尴尬地笑）你刚才还说没做什么呢！（突然认真起来，态度诚恳）陈飞，其实我也没别的意思，大家都是老同学了，你说你来我这，工资、待遇我什么不能照顾你？（开玩笑地）还是，你看不起我这个老板学历低？

陈飞　不！我只是不想一辈子都给别人打工！

王硕　我说兄弟，有理想是好事，可是你也得看看现实吧，想当初我从一个底层小推销员一点一点摸爬滚打到现在才有这么个小公司，其间吃了多少苦头，好几次差点血本无归，现在疫情流行，各行各业都受到冲击，创业路可不好走，不如找份工作来得实在……

陈飞　（越听越觉得老同学是在讽刺他，终于，他忍不住一拍桌子激动地站起来）你什么意思？创业的路你能走我就不能？我就要在别人手底下当个小员工是吗？

王硕　（惊怒交加）陈飞你……我好心帮你倒是我错了？行行行，你慢慢创业，我还有事，先走了啊。

陈飞　（望向前方，眼神空洞，越来越激动）我以前真是天真得要命，我以为只要努力，一切大门都会向我敞开，我以为努力就一定会成功，结果呢？结果我根本就不是什么会发光的金子，只是脏兮兮的石头！一块扔在路边没人捡没人瞧，还要被踢上一万次的石头！我孤注一掷地创业，每天开会调研写策划，楚婷的生日我都没能去陪她……可是这都有什么用！有什么用！我还不如一个连大学都没上过的同学，我的努力付出，还有什么意义？

第五幕　悬崖

（场景：暴雨，楚婷和秦浩联系不到陈飞，两人决定外出寻找）

楚婷　（在暴雨中，楚婷的伞早已成了摆设，冰冷的雨水浇透了半边身子，她顾不上整理，只是不住地喊着）陈飞！陈飞……陈飞！

　　　（楚婷在陈飞办公室楼下的台阶看到一个身影，看清楚那是陈飞后，拼命向这个身影跑去）

楚婷　（焦急和生气地）陈飞！这么晚了你在这干什么？来，快把伞撑起来……

　　　（楚婷想为陈飞撑开一把伞，却被陈飞一把推开）

陈飞　我的事情要你管吗？

　　　（陈飞的西装已经被雨水浇透，领带歪在一边，和衣服粘在一起，雨水顺着他的头发划过脸颊）

楚婷　（语气缓和下来）陈飞，秦浩都跟我说了，我知道你生意没谈成，别泄气，我们还可以再找其他机会……

陈飞　（从台阶上站起来）你知道吗？今天下午，我遇到我同学了，他连高中都差点没毕业，现在竟然还能开公司？还想要我去给他打工？我堂堂一个名牌大学的学生，我……

楚婷　（打断陈飞）大学生怎么了？名牌大学生又怎么了？名牌大学生就应该比别人更成功？而且他开公司难道就是一帆风顺的吗？你瞧你这副受了一点挫折就失魂落魄的样子，还真不如那些学历不高但在社会上坚持不懈奋斗的人！谁的生活没有痛苦和磨砺，不都在努力微笑吗？

陈飞　你冲我发什么脾气？你不就是写了几篇无病呻吟的文章吗？了不起啊？你也开始嫌弃我了吗？

楚婷　（打断陈飞的话）陈飞！你太让我失望了！从大学到现在，我从来都没有怀疑过你的能力，一直让我担心的就是你这份怎么也放不下的骄傲和浮躁！就像我写文章，如果每天只是在脑子里想却不动笔去写，我能有现在这些文章吗？！我算是明白了，我不打扰你创业了，我去做自己的"无病呻吟"！（眼含泪水跑出去）

　　［刹车声，碰撞声，救护车声（楚婷出车祸被送往医院）］

陈飞　（追下台阶焦急地喊着）楚婷！楚婷！

第六幕　忘记自己

（病房，陈飞握着楚婷的手睡着了）

陈飞　（从梦中惊醒）楚婷！楚婷……（拉着楚婷的手，摇头，叹气）

秦浩　（提着饭盒）陈飞，整整一晚了，你没休息一会儿吗？

陈飞　（帮楚婷盖好被子，整理自己的衣服）秦浩，我们出去一下，我有话跟你说。

陈飞　昨天晚上我仔细回忆了这一年，我们每天除了拉着员工开会、讨论、讨论、开会，还做过什么？这一切到最后都是纸上谈兵。李经理提醒过我，要我仔细做市场调研，你也提醒过我，要我先改进产品，可是……（懊恼、自责）可是我当时什么都听不进去，一心沉醉在自己所谓的构想里……还害得楚婷成了现在这样子……楚婷说的没错，大学生怎么了，大学生也不是理所当然地要成功，不努力、不吃苦，光拿一纸文凭和白纸又有什么区别？秦浩，我想好了，接下来我们要把重心放到行动上，重新来过。

秦浩　你终于想明白了，我们要认真地去一线市场了解我们的客户真正需要什么！

陈飞　对，就像楚婷的文章要一个字一个字地敲，我也不能再做云端上的舞者，看起来高贵，一旦失足就粉身碎骨，生活就是舞台，我们要做脚踏实地的自己，一件事一件事地做！

秦浩　你说得没错，等楚婷醒了，要让她看到一个不一样的陈飞，好吗？

陈飞　（看向病房里的楚婷，点点头）一定！

第七幕　破茧

（办公室里，陈飞自信满满地向客户展示产品细节，秦浩帮陈飞播放演示文稿，几个客户认真聆听，不时相互交谈，最终客户与陈飞、秦浩签订合同）

（其他客户下场，李经理留下来）

李经理　小伙子，这次产品的实用性、设计性都增强了很多啊，几个月不见，真是让我刮目相看，踏实了很多啊！

陈飞　还要感谢您的话点醒了我，让我沉下心来改进产品。

李经理　（点点头）也算当时我没白费口舌，年轻人，继续努力吧！

（李经理下场，陈飞、秦浩两人目送李经理离开，待李经理离开后两人终于抑制不住激动的心情）

陈飞　（向秦浩晃着手中的合同，略激动地）看！我们的第一笔生意！

秦浩　亲自去一线调查了一圈就是不一样吧。

陈飞　是啊，你看，现在有意向和我们合作的商家越来越多。（欣喜地翻着文件）

秦浩　没错，我们的付出终于有了回报！（陈飞手机响）

陈飞　喂，您好我是陈飞，（惊喜、激动）什么？楚婷醒了？！

心理分析

本剧中，陈飞这个角色有着鲜明的个性，优秀、积极却急躁、执着。心理学中的人格指的是个体在社会活动中所用以示人的一面，是一个人个性特点、处事方式态度的集合，也可以称之为人格"面具"。在人格的各种概念里，我们生活中常提到的有两个：一个是"性格"，一个是"气质"。气质是个体心理的动力性特征。主人公陈飞，从气质类型上来说属于典型的"多血质"。他活泼外向、思维敏捷、情感外露，情绪发生和消退都比较快。性格与气质相似却不同。性格指的是个体在生活中对人、对事、对物所表现出来的个性特点、行为特点和态度特点。就陈飞而言，在创业过程中，多血质的气质类型让陈飞是一个积极主动的行动派。他能够积极地创新创想，主动联合好友实践自己的想法，主动对外讲解、宣传、推广自己的产品和理念，愿意探索新事物和新想法。这些都是创业路上不可或缺的品质。而在性格上，陈飞也有着过于执着、不善求变、易激动冲动、情绪强度高的特点。这些气质和性格特点组成了一个"活着"的角色。在社会生活中，每个人都需要了解自己的个性特点，这样才可以在工作生活中减少摩擦和冲突，在成功的道路上避开因为自身特点所埋下的隐患和困难。尚处于校园中的大学生则需要在这个关键的年龄段里努力认清自己，认识自我。

自我在心理学中也可以叫作自我意识，指的是个体对于自身特点的了解。在心理学中，自我意识所表达的是个体对于生理我和心理我的复合认知，个体自我意识的发展伴随着个体从婴儿期一直到成年期的成长过程。一个人自我意识的发展，直接影响着其对人、对事以及对自身的态度，是自我的核心成分。本剧是从青年大学生自我意识成长的角度出发进行创作的。在剧中，陈飞的自我成长和蜕变是许多当代大学生追梦过程中的必经之路。大学一直被大家喻为"象牙塔"。这座塔所圈住的不只有大学生们的躯体，还有他们的精神和意识。我们的大学校园像是母亲的怀抱，充满了关怀和保护。这个母亲想要隔离外界社会中一切纷繁复杂的风险和伤害，却也隔绝了很多学生可以用以感受挫折和蜕变的机遇。陈飞在校园中自由地成长，尽情通过自己的努力收获成功和奖励。身为学生的他，似乎走到哪里都被别人夸赞和赏识。这也让他忘记了自己还需要成长，还需要探索，幻想自己似乎已经站在实现人生价值的门口，接下来要做的只等毕业后挣脱学校的束缚，打开这扇成功的大门即可。这样的主客观环境并没有帮助陈飞形成一个合理的自我认知和环境认知，也为陈飞和秦浩二人的创业路埋下了巨大的隐患。

1890年，哈佛大学劳伦斯学院心理学家威廉·詹姆斯在其著作《心理学原理》中首次提出了"自我意识"的概念。根据詹姆斯的理论，自我意识的基本结构可以分为三层，分别从认知、情绪情感、意志三个层面进行分析。认知层面，指的是个体对自我状态的认知，包括对自我外部状态的认知（自我觉察）、对自我内部状态的认知（自我分析）、对自我整体状态的评估（自我评价）三方面。情绪情感层面，表示个体对自我情绪情感的体验，包括自尊、自信、责任感等方面。意志层面则主要指的是个体对于自我的监督和调控作用。每个人从婴儿阶段一直到中年期，都在不断地经历着自我意识的成长和成熟。作为一个综合的个人意识集合，自我意识也拥有着意识性、社会性、能动性、同一性等特点。本剧中，几位主角在大学这个重要的人生阶段逐渐走向独立，走向成熟，同时自我意识也一起走向完整和成熟。在大学生活中，我们会面临很多选择，要作出很多决定，主人公陈飞也不例外。在大学毕业的人生路口，陈飞与自己的朋友一起选择创业，是因为他们相信可以成功。而这样的决定，其最根本的基础就是陈飞对于自己能力的基本认识，也就是陈飞的自我意识。

陈飞和秦浩这两个大学生勇敢地选择创业。他们主动地对社会、市场进行思考，怀揣着对现实和自我的期望勇敢地迈出第一步。只是当他们真正迈入社会后，才发现自己所面对的工作与最初的期望并不相同。在期望与现实的巨大落差下，陈飞情绪失控的同时导致了一些更坏的结果的出现。在生活中，我们每次在决定做一件事前，都会对这个决定的结果有一定的预期。如果我们预期这个决定带来的结果是我们愿意接受的，那么我们就会去做；如果预期的结果并不是我们想要的，那么我们就决定不去做。因此，我们某个行为的出现并不是由真正的行为结果来影响，而是由我们对于行为的预期结果来影响的。这一理论在1928年心理学家廷波克做的猴子辨别香蕉的行为实验中就得到了证实。在人类的行为中，如果一个行为实际的结果和我们预期的结果不同，就会产生认知失调，即由于人的行为与自己一贯的自我认知产生分歧，进而产生压力紧张和焦虑等负面情绪。那么我们能否避免这种与预期不符的情况出现呢？答案是否定的，我们几乎无法通过个人努力去完全避免这种情况的出现，但是我们可以去减少这种情况的出现，或者说减小预期不符的程度。而减少的方法就是努力提升自身的自我意识水平，提高自己对自我的认识，并促进这种认识更加契合实际。

本剧中，陈飞和秦浩怀着一腔热情走上了创业道路。然而，二人对于自我与社会的关系，即自己即将选择的道路上有可能遇到的困难没有清晰的认识；对自身的行为所需要具备的能力没有合理的分析。这反映出他们在自我意识的认知层面的不足。二人基于自己高考的成功，以名牌大学毕业生的身份进行推断未来的道路一定会成功，本身就存在一定偏差，从侧面反映出了在自我意识的情绪情感层面的盲目自信。最后在自身创业遇到困难后没能第一时间调整策略，改变行为方式，反而让自己掉入了情绪的漩涡，也反映了自我意识的意志层面的不足。

自我意识的成长同我们身体的成长一样需要过程与时间。在生活或工作中，每个人都有自身认识的局限性。我们无法做到对自己即将面对的结果的完美预测，因此很大概率会面对实际结果与我们预期的差异。这种差异有可能是正向的，也有可能是负向的。既然无法避免，那么我们就需要用自己的努力去尽可能地缩小差异。这就需要我们戒骄戒躁，怀着一颗敬畏之心，客观地审视自己，明确自身与他人和社会的关系，及时对自我行为进行监督和调节。

工作启示

当代大学生的生活环境较过去有了巨大的改善。在较为优越的生活条件下，很多年轻人并不需要去着力思考自己所要面对的困难也可以顺利地生活。大学生在走入校园后，其社会角色认同、学习生活方式、交往适应方式都将面临新环境的挑战。这时的大学生更像是一个矛盾的综合体。日常工作中，我们可以看到很多大学生初入大学校园之时并不了解新环境，但是又不愿意去适应新环境，更倾向于要求环境适应自身。过度成长的自我中心意识与功利意识让很多人陷入过高的自我评价中。这些因素都可能会导致个体在对自己的行为结果的预测上出现较大的偏差。高校是大学生教育成长的主要阵地，学生工作者们可以通过日常的教育管理，有侧重点地推进学生个人成长、能力培养、生涯规划，帮助学生为适应社会形成完备的能力体系，在培养教育大学生时，可以利用大学生心理发展适应的不同阶段性特征进行引导教育。

第一阶段，适应调适阶段。一个人从中学生向大学生过渡的阶段集中在入学初期。这一阶段大学生的主要任务是适应新的环境，调适个人的身体和心理状态。大学校园内的学生群体普遍来自五湖四海，经历了高考后来到一个陌生的新环境，大多数学生都是第一次离开父母和家庭独自生活。在大学校园里他们将面对全新的自然环境、生活环境、人际关系及学业学习。崭新的生活对于他们来说既是挑战，也是机遇。在这一阶段里，学生工作者们应着力帮助大学生适应新生活，积极应对各个方面的挑战，了解适应过程中所遇到难题的由来，了解适应新环境所需要的生活准备及能力储备。具体来说，可以从以下三点工作着手。

（1）环境适应。

新生入学前，由校、院两级学生组织、辅导员准备住所、校园、学校所在城市基本介绍，包含人文、社会、自然三方面，帮助新生在入学前对新环境形成基本概念，与家长提前做好入学生活准备。新生入学后，由校、院组织新老生交流融合活动，结合军训、校园探索、城市考察、学术讲座、参观实践等活动模式充实新生入学初期生活，帮助新生形成规律的作息时间和生活习惯，同时培养学习和探索的兴趣，促进新生形成新的人际关系，熟悉新的老师和同学，尽快形成新的有效支持系统。

（2）自我探索。

中学阶段，学校以学业教育为主，学生学业压力突出、任务繁重，生理基础不断发展的同时难以保证同步的心理成长。这也是部分学生在进入大学后开始显现情绪情感、人际关系等心理问题的重要影响因素。因此，在大学新生阶段，应通过心理课程、综合讲座、团体辅导、文体活动等形式帮助学生探索自我人格特质，完善自我意识，了解个人心理和行为特点，同时帮助学生了解自己能力上的优势和劣势，在未来有计划、有规律地训练个人生活技能和适应能力，以求综合素质的全面提高。

（3）生涯规划。

社会就业和生活环境的变化是每个个体都需要面对的巨大挑战。一个良好的生涯规划可以为个人发展带来积极的影响和保障。即将毕业的大学生很容易出现个人发展的迷茫和心态失衡。与之前的粗放型成长不同，大学是个人生涯的全新开端，当代大学生应更为重视生涯规划，在大学生活开始阶段就着实开展个人职业生涯规划的设计和评估。教育过程中，学校可以结合日常课程和活动教育开展就业指导课程、心理健康课程，以及生涯规划实践的"两学一做"工作，培养学生形成个人生涯短期到长期规划的能力，在大学学习生活中有针对性地锻炼个人能力和素质，提高大学生未来在就业市场中的竞争力。

第二阶段，能力发展阶段。度过新生环境适应期后，学生进入正常的学习生活阶段。在此阶段，高校教育工作者应着手引导学生有目的地查漏补缺，提高个人综合能力和综合素质。能力和素质的提升不是一蹴而就的，应该循序渐进，逐步提高。在实际工作中，学院的辅导员以及其他学生工作团队往往身兼多职，需要同时面对多项工作和多个学生，无法像家庭教育中一样只面对个别孩子去制订细致的培养计划。这就需要利用校园内学生组织的优势以点带面，以年级、班级、学生组织中的学生骨干为主要群体设计能力培养计划，通过学生骨干带动其他学生加入能力培养计划中，努力提升个人综合素质。能力培养方面，同样需要有倾向有侧重地选择培养目标。以目前所面对的学生为例，常用的能力培养目标有挫折的耐受和应变能力、人际交往能力、情绪情感调控能力等。

（1）挫折的耐受和应变能力。

类似于本剧中主人公陈飞的经历，很多大学生在过往生活中物质较为富足，家庭关注度高，在家人的鼓励和保护下很少面对失败和挫折。这一问题在重点或名牌大学学生群体中则更为突出：学生学习成绩优异，中学阶段普遍为班级优秀学生，成长环境也多以成功、鼓励、赞许为主，导致很多学生在进入大学后开始感到不知所措，似乎老师和家人的注意中心不再是自己；他们发现优秀学子汇聚一堂的大学校园内，自己不再是最亮眼最优秀的那个，宿舍同学或是家境更好，或是多才多艺，或是交际达人，身边同学都有更优秀的一面。这样的生活和学习环境的变化，会给大学生带来明显的挫败感。高校教育工作者应在此阶段以环境适应过程为切入点多途径开展挫折教育，以求提高大学生的"逆商"。

逆商（Adversity Quotient）也叫挫折商或者逆境商数，类似于情商（EQ）和智商（IQ）。它所指向的是个体在面对困境时所表现出来的反应和处理能力，也是目前企业和单位招聘时比较重视的一种素质维度。如果一个个体在进入社会前没有过熟悉失败、面对挫折、克服困难的经历，那么进入社会后必将受到严重打击。大学生群体中，逆商较低的学生往往习惯以退行性的行为方式应对学习生活中的压力和困难。因此，在高校教育中，我们可以通过学生组织和日常教育帮助大学生了解挫折的发生原因，熟悉挫折的处理途径，培养面对困难的良好心态，以提高大学生的挫折应对能力，通过一定的逆商教育促进个体社会化，提高适应能力。

（2）人际交往能力。

每个个体总是处于一定的联系之中，或是与环境，或是与他人。人际关系作为社会生活中必不可少的一环，也是大学生在校园学习生活中必须面对的一个挑战。日常工作中，学生的人际交往困难或矛盾也是最常面对的问题。当代大学生多为独生子女，义务教育期间学业压力大，没有很多机会与同伴相处生活，家庭的全身心关注让很多学生形成了较强的自我中心感，也导致很多学生在进入大学后并不具备基础的人际交往能力，常因各类小事引发宿舍或班级的巨大冲突。因此，在日常教育中应着力通过教育课程和班级、党团、学生组织活动等模式锻炼大学生的人际交往能力，促进大学生习得换位思考能力和基本的人际关系矛盾处理能力。

（3）情绪情感调控能力。

大学生正值青少年到成年早期过渡阶段，生理和心理的发展进程决定了他们波动快、强度大的情绪特点。大学生因自我意识发展迅速，权利意识强，未形成成熟的是非观和世界观，很容易被社会势力利用。因此，高校教育工作者更应该有意识地提升学生情绪调控能力，帮助学生认识情绪、了解情绪、调适情绪，同时结合自我意识的培养，引导学生从多方面认知个人特点，完善人格。

第三阶段，初步成熟阶段。经过对环境的适应及个人能力的培养，大学高年级学生已经具备了一定的社会生活能力和常识。此时的大学生逐渐将注意力从校内转移到校外，从自身转移到社会。在经历了大学初期的环境适应后，此时的大学生应该有意识地接触社会，了解社会中的复杂性，提前储备即将面对的社会适应所需要的新能力和新关系，努力提高自己的社会化水平和心理成熟水平，形成自我较为完备的能力体系和自我调控方法。大学的适应、学习、发展过程应该是以适应社会为导向的，经过大学生活培养和锻炼的学生，应该具备基础的社会适应能力。在目前的高校教育中，这一点尤为重要。面对日益复杂的社会环境，当代大学生应该有更成熟的思维水平和更多的能力储备。这都需要高校教育工作者和学生共同努力、共同成长，以帮助大学生在离开校园、面对社会时少走弯路、更快成才。

（剧本编写：徐玥雯、吕桂欣；剧本修订、心理分析及工作启示撰写：亢俊杰）

参考文献

［1］彭聃龄. 普通心理学［M］. 北京：北京师范大学出版社，2004.

［2］伯格. 人格心理学［M］. 陈会昌，等译. 北京：中国轻工业出版社，2018.

［3］周长群，王立明. 提升高校毕业生就业竞争力的思考［J］. 思想政治教育研究，2008，24（4）：109-111.

［4］林启修. 基于心理韧性理论的大学生逆商培养研究［J］. 教育探索，2020（5）：67-72.

四叶草

——做真正的自己

角色介绍

小林：主角，内心自卑，缺乏自信，没有正确地认识自己。

小精灵：具有魔法，送给男主角神奇的四叶草，帮助他认识自我。

小强：负责药学节宣传工作的同学。

小明：负责药学节公关拉赞助的同学。

小丽：负责药学节策划的同学。

小龙：小林同学，热爱双节棍。

段宇：小林舍友，爱玩游戏。

小梦：小林同学，帮小林占座，对同学友爱。

淡定姐：小林同学，学习优秀，乐于助人，性格友善，有耐心。

女朋友一：小林的女朋友之一。

女朋友二：小林的女朋友之一。

其他角色：学生会主席、学生会副主席等。

剧情简介

大学生小林看到同学们的精彩演出，内心自卑，觉得自己什么都不会。此时小精灵出现帮助他，送给他传说中的四叶草，可以帮助实现愿望。利用神奇的四叶草，小林因此变身为学生会主席、特优生，以及同时与两位女朋友谈恋爱。当上学生会主席的他，负责药学节相关事宜，对学生会工作感到吃力。同学们对他的做法也表示不满。当上特优生的他，对待同学们的虚心请教，自视高人一等，态度恶劣；拥有两个女朋友的他，脚踩两条船，最后却意外被揭穿，被两位女朋友无情泼水。最终，四叶草的三片叶子凋落，小林悔恨不已。小林明白了做真正的自己才最重要，要热爱生活。同时在小精灵的启发下，小林发现了自身的闪光点，在心理话剧大赛上大展身手，获得了"最佳男主角"的称号。

精彩剧情

第一幕（演出现场）

（音乐起，五位同学正在演出跳舞，小林看着很是失落）

小林　　（伴随着凄凉的音乐，低着头）看看我自己，唱歌不会，跳舞不会，什么都不会！

（伴随着轻快的音乐，舞台上小精灵轻盈地出现，用魔法棒轻拍了一下小林的肩膀）

小精灵　我是小精灵，我已经发现你心中的烦恼，是特地来帮助你的。看！这就是传说中的四叶草。（小精灵举起了四叶草）它可以帮助实现你的愿望。（小精灵说完后离场）

小林　　（惊讶地拿着四叶草）四叶草？！每一片叶子可以帮助我实现一个愿望。咦？等等……等等……（小林追赶着小精灵跑出去）

第二幕（药学节动员大会在即，学生会主席与同学们进行讨论策划现场）

（《上海滩》音乐响起，学生会主席和副主席走上场）

学生会主席　女士们先生们，Ladies and gentlemen，药学节开始了！掌声呢？（四位同学哗哗哗鼓掌）这个学期我们将要大展身手了。（将身上外套潇洒地甩掉，学生会副主席帮忙捡起衣服）因为，学院将迎来最重要的活动——药学节。我知道，这个活动的筹办非常困难，难在哪？（手指向四位同学）

四位同学　（齐声）不知道！

学生会主席　太让我失望了！（转身，助手递黄瓜）你们说，这是什么？

四位同学　（齐声）黄瓜！

学生会主席　难剥不？但是……（用膝盖把黄瓜弄成两半，并吃了一大口黄瓜，四位同学惊讶）太好吃了！所以说，我们的活动就像这根黄瓜一样，只是难在表面。只要我们有传说中的精神，那么，一切都是"浮云"。（脱围巾、帽子和墨镜）

四位同学　（疑惑）传说中的精神？

学生会副主席　（向前走一步）是的，我们又称之为复习周的本能。那是学子在复习周期间为了不挂科，经过千锤百炼而形成的一种生存的本能，一种革命的精神。

学生会主席　（自信）所以说，你们有没有懂？

四位同学　（齐声）有！

学生会主席　有没有信心？

四位同学　（齐声）有！

学生会主席　愿力量与你们同在，（手挥舞着）散会！

第三幕（灯光照着小林，小林进行独白）

小林　学生会主席那么有魄力，再看看我自己，我是怎么样也当不了他呀！不过我既然有这四叶草（从口袋拿出），就试一下吧。（大声）四叶草！我要变成学生会主席！（手把四叶草举高，音乐响起）
（凭借四叶草的神奇力量，小林变成了学生会主席，开始着手准备药学节相关事宜）

第四幕（小林与四位同学讨论药学节现场）

小林　会议现在正式开始，时间已经过去一个星期了，大家汇报一下各自的进度吧。小强，你先说一下你做的宣传工作。

小强　好嘞！我们现在的宣传非常声势浩大。不仅在微信公众号、微博都有大力宣传，而且，现在校园四处都张贴着我们药学节的宣传海报。想必，现在全校同学是相当期待我们这次的活动。谢谢！

小林　说得好，小强！（鼓掌）小明，那你说一下你拉赞助的情况吧。

小明　我跑了几个餐厅和火锅店，只有从李大姐那边拉到了250块钱，其他都拉不到。

小林 （拍桌）250 块钱？这么大的活动！（跺脚）你好意思拉个 250。
（起身）叫你不要去那些小奶茶店、小餐厅拉赞助，你偏偏就不听！
去大公司拉好不好？

小明 （无奈）可是大公司它……

小林 大公司！大公司它怎么了？你去大公司拉，他们肯定会给你钱的！
我不管，你至少要给我拉到 5 000 块钱。

小明 （低头叹气）唉……

小林 小丽，你说说你的策划。（坐下）

小丽 我算了一下，我们这次大概要 15 000 块钱。

小林 （拍桌起立，大声地说）扯淡！15 000？现在上面才拨下 2 500 块
钱，再加上小明拉来的 250 块钱，还不到 3 000 块钱。我的大小
姐，你以为我们学生会是开喜乐公司的吗？（推小丽的脑袋）继续
做，下次没做好，都不要来开会了。散会！（转身离场）

小丽 （站起来生气地说）他以为他爸是李刚啊！（三人陆续退场）
（转眼又过了两天，学生会要开会讨论药学节的进度，可是事情却变
得很糟）

小林 嗯？小强，为什么只有你一个人来啊？

小强 主席啊，他们让我给你请假。那个小丽她说她胃疼，那个小明说他
女朋友生病，还有那个谁被你吓到了。

小林 （疑惑不解）被我吓到了？现在离药学节开幕没有几天了，出这种事
情叫我怎么办，怎么办！

小强 （突然站起）主席，不是我说你啊。你以为你……（各种拍桌，表示
不满，摔凳子离场）

小林 （很困扰）哎呀，他们为什么都这样说我。难道我真的不适合当学生
会主席吗？算了吧，我还是不当了吧。
（变身为学生会主席的小林，不能体会到这个角色的幸福，反而累得
半死。这时，四叶草中的一片枯萎落地，小林重新成为小林。时间
慢慢过去，转眼到了复习周）

第五幕（小林在桌前复习功课）

小林 哎呀！死定了！还有这么多没复习，怎么办呢？肯定要挂科了，还有

205

不到一个星期要考试了，怎么办？唉，怎么办？只能求孙哥保佑我不挂科了！（起身，开始对天祈祷）孙哥，孙哥，保佑我不挂科！

（正在这时，学习成绩优异的淡定姐从小林面前走过）

小林 （惊讶地指着淡定姐）这不是！这不是年年都考第一的……小欣……小欣——淡定姐么？淡定姐，我要向你学习。（从口袋拿出四叶草，大声呼喊）四叶草！我要变成特优生！我要变成特优生！

（凭借着四叶草的神奇力量，小林开始了他的特优生生活）

第六幕（伴随着鸡鸣声，小林从早上就开始努力学习）

小林 啊！已经六点钟啦！不行不行，开始晨读！（困倦且大声朗读着）I have a dream！ I want to sleep！我还念什么英语啊！算了算了！我还是念古文吧。（闭着眼睛身体来回晃动）孔子曰……孟子曰……孔子又曰："上午不睡，下午崩溃。"孟子又曰："孔子说得对！"圣人都这么说了，我看我还是再睡一下吧，好困呐。

（小林困到极点，在椅子上睡了起来。就在这时，同学小龙向他冲了过来，伴随着音乐挥舞着双节棍）

小龙 （双节棍表演结束后）没错！我乃打遍天下无敌手、风靡万千少女的李小龙是也！

小林 小龙！你来了，好吵啊！

小龙 快来陪我练武吧！我真的是非常厉害，哦耶！

小林 你那武术，要给猴看呐！你妈叫你回家收衣服啦！

小龙 （很生气地指着小林）小林，你给我记着，我先回家收衣服了……（离场）

（小林昏昏欲睡，舍友段宇以"凌波微步"向他飞了过来）

段宇 （音乐停，推了一下小林）嘿！快去帮我打魔兽吧！隔壁宿舍实在太强了！（用手拉小林）走！走！

小林 （不耐烦）哎呀！我现在退出游戏界，搞学问好忙的！

段宇 搞学问？别开玩笑啦！快走啦！

小林 我告诉你！我已经摆脱这种低级趣味了！

段宇 （指着小林）低级趣味！你再说一遍！你再说一遍！（小林扭过头

去，不听舍友讲话）你记住啊，我再也不找你玩游戏了。

小林　（挥手）再见！（又默默低头，很愁苦）唉！其实我感觉，我还是挺想玩游戏的。但是既然做了特优生，我还是好好学习吧。去图书馆算了。

（小林正在学习，同学小梦向他走了过来。）

小梦　小林小林，快帮我看一下这道题，我不会做！快点快点……

小林　（拿起书本来看题目）这道题很简单的，等下帮你看。（不耐烦地又放下课本）

小梦　（非常急切）小林小林，大好人，快帮我看啦！

小林　这么烦呐！（拿着笔在书本上很快挥舞着）这么简单不会做？写在这里了！

小梦　你讲这么快，怎么听得懂啊？讲慢一点吧！

小林　搞事情是不是？讲这么明白也不清楚！看！第一个……第二个……答案就在这里！这样看，瞪大眼睛看！

小梦　（祈求）不太懂啊，你可不可以……

小林　（站起来拍桌子）再讲一遍是不是！我是特优生！很忙的！

小梦　（大声反驳）特优生你就了不起吗？

小林　是！

小梦　成绩第一就可以这样么！我再也不帮你占座位了！

小林　（拉住小梦的手）那我再给你讲一遍咯。

小梦　我不需要了。（跑开了）

淡定姐　小林，你怎么可以这样对小梦说话呢！大家同学一场，你看，小梦平时对你多好，她每天上课都帮你占座位，你怎么能凭着自己学习好就高人一等呢。

小林　（后悔摇着头）唉……淡定姐说得对啊，我不应该这样的，看来当特优生还是不太适合我。我还是不当特优生了！（把纸揉成团扔到地上离开了）

（成为特优生的愿望也就此破灭）

第七幕（图书馆广场）

小林　　还有两片四叶草！要怎么办呢？要好好想一想了……

　　　　（小林正在思索着，迎面走来了一对情侣。伴着《情深深雨蒙蒙》的音乐，这对情侣跳起了舞）

小林　　（十分激动）对了！爱情！谈恋爱，四叶草！我要谈恋爱，我还要有两个女朋友。

　　　　（凭借着四叶草的神奇力量，小林如愿以偿，有了两个女朋友）

第八幕

小林　　　俗话说得好啊，爱上一个有点少，爱上两个最起码……谁能像我小林一样，有两个女朋友，哈哈哈！

　　　　（电话铃声响起：主人，主人，来电话了）

小林　　　电话？喂！

女朋友一　想你了！几天都没能听到你的声音。

小林　　　我这不是有重要事情忙嘛！

女朋友一　重要事情？是！我不会烦你，可是，你是不是又有新欢了？

小林　　　哎呀！都跟你说过几千遍了，我只喜欢你一个人啊！

女朋友一　好好好！我会乖乖的，我不要你送我巧克力、玫瑰花，也不要你下雨天送我回家，我更不要你的甜言蜜语。

小林　　　那你要什么？

女朋友一　我……我……只要你……爱我！

小林　　　哇……好啦，手机都快没电了，我爱你爱你！（挂了电话）

女朋友一　喂？喂？骗我！哼！

　　　　（电话铃声响起：主人，主人，来电话了）

小林　　　又打过来？（一本正经）您好！你所拨打的电话已关机。

女朋友一　关机？（摇头离开）

　　　　（两人刚通完电话，小林电话又响了：主人，主人，来电话了）

小林　　　咦？另外一个女朋友打电话来了！喂！

女朋友二　（撒娇）亲爱的，有没有想我？

小林	哇！听到你的声音，我都快融化了。我一天都要想你二十三个小时呢！
女朋友二	啊？那还有一个小时呢？
小林	还有一个小时，不是正在和你打电话么？
女朋友二	（撒娇）有没有骗我啊？
小林	哇！我怎么会骗你啊。倒是你啊，我已经在我们家户口本上隐隐约约看到你的名字了。
女朋友二	嫁不嫁给你还说不定呢？
小林	嫁不嫁给我说不定？哇！师太，你就从了老衲吧。等到生米煮成熟饭的时候，也由不得你了。
女朋友二	好啦！一起吃个饭吧！顺便给你介绍一个朋友认识。
小林	嗯，好的！
女朋友二	那我们在哪里见呢？
小林	那我们就在白天鹅宾馆……旁边的牛杂店吧。
女朋友二	你就会逗我，好吧！那一会儿见！

（小林两边开工，两边都不误，可是，他却没有意识到……）

第九幕（牛杂店）

小林	咦！亲爱的，你那朋友怎么还没来？
女朋友二	等一下，她等一下就过来了。
小林	那肯定是个美女吧！
女朋友二	那是必须的！（吃醋地扭过头去）
小林	（赶忙安抚）哦哦，在这个世界上就只有你最好看了！
女朋友二	（满意地点头）这还差不多！
小林	那我们先点菜啦！服务员！（拿到菜单）点一下你们的特色菜吧！
女朋友二	好啊！
小林	今晚月色真美！天阶月色凉如水，卧看牵牛织女星。那就来一道"牛郎织女"吧。
女朋友二	好美哦！

小林	那就来道更美的吧！爆炒牛鞭如何？
女朋友二	都听你的！好啦好啦！我们来喝水吧，我要交杯！
小林	别了！牛杂店这么多人！
女朋友二	就要嘛！
女朋友一	（走过来气喘吁吁）小如，这个牛杂店太难找了！
女朋友二	给你介绍一下这是我男朋友。
	（小林转身与女朋友一对视，吓到手中的水杯抖了起来）
女朋友二	你们认识？
女朋友一	（指着女朋友二，抢过手中的水）她……她……她就是你的新欢！（将水泼在小林脸上，女朋友一愤怒离开）
小林	（扭头对着女朋友二）你听我解释。
女朋友二	（把手中杯子的水泼向小林）喝你的水吧！浑蛋！（愤怒离开）
	（悲惨的音乐响起，小林不知所措，把牛杂店的菜单撕破）
	（四叶草的三片叶子凋零，失恋的小林悔恨不已，这时小精灵出现了）
小精灵	（轻轻抚摸了小林的头）小林小林，你不要难过嘛！你还有最后一片叶子，你赶快想怎么办呐！
小林	经历了这么多的事情，我也想了很多。学生会主席也当过了，特优生也不适合我，爱情也都这样，我觉得，我还是做回我自己吧。剩下的这一片叶子，对我来说，也没有多少意义了，还给你吧。
小精灵	看来，你也懂得我给你四叶草的真正目的了。其实，你要寻找真正的自己，我观察你好久了，你有着很强的表演天赋，为什么不去参加这一届的心理话剧大赛呢？
小林	心理话剧大赛？我的出路……

第十幕（心理话剧大赛颁奖晚会现场）

主持人	现在到了最激动人心的颁奖环节，我宣布，获得本届心理话剧大赛最佳男主角的是——来自药学院的小林同学，恭喜你！掌声！那么小林同学，作为最佳男主角，你有什么感言？

小林　　　　谢谢主持人。获得这个奖我非常激动，导致我现在满头大汗。以前我总是觉得别人都是很快乐的，但是后来我发觉，只要我们每个人热爱生活，积极向上，都可以找到自己的闪光点，所以啊，做自己！最快乐！

（大家给予小林热烈的掌声）

小龙　　　　（激动地跑上台）我也要参加下一届心理话剧大赛！！！

心理分析

　　本剧讲述了大学生小林看到其他同学的精彩演出，内心深感自卑，觉得自己什么都不会，什么都不强。而此时有小精灵出现帮助他，送给他传说中的四叶草，可以实现他的愿望。利用神奇的四叶草，小林由此摇身一变，变成了学生会主席、特优生，并且同时与两位女朋友谈恋爱。当上学生会主席的他，负责药学节的各项事宜，深感学生工作的吃力。缺乏工作经验的他，办事缺乏有效的方式方法。同学们对他的部分做法也表示了不满。当上特优生的他，自视清高，对待同学们的虚心请教，自觉高人一等，回应态度恶劣，回应方法消极。拥有两位女友的他，脚踩两条船，最后终究被揭穿，两位女友纷纷离他而去。最终，四叶草的三片叶子凋落，小林悔恨当初。他终于明白了做真正的自己才是最重要的，要热爱生活，勇于认识自己，接受自己，发展自己。同时在小精灵的启发下，小林发现了自身的闪光点，在心理话剧大赛上大展身手，最终获得了"最佳男主角"的称号。

　　自知是一个自我意识发展的基础。美国心理学家约瑟夫·勒夫特和哈林顿·英格拉姆提出关于人自我认识的窗口理论，被称为"乔韩窗口理论"。他们认为，人对自己的认识是一个不断探索的过程。

　　认识自我有以下三种渠道：从我与人的关系中认识自我；从我与事的关系中认识自我；从我与己的关系中认识自我。从我与人的关系中认识自我，即他人是反映自我的镜子，与他人交往，是个人获得自我认识的重要来源。通过这些关系用心向他人学习，获得足够的经验，认识自我。从我与事的关系中认识自我，即我从做事的经验中了解自己。一般人通过自己所取得的成果或成就，都是一种学习，不经一事，不长一智。从我与己的关系中认识自我，即古人所说的："人贵有自知之明"，指的是自知的可贵。自知包括很多方面：一种是对自我的感知；另一种是感知别人的对自我的认知。自知自己的不足，才能有努力的方向，才能"见贤思齐焉"；自知自己的平凡，才能更努力地挖掘自身的潜能，拥有更好的发展方向；自知自己的优秀，才能依着"闪光点"不断绽放出耀眼的光芒。

所谓"自知"，最重要的是自己要最了解自己，自知才能为自己即将要走的路正确定位，不会因为别人的安排迷失了自己的方向，不会随波逐流，人云亦云。有自己的想法，自知才能支撑我们在追求梦想的旅途中忍受质疑和嘲笑，不会由于一次打击而抹杀了自己的闪光点，不会得意于一些虚无缥缈的爱意而放浪形骸。

在本剧中，小林看到了学生会主席的能力与魄力，羡慕不已，觉得自己也能够胜任这份工作，于是利用四叶草的力量变身成学生会主席。但通过亲身经历，实际感受到作为学生会主席的不易。学生会主席自身的魄力、工作成功的进展以及同学们的配合，与他自身工作的吃力、进度的拖延、同学们的抱怨相比较，使小林认识到自己并不适合做学生会主席。小林羡慕成绩好的同学不用忧愁作业、考试，想要走捷径，便利用四叶草变身为特优生。但小林只享受了变成特优生的优惠和福利，却在无形中拉远了与同学之间的距离。在与同学们的交往中，小林说话态度不友善；面对同学们的虚心请教，小林也不认真对待，最后导致同学们对小林失望。淡定姐对小林的做法进行了劝说。与他人交往过程中，他人对自身的态度表现的评价，也是正确认识自我的重要途径之一。小林意识到自己也不适合做特优生。小林羡慕爱情的美好，便通过四叶草贪婪许愿，同时与两位女朋友交往，最后被无情揭穿，感情之路受到挫折，也受到了他人的非议。在这个过程中，小林遇到了很多挫折、困难，也汲取了很多教训和经验。最终，在小精灵的提示下，小林明白做自己才最重要，要正确认识自我并且发现了自己身上的闪光点——表演天赋，通过参加心理话剧大赛还获得了比赛"最佳男主角"的称号。小林的自信心得到极大满足，不再自卑，充满自信，变得阳光。

因此，通过与人的关系、与事的关系、与己的关系，通过他人的评价、自我的学习与反省，不断积累经验，才能在不断探索的过程中真正认识自我。通过真正认识自我，才能发现自己的闪光点，发现自己的不足，发现自己的潜力，才能有针对性地更好地发展。正确地认识自我是培养形成健全的自我意识的基础，是扬长避短的基础。如果一个人能对自我有一个较全面、客观的认识和评价，才能取长补短、发展自己、完善自己；才能全面深刻地了解自我，找准自己在现实环境中的位置。努力拓宽自己的知识面，增强信息来源，提高文化水平和修养；多询问身边朋友对自己的看法，用他人的视角来更好地、全面地了解自己。建立正确的自信，需要一个人对自我拥有客观准确的认知。一方面，需要与自己作比较，注意到理想的自我与现实自我、过去自我的不同，注意到需要努力的方向和已经达成的成果；另一方面，需要与他人作比较，注意到他人与自己相比的优秀和不足之处，更好地认识自我。在评价自我时，避免盲目地接受他人的暗示和对权威、群体性心理的完全依赖。

本剧通过展现主人公小林的各种经历，体现了正确认识自我的必要性和重要性。在人际交往过程中，我们要正确认识自我，不断向他人学习，完善自我。

总而言之，自我意识的形成与完善不可一蹴而就，需要不断地努力观察、思考和修正，是实现自我价值、达成人生目标的必经之路。

工作启示

第一，德国著名作家约翰·保罗曾说："一个人真正伟大之处，就在于他能够认识自己。"健全的自我意识应该是积极统一的自我意识，是自我认识、自我体验、自我控制这三种心理成分的协调一致。这三种心理成分相互联系、相互制约，统一于个体的自我意识之中。从认识形式看，它表现为自我感觉、自我观察、自我分析和自我批评等，统称为"自我认识"；从情绪形式看，它表现为自我感受，如自爱、自尊、自卑、责任感、义务感和优越感等，统称为"自我体验"；从意识形式看，它表现为自立、自主、自制、自强、自卫等，统称为"自我控制"。[1]自我意识在个体发展中有十分重要的作用。首先，自我意识是认识外界客观事物的条件；其次，自我意识是人的自觉性，是自控力的前提，对自我教育有推动作用；最后，自我意识是改造自身主观因素的途径，能使人不断地自我监督、自我修养、自我完善。可见自我意识影响着人的道德判断和个性的形成，尤其对个性倾向性的形成更为重要。如果一个人对自己的智力、能力、个性，以及在社会、在他人心目中的地位有一个较全面、客观的认识和评价，就能扬长避短、取长补短、发展自己、完善自己，就能协调自己与他人的交往，提高自己参与社会活动的积极性。作为当代大学生，正确认识自我尤为重要。如果出现此类心理问题，应如何解决呢？大学生需要对自己有客观、全面的认知。不仅需要对个人能力、特长、认知水平有充分了解，还需要理解自己在社会上所扮演的角色，避免产生额外的社会责任感的负担。大学生要积极地置身于实际生活之中，选择合适的"镜子"来审视自省。大学生应学会立足于问题的本质和根源进行思考，理解社会与个人的关系，用符合社会价值取向的标准来衡量自己。大学生还应该发展出完善的自省模式，在对比自己的发展和与他人的差异时，要做到横向纵向比较兼顾，人生目标与社会现状结合，不以偏概全、纸上谈兵，培养符合时代要求的世界观、人生观、价值观。

第二，辅导员、老师要引导大学生正确认识自己。大学生特有的半成熟身心特点会使其在人格发展的过程中产生一些问题。一方面，大学生由于自我意识的充分发展，会十分清楚地认识到自己的生理状况与心理特征变化，期望得到来自老师、同学的认可和支持，期望成为被大家广泛认知、关注的焦点；另一方面，自我意识的不充分、不充足，人生观、价值观的不完全、不明确，会导致部分大学生有时以唯一标准物化优秀，没有形成多元的自我评价体系，可能会出现对某一事物、某一成就、某一工作的过分追逐和过分功利的心态。辅导员、老师要及时做好思想引领工作，建立多元化评价体系，实现不以成绩唯一论，不以工作成就唯一论等；要善于引导学生发现自身闪光点，兼容并蓄，融合发展，补足短板，争取与大队伍靠齐，不被落下，不拖后腿；要鼓励学生多尝试新鲜事物，努力挖掘闪光点，发掘潜力，适时适地闪耀光芒，做到自信，从而做到自知。[2]

第三，辅导员、老师要有正确的心理教育观念，积极地与学生进行沟通交流，取得学生的信任，引导学生进行自我教育，正确认识自我，扬长避短，从而更好地发展。辅导员、老师同时要尊重学生、理解学生、相信学生，强调学生心理自主构建的积极性。在学生中开展心理教育，培养学生树立正确的价值观。辅导员、老师要妥善应对学生的心理失衡问题，教导学生学会好好学习和生活，促进学生身心的健康发展；提高他们适应环境的能力；帮助学生树立正确完备的人生观、价值观；帮助学生掌握自我认知的方法；帮助学生提高从与他人关系、与事物关系中获取自我认知的方法；帮助学生度过健康向上的大学生活；为学生之后的人生提供帮助和指引。[2]

第四，要加强心理健康教育，向学生系统地讲授心理健康知识，及时掌握学生心理健康动态，教给学生面对问题的解决方法，及时引导学生走出负面情绪。通过心理咨询机构，学生可以释放压力，及时沟通，认识到自我认知的偏差，重拾自信，逐步认识到自我的闪光点，形成良好健康的心态，不断尝试各类活动，实现自我价值。

总之，自我意识是一个人独立存在的基本意识基础，是一个人区别于其他人的自我认识的不同之处。一个人对自我的认识决定了他对待自我的态度、对待他人的态度、对待事物的态度。在工作学习、人际交往中，人都要在不断探索中认识自我，同时在与人、与事的联系中不断完善对自我的认知，及时对自我进行定位和评估，及时扬长避短，发挥长处，补齐短板。自我认识是一个人对自己的认识和评价。它来源于自我和外界的认识和反馈，包括对自己心理倾向、个性心理特征和心理过程的认识与评价。自我认知的特征和不同构成了复杂多样的人、性格各异的独特个体。健全的自我意识应该是积极统一的自我意识，是自我认识、自我体验、自我控制三者的协调一致。人正是由于具有自我意识，才能对自己的思想和行为进行自我控制和调节，使自己形成完整的个性，保持心理上的平衡，才能做到自尊、自爱、自信。

（剧本编写：张继先、张欣、冼文彬；剧本修订、心理分析及工作启示撰写：陈盼盼、刘可心）

参考文献

［1］梁杰. 新时期大学生心理危机的预防与干预研究［M］. 北京：北京工业大学出版社，2023.

［2］王新礼. 论声乐教学中学生情感的培养［J］. 北方音乐，2014（7）：154，168.

虚实之间

——理想主义者和现实主义者的冲突

角色介绍

黑：典型理想主义者，追求完美，追寻心中的理想，却处处碰壁，最终逃避现实。

白：典型现实主义者，注重现实的利益，忘记自己追寻理想的初衷，最终身心俱疲。

王大花：介于理想主义者和现实主义者之间，最初心怀理想，后屈服于现实，最终找到人生方向。

其他角色：心理医生、OK 哥、保安、观众等。

剧情简介

黑是典型的理想主义者，心中一直怀有斩获奥斯卡最佳原创烂剧本改编奖的梦想，但只停留在空想找灵感的状态，从来没有动手写过剧本。自身因过于追求理想化而逐渐变得孤僻，深感力不从心，最后选择逃避现实。白是典型的现实主义者，注重现实的利益，对自己过于苛刻，连考完试都不敢好好放松，总是担忧一切事情，努力拼搏，活得像苦行僧，被现实磨平了棱角，失去了对美好生活的期待，最终忘了自己追寻理想的初衷与热情。王大花最初也是一个有理想的人，但社会现实渐渐消磨了她的斗志。她开始虚度光阴，浑浑噩噩，找不到人生的目标。三人之间通过互相争论，最终明白了自身存在的问题。

精彩剧情

第一幕（心理室、电影院咖啡厅）

（王大花拎着个挎包在溜达，不料碰见了导师）

心理医生 　王大花，又逃课啦？你这都大七的人了，还想不想毕业啊！我上次要你做的大学生心理健康调查做好了吗？

王大花 　那个，我发现新一代大学生都是学霸啊！忙得都没时间搭理我，真的！老师，不骗你！

心理医生 　不是我说你吧，你这人模人样的，智商过百，怎么就老是毕不了业呢？

王大花 　（委屈）我不是毕不了业，人家就是不想毕业嘛……

心理医生 　不想？！我看你呀，八成……（电话响）

心理医生 　（粤语）喂，妈啊，咩事啊（什么事啊），家姐就嚟生？！（姐姐快要生孩子了？！）得得得（好好好），我即刻过来！（我马上过来！）大花，我有点事出去一下，你先帮我看着，不行就贴个"东主有事"吧，我走了啊。（匆忙脱下白大褂离开）

王大花 　哎，老师！

　　　　　　（王大花正准备贴"东主有事"，不料白闯了进来）

白 　医生！医生！别关门！

王大花 　小朋友，这太阳都快要下山了，明天再来吧。

白 　你才小朋友呢！我就是想找个人聊聊，不耽误你多长时间，行吗？（哀求）

王大花 　唉，老师有云"助人为乐"，今天，姐就陪你聊聊，包你百病全消啊！

　　　　　　（王大花穿上白大褂，上桌就位）

白 　医生，看看我，到底有没有问题？

王大花 　这个问题很纠结的，要用一天的时间才能回答你。傻孩子，诊断结果也起码有个过程呀，来，跟姐说说。

白 　我的同学都说我最近有点精神失常，整天自言自语，说我学习"鸭梨"山大，但我并不觉得我有什么问题啊。就这事儿，我还和朋友吵了一架呢。（表情委屈，疑惑不解）

217

王大花	嗯，跟我说说，你为什么和你朋友吵架呢？
白	其实，也没什么，就是那天，我们在天河城看电影来着……
	（白说着就坐在了咨询室的凳子上，回忆起当时的情景）
黑	票买好了！哎！你又在看书？
白	拜托，放尊重点行吗，这可是伟大的书！
黑	是你自己说要来放松一下的，怎么还带上这书！
白	我这一出来就一整天，总要干点正事吧？
黑	我觉得你对自己太苛刻了，平时就把自己弄得那么累，今天好不容易出来放松放松，又看书！
白	那你说我等电影的时候，该干什么？
黑	那么大商场，逛逛呗，别的女孩都喜欢逛街！（黑边说边坐下）
白	我只有在我需要买衣服的时候，才出来逛街。
黑	那你就端起咖啡，喝一口，感悟人生的真谛，调节一下你的情绪。
白	这个问题我早就想好了，不像你思维那么慢！我去趟洗手间。
	（白去了洗手间，黑与王大花对话）
黑	我有一个梦想，希望有一天，黑人奥巴马、犹太人娜塔莉·波特曼，还有中国人——我，以平等的身份站在同一个舞台上，他们给我颁发奥斯卡最佳原创烂剧本改编奖！
王大花	漂亮！我在大一的时候，也是很有梦想的。那，小兄弟，你又有什么苦恼吗？
黑	有！我从小就很叛逆，上中学的时候，我是我们学校历史上第一个逃课的人，后来听说有个人模仿我，玩失踪，结果发现真的失踪了！但我还是尽力学习了，因为我知道，只有长大了我才可以更自由地追寻自己的梦想。
王大花	梦想，哎，谈何容易呢？最终还不是会被社会的激流洗刷干净。你的父母不理解你吗？
黑	他们才懒得理解呢！
王大花	那你的同学们呢？他们理解你吗？
黑	他们管这干吗！？
王大花	是啊，在这样的世界里，你不孤独才怪……
黑	那，又能怎么着……我还不是只能走自己的路，然后安慰自己！我不想把时间浪费在没有意义的事情上。有时，我还真有点怀念

中学。那时候，起码我们都是有目标的，可以像战友一样并肩作战。而现在，只有我一个人走在一条望不到头的独木桥上……

（望向远方，然后摇摇头）

OK哥　（故作矫情擦眼泪）哎（追上去），那你接着说看电影那件事呗。

第二幕（电影院）

保安　验票啦！验票啦！准备开场啦！

黑　　今天晚上回去，我还要再看一次李安的《少年派的奇幻漂流》。我一直觉得他一定可以再拿一次奥斯卡最佳导演奖。

白　　不是我说你吧，有的人上厕所也没你看电影看得勤嘞！

黑　　这叫找灵感，你懂不懂。

白　　人家都是从生活中找灵感。

黑　　生活……我周围的人，不是一天到晚打网游就是一天到晚聊网游，这种生活咋写啊！

白　　我就是觉得你完全可以少看几部电影，花点时间看看书，背背单词。

黑　　我前段时间又是看书又是背单词，又是写作业又是找人帮我写作业，你知道我有多崩溃吗？弄得我一点灵感也找不到。

白　　总是看你到处找灵感，也没见你动手写过新本子！如果到最后都没有好作品，这么多的时间你就等于都浪费了！

观众　别吵了！电影开始了！

保安　咳咳！大家安静点！

黑　　（有点生气，不想浪费口舌，随后离开）哼！你自己看吧。

（白见黑走了，追了出来）

白　　你到底怎么回事？！

黑　　我受够了！你活得像个苦行僧一样，你担忧的事情太多了！（边说边转圈）中考完担心高考，高考完担心考研，毕业后担心找工作，工作后又担心裁员、跳槽、房子、车子、孩子、养老……你总是在担心！你什么时候才能体会到生活的乐趣？！

白　　我现在这么担心，不就是为了以后能好好享受生活吗？！

黑　　你到底想要什么样的生活？！学历，工作，家庭，（语气有点咄咄逼人）你有没有想过什么才是你真正想要的？不要只想那些大家都拼了命去抢的！

白　你怎么知道这些东西就不好呢？

黑　（更加气愤）你又怎么知道那些东西就真的好呢？！你以为问题都是因为自己不够好才存在的吗？（呵斥）你以为你现在豁出生命追寻的东西就能让自己高枕无忧了吗？

白　那我又能怎么样呢！

黑　享受生活中的美好！不要总是鞭挞自己，要懂得去爱，爱生活，（语速逐渐放慢轻柔）爱你身边的人，青春就是用来爱的！（激动地面向白）你为什么一定要让自己的青春充满艰辛呢？

白　能不能不要再问我那么多问题了！

黑　算了，我们还是接着看电影吧。

白　走吧……

黑　可是，我们好像进不去了，因为我刚刚把票落在场里了……

白　你……你怎么不把自己落在场里？！你，你真是，为什么你的整个人生就像一场梦！你就没发觉自己总是和现实脱离吗？你习惯以爱标榜自己，却从没体会过爱！

黑　我没有遇到过值得我爱的人。

白　你总是在追求理想化。

黑　我没有。

白　你总是和别人保持距离。

黑　我只是害怕跟别人接触。

白　害怕是其次，其实你总是那么孤傲，活在自己的世界里，怎么也不肯睁开眼睛来看一看现实！你觉得全世界除了你都是没有灵魂的人！

黑　（站起来）我才不在乎他们有没有灵魂呢！！我只想找个能够理解我的人。现在，我独自一人，无论怎么努力，梦想却似乎离我越来越远……

白　有时候也是你自己在拉开与现实的距离啊！你付出了那么多，到头来可能什么也得不到，落得个比那些单纯浪费时间的人更惨淡的下场！

黑　至少我追求过！

白　别再自欺欺人了！你到时候怎么可能甘心！怎么可能不后悔！

黑　我宁愿后悔自己作出了错误的判断，也绝不允许自己没有追求过！

白　　　（对着王大花）你看看，你看看，（指向周围的人）社会上的人总
　　　　是自欺欺人！整天沉浸在所谓的梦想中，他们以为自己是谁？以
　　　　为现在是什么年代？毕了业就可以成为高富帅？为什么就没有人肯
　　　　看看现实？（转向王大花）为什么大家都在这里挥霍着生命呢？

王大花　（画外音，无奈地劝导他）小鬼，我能理解你。可是，你又怎么知
　　　　道他们看不到现实呢？其实很多人都清楚得很，这是一个怎样的
　　　　社会，自己将来要面对的是什么。只是他们中有的人，不敢去面
　　　　对，因为惧怕，因为年轻，所以才选择了逃避……

白　　　可是你知道吗？我也活得很累，孤身一人独自向前，我多么希望
　　　　有个人能理解我，一个就行！

第三幕（心理室）

王大花　唉，你和你的朋友总是就这些问题争论，可你有没有发现，你们
　　　　终究是一类人啊！你们争强好胜，都倔强地坚持着各自的人生追
　　　　求。有这样的朋友，难道还不够鼓舞你们吗？

黑和白　我……和我的朋友？（迷茫地望向远方）

白　　　如果，我跟你说，这个朋友其实不存在呢？

王大花　这又是什么意思？

白　　　他只是我想象出来的——

黑　　　一个大脑中的声音。

白　　　它告诉我永远也不要放弃追求自己的梦想。

黑　　　它告诉我梦想的实现要建立在现实的基础上。

白　　　它让我开始质疑自己努力的意义。

黑　　　它让我开始发觉现实的残酷。

白　　　有时候，我实在感到疲惫不堪。

黑　　　有时候，我实在感到力不从心。

白　　　我脑中的声音就质问我说……

黑　　　我脑中的声音就质问我说……

白　　　你不觉得累吗？

黑　　　你还看不到现实吗？

白	你这么辛苦到底为了什么?
黑	你就那么有自信能找到出路吗?
白	那些东西真的可以让你感到幸福吗?
黑	你甘心承受失败吗?
白	那个声音不断地在跟我争论。
黑	那个声音一天比一天激烈。
白	它企图推翻我所有的原则。
黑	让我变成一个我所不齿的人。(咬牙切齿的表情)
白	直到有一天，我实在承受不住它给我的压力，我简直就要……(绝望)
黑和白	崩溃了……(黑直立倒下，白直立跪下)
黑	它不断抨击我的梦想。
白	无论我做什么都变得没有意义。
黑	无论怎样，梦想都变得好遥远。
白	渐渐地，我失去了……拼搏的动力。
黑	失去了目标。
白	我什么事都不想再做了。(绝望低下头)
黑	我什么事都做不了了。(握拳低头打地板)
白	我正在成为他们的一员?!(同时抬头痛苦地望向远方)
黑	我正在成为他们的一员!(稍微停顿，王大花准备点评)
王大花	但是你们知道吗?从你们身上，我感受到了一种十分宝贵的东西啊!
黑和白	什么东西?
王大花	对生活的热情。当你沉浸于梦想时，告诉自己要回到现实，不要陷入追求梦想的过分茫然。当你在过分匆忙地拼搏为将来铺路时，却提醒自己要放慢脚步，感受一下当前，勿忘初心。这都是因为那份对生活的热情啊!
黑	有时候，(重新爬起来)他提醒我关注现实，能让我对生活依然保持信心。
白	但有时，他的出现，却真的让我对生活心灰意冷。
黑	但他是我唯一的倾诉对象。
王大花	既然你那么孤独，为什么从不主动用自己的热情去感染别人呢?
黑	我尝试过。

白　　　但我似乎还没有足够的温度去点燃另一个人的热情。

王大花　怎么会呢？你们刚刚就重新燃起了我对生活的憧憬呐。敞开心扉，
找一个知己，和他分享你的喜怒哀乐。在梦想的路上，你们共同
努力，一路向前！哎呀，（看表）时候也不早了，我也该撤了，挺
你们啊！

黑和白　医生，你去哪里？

王大花　我不是什么医生，我也只是一个一味想着逃避现实的人，是你们
告诉了我应该怎样生活。谢谢你们，今晚还有选修课，我先走了，
要不然真的要大八才能毕业了……

黑和白　医生……

心理分析

Higgins（1987）提到了自我差异理论（Self-discrepancy Theory），其
中两种重要的自我导向，即理想自我和应该自我。李宏翰（2001）提出理想自
我和现实自我，前者指个体理想中的自我，是自己希望所能达到的理想标准以
及他人对自己所产生的想法；后者指个体的实际状况，是个体对自身现有条件
的总体认知，即个人感到自身应该达到的特征。[1]

本剧以黑与白二人为主线，通过两人的争论诠释不同人格的立场与价值观，
从而体现虚与实的对立与转化。剧本中的主人公黑、白、王大花分别代表了理
想主义者、现实主义者和介于二者之间的三种不同类型的人。

黑代表的是典型的理想主义者。这一类人往往追求完美与绝对公平，可是
在明知不可能有完美的情况下仍追求完美，在明知不可能绝对公平的情况下仍
追求公平，即所谓的明知不可为而为之。这就注定了理想主义者悲剧的命运。[2]
他们仿佛永远在寻找生存的意义，就像剧中的黑一样，总是以爱标榜自己，也
经常告诫白要享受生活中的美好，而不要鞭挞自己，要懂得去爱生活与身边的
人。站在他的立场来看，青春就是用来爱的，甚至会指责其他人为什么一定要
让自己的青春充满艰辛。理想主义者看似永远活在美好的理想中，实际上更迷
茫、更困惑。他们活得既不如务实的人那么光鲜，更不如务实的人那么快活，
一边控诉着社会的不公，鞭笞着社会的阴暗，一边又眼睁睁看着务实的人飞黄
腾达、得道升天，自己却因为心中的坚守，而营营役役、倍加艰辛。理想主义
者对功利的爱情、虚伪的友情嗤之以鼻，却发现别人家庭美满、人脉亨通，而
自己却最孤单、最落寞、最不被人理解。剧中的黑便是如此，一方面责备白活

得像苦行僧，另一方面自身又为了寻找所谓的灵感而逐渐变得脱离现实，不断追寻心中的理想，却处处碰壁，哪怕再努力，梦想却似乎与他越来越远。正如白在剧中所说："到头来可能什么也得不到，落得个比那些单纯浪费时间的人更惨淡的下场！"

白代表的是典型的现实主义者。现实主义既是一种世界观，也是一种包含了各种现实主义者理论和观点，借以产生、发展的一套假定的研究范式。它首先是一种长期存在的哲学传统和世界观。而作为一种世界观，它又是建立在对道德进步和人类能力的悲观主义认识基础上。现实主义者把历史看作循环的而非进步的。他们对于人类是否有能力克服反复出现的冲突，建立持久的合作与和平深表怀疑。现实主义世界观看到的更多是人类本性中的恶，以及人类经验中周而复始的悲剧。[3] 他们总是担忧这世间的一切，活得像个苦行僧一样，担心考试，担心找工作，然后又担心升职、跳槽、房子、车子、孩子、养老……疲于为这些奔波，被生活的现实磨平了棱角，磨平了个性，也失去了对美好生活的期待，最终忘了自己追寻理想的初衷与热情。正如剧中的白一样，就连放假也不忘拿着书看，不敢给自己一刻放松的时间，担心一旦松懈下来就会落后于别人，因压力过大而整天自言自语。他总是鞭笞社会上的人自欺欺人，整天沉浸在所谓的梦想中，而没有人愿意看清现实。相比于黑，白所追求的是最终的结果，注重现实的利益。无论过程有多么艰辛，他依然不后悔，努力拼搏，一生忙忙碌碌，为了五斗米而折腰，最终却弄得身心俱疲。

王大花则是介于黑与白之间的角色。她最初也是一个有理想的人，但社会现实渐渐消磨了她的斗志。她开始虚度光阴，浑浑噩噩，找不到人生的目标。其实现实中我们大多数人也有着王大花的影子。在风华正茂的花样年华中，都是理想主义者或都带有某种理想主义情怀。只是随着年岁增长、碰壁次数增多，以及和社会的接触、受到现实的撞击增多，才渐渐变得务实与沉淀妥协，即所谓的"成熟"。年少气盛，心中怀有诗和远方，理想很美好，现实却很骨感。正如剧中的王大花所说，其实很多人都清楚社会的真实模样，也知道自己将来要面对的是什么，只是大部分人因为恐惧而不敢去面对，最终选择了逃避。在黑与白的争论与对立中，她开始反思理想与现实的碰撞，最终醒悟过来，找到了人生的方向，重拾对生活的热情以及对生命的期待。

黑与白的对立，实际上是理想与现实的碰撞。一个过幻，一个过真；一个脱离现实，一无所获，一个沉溺现实，失去乐趣。本剧借黑与白之事、王大花之口，告诉了我们一个道理：生活应该是理想与现实的结合。当我们过分沉浸于梦想时，要时刻告诫自己回到现实，不要陷入追求梦想的茫然。当我们在现实中匆匆拼搏时，也不要忘记自己当初的理想，勿忘初心。尤其是对于刚入学的新生来说，部分容易陷入理想主义而好高骛远，不脚踏实地去实践；部分也容易一味追求现实利益而忘记了最初的理想。无论是理想主义者还是现实主义者，都不利于学生身心的全面发展。在朝气蓬勃的年代，需要有理想去支撑，更要用实际去践行。空谈误国，唯有将二者结合，才能更好地在实践中检验真理，让梦想之花绽放光彩。

总之，我们应该引导学生在理想自我和现实自我之间寻找平衡点，兼顾好彼此，既要心怀梦想又要脚踏实地，才能更好地享受当下，对生活要充满热情，并在一步步努力中实现目标，顺利达到人生的理想彼岸。

工作启示

对于刚经历过高考踏入梦想学府的新生而言，无论是生活环境、学习方式，还是人际关系与社会角色，相较于高中时期都发生了各方面的转变。一方面，新生对于自己接下来的学习与生活充满新的期待与憧憬；但另一方面，也会引发一定的心理适应性问题。所谓"心理适应"，指的是当外部环境发生变化时，主体通过自我调节系统做出能动反应，使自己的心理活动和行为方式更加符合环境变化和自身发展的要求，促使主体与环境达到新的平衡的过程。良好的心理适应能够帮助新生更快融入新环境，而不良的心理适应则会导致其难以融入大学生活，甚至会产生各种心理健康问题而影响其健康成长。

大部分新生刚踏入新的环境，会发现现实和理想有一定的差距，短时间内很难适应。在高中阶段，大学的目标往往明确且坚定。但读了大学之后，由于欠缺对目标的执行力，部分学生开始动摇自己最初的目标，理想与抱负也趋于现实化。[4]正是这种理想与现实的冲突，使得不少新生出现心理问题。一方面，他们渴望在新学校、新班级、新朋友中确立自己的存在感，即一定程度上具有理想主义，但有时因为给自己定位过高而害怕不能满足别人的期待。另一方面，他们可能会迫于学习生活的压力而不敢追逐自己的理想，会因为小小挫折而一蹶不振，对自己失去信心，甚至对生活迷茫无助。

这种心理适应无法得到及时调整而出现的心理问题具体表现如下：

在学习上，主要表现为学习、就业等现实压力。由于高校对学生的学业要求日趋严格，若考核不及格则会面临失去学位甚至退学的危险。这无疑给学生造成了一定的压力与负担。此外，与高中阶段不同的是，大学更注重培养学生的自学能力，但部分学生因为学习方法不当而导致成绩不理想，由此产生一定的挫折感，伴之而生的就是焦虑与紧张不安的情绪。虽然适度的焦虑及必要的觉醒和紧张对人的学习和工作能起到促进作用，但持续而过度的焦虑则会使人丧失自信，干扰正常思维运转，从而阻碍学习，甚至影响生活。

在生活上，主要表现为人际关系问题。如何与周围的同学友好相处，建立和谐良好的人际关系，是大学生面临的一个重要课题。同高中阶段相比，大学生对人际关系问题的关注程度超过了学习，也成为大学生心理困扰的主要来源之一。人际关系问题常常表现为难以和同学朋友愉快相处、没有知心朋友、缺乏必要的交往技巧、过分委曲求全等，由此而引起孤单、苦闷、缺少支持和关爱等痛苦的感受。

因此，现实与理想之间的差距就会引发大学新生的心理问题。部分学生过分追求理想，只注重学习理论知识，而忽视了实践、就业等现实问题，导致容易脱离实际，一味专注于学业，其他能力无法得到锻炼。有时候，他们过于追求完美与理想化，当能力或其他因素使得他们无法达到预定目标时，就会促发挫败感的产生。就像本剧的主人公黑一样，这类理想主义者把理想放在第一位，能够为了目标不顾一切，但往往因为忽略现实而屡屡碰壁。部分学生则过分追求现实利益，做任何事情都抱有极强的目的性。为了达到这个目标会付出比其他人更多的努力，长期使自己处于高度紧张的状态，就像本剧的主人公白一样，不敢给自己任何放松的机会，最终会因为生活奔波而忽略了身边的美好。

面对这样的情形，我们可以从以下几方面入手：

首先，要引导学生正确认识理想与现实。理想应建立在现实的基础上，若理想脱离了现实，则会变成空想。我们应该鼓励学生树立远大的理想，建立正确而适度的学习目标，但也要引导他们关注现实，确立适合的抱负追求，避免期望值过高而造成的过度焦虑。要根据实际情况及时调整自己的理想，持之以恒去努力，而不是一味追求所谓的理想而不顾现实，或当理想无法实现时，只会一味埋怨现实。

其次，要引导学生做有行动力的理想主义者。不管是理想主义者还是现实主义者，都是片面的，只有平衡好理想与现实的关系，才能正确认识自我，解决好二者之间的矛盾。[5] 对于新生而言，在新环境中，需要重新进行自我定位，树立新的理想。高考只是他们成功登顶的一座山峰，到了大学，对面的则是另一座高峰。因此，在新的起点上需要重新适应与调整，树立目标，但同时也要牢记"行胜于言"，要做有行动力的理想主义者。

再次，要引导学生学会自我观察和调整。大学生首先要时刻保持警惕，提早发现自己存在的心理问题。进入大学，学生应转变学习方式，提高自学能力，寻找适合自己的学习方法，制定良好的学习措施，有效提高学习成绩。通过将阶段目标明晰化、总体目标专业化、适当调整目标等方法，减少学业焦虑。若焦虑严重且持续较长，则通过心理咨询来帮助排除。

最后，辅导员、班主任和相关老师要有正确的心理教育观。通过开展相关讲座，加强学生的理想信念教育，培养学生健康的心理与健全的人格。针对过于追求理想主义的同学，要帮助他们找到自身合理的定位，将目标实现的可能性与自身能力相结合，正确评价自我；针对过于追求现实主义的同学，要帮助他们找到自己的理想，学会适当放松，培养自身的兴趣与爱好，享受生活中的美好。因此，要引导学生正确对待理想与现实之间的矛盾，克服认知偏见。同时，在沟通过程中也要掌握一定的交际原则和技巧，积极与学生沟通，取得学生的信任，和学生建立友好的信任关系，才能更好地为学生的学习和生活保驾护航。

总之，理想主义与现实主义，看似是一对不可调和的矛盾，但实际上是辩证统一的。理想主义者充满想象和憧憬，现实主义者则满怀壮志与拼劲，缺少理想的现实主义者和缺少实干精神的理想主义者都像是折断羽翼的飞鸟。只有二者兼备，才能更好地发挥才能。

（剧本编写：华文学院心理协会；剧本修订、心理分析及工作启示撰写：刘潇潇、李梓颖）

参考文献

［1］张华东. 大学生抑郁心理的实证研究：理想自我与现实自我的差异分析［D］. 桂林：广西师范大学，2004.

［2］郭周静. 傅雷理想主义研究［D］. 重庆：西南大学，2015.

［3］魏钟徽. 论精英戏剧与大众戏剧［J］. 戏剧文学，2014（8）：67-70.

［4］贾远娥，李宏翰. 大学生理想自我与现实自我差异问卷的编制［J］. 中国健康心理学杂志，2007，15（5）：476-478.

［5］李生娟. 浅析大学生理想与现实的矛盾［J］. 明日风尚，2017（3）：253-254.

我是我的悦己者

角色介绍

晚晴：主角，慕容世君同父异母的姐姐，私生女，极度自卑、性格内向。

赵慕辰：晚晴的男朋友，摄影师，阳光开朗，帅气十足。

慕容世君：晚晴同父异母的妹妹，大家闺秀，娇生惯养，嚣张跋扈，嫉妒心强。

赵弈轩：慕容世君的男朋友，赵慕辰的好兄弟，性格温和，有包容心。

其他角色：女A、女B。

剧情简介

晚晴是个十分自卑的人。因家庭的缘故，她一直不敢正视自己，总是介意别人对她的评价。直到慕辰出现，帮助晚晴树立自信，鼓励晚晴接受自己的身世。慕辰邀请晚晴担任摄影模特，并在拍摄的过程中意外得知了晚晴的身世，加深了对她的了解。因此，慕辰经常安慰她要正视自己，鼓励她要尝试改变自己。慕辰邀请晚晴参加学校的舞会，希望能通过参加活动来激励晚晴不断地挑战自己，展示真实的自己，让她从此变得更加坚强，能成为自己的悦己者。在舞会上，晚晴遇到了同父异母的妹妹慕容世君。世君知道实情后无法接受自己还有一个姐姐的现实，想投湖自尽。晚晴勇敢地站出来劝导她，安慰她要好好地活下去。但是世君并未受到感动，反而恢复了往日的高傲，带着骄傲的表情离开了。慕辰赞赏晚晴的表现，而晚晴表示会勇敢地接受更严峻的挑战。

序幕（宿舍、校园一角）

［女 A 和女 B 翻动晚晴的东西（扔落书本、怀表）时，晚晴上］

晚晴　你们（迟疑）……

　　　　（女生们走远一步，晚晴捡东西）

女 A　我掉了一条很贵的水晶项链，哼！不在你这儿找在哪儿找？！

晚晴　（发现怀表，拾起）这可是我爸……我的怀表呀（低下头）

女 B　切，又不值钱，坏了就坏了呗。

女 A　你还我项链呀，小偷。

　　　　（晚晴委屈地跑出宿舍，躲在校园的一角）

晚晴　我再也不会让你离开我的身边了。（握紧怀表）

旁白　这时候的晚晴并不知道，自己落寞的身影已经进入了别人的镜头。

第一幕（礼堂门口）

（晚晴一人在礼堂门口徘徊）

晚晴　（独白）刚才听说，这次两校照片展里有我的照片……据说还是摄影师的得意之作……怎么会有我的照片呢？真想进去看看。可是……这是他们的世界，我这样的人……有资格进去吗？

　　　　（她徘徊在自认为众人看不到的走廊上，胆怯地抬头看看里面又不舍得走开。正在这时，女 A 和女 B 走了过来，试图把晚晴拉进礼堂里。两女生在一旁讥讽地笑着并指点后出现）

女 A　哎哟，这不是晚晴吗！来来来，快进来，怎么站在外面呢？（伸手来拉晚晴）

　　　　（晚晴戒备地躲开）

女 B　我说晚晴，你不是还在生我们的气吧。上次弄坏了你的东西是不小心的，而且你那些东西也不值几个钱，你就不要在这里摆架子啦！（语调上调）快进来！（掩嘴笑）

晚晴　（低着头，小步渐渐靠后）我……不进去了。

女B　（突然一手挽着晚晴的另一边）进来吧，里面可是有你的照片，很多人都围着看呢！（讽刺地说，并强拉晚晴进入礼堂）

（晚晴半推半就地和女A、女B进入礼堂，引起了两人的注意）

（弈轩这时没有很认真地听慕辰讲话，而是将目光锁定在晚晴身上）

慕辰　唉，你到底有没有听到我说话啊？（拍了弈轩一下）

弈轩　哎，你看一群女孩子在那儿还挺热闹啊！过去瞧瞧！

慕辰　哎，你这大少爷，真拿你没办法！

（两人在不远处围观）

（女A、女B拉着晚晴进入礼堂后，随即鼓掌招呼看展览的人过来）

女A　哟！大家快来看呀！照片上那个楚楚可怜的女主角可是来了！呵呵呵——

女B　哎呀！让我瞧瞧，今天穿的还是照片上的这身衣服呢！怎么？穿成这样来，是怕别人不知道照片里的是你呀？

女A　你也别这么说。晚晴这人啊，可是真的节俭呢，就只有一套校服一双校鞋，不然也不至于连校庆晚宴也没有参加吧？对吧，晚晴？

（推了晚晴一下）

女B　哟！这么有自知之明啊！晚宴都不参加，怎么就那么爱在人家慕辰面前露脸呢？也不瞧瞧自己什么出身！你的照片往这里一摆，整个展厅都有股寒酸味！

（慕辰听得皱起了眉头，想上前阻止二人对晚晴的嘲讽）

晚晴　我……我想我走错地方了……（转身想走）

（台左，世君出现，朝弈轩招手，弈轩也招了招手，望着世君走过去，撞上晚晴，晚晴跌倒在地，怀表掉出）

弈轩　（低头看了看跌倒在地上的晚晴，手扫了扫晚晴碰到的地方，不屑）啊，不好意思啊！

（世君正好走了上来，晚晴没有看弈轩，而是盯着世君）

世君　（望着晚晴）哎，你这人，又不是我把你撞倒的，你盯着我做什么？！（转向弈轩）我们走吧！

（世君和弈轩两个人手挽手地就走了）

晚晴　（独白）咦，这……这不就是慕容世君嘛？果然……果然是个大家闺秀的样子……

慕辰　（朝大家）没事了没事了，请大家继续欣赏照片吧！

慕辰　（冲向晚晴）你怎么样？没事吧？

（晚晴摇摇头）

（慕辰伸手把晚晴扶起来，晚晴犹豫之后便起身了）

晚晴　你……谢谢你……

慕辰　不用。你好，我是这次摄影展的摄影师慕辰。

晚晴　噢。

慕辰　对了，我认得你。你那张展出的照片就是我拍的。这次没有经过你的同意就用了你的照片，希望你不要介意，我带你去看看你的照片吧。（把晚晴扶到照片前）你看，挺不错的吧？

晚晴　一点也不！我……我只想默默躲在人群中。现在倒好，成了别人的笑柄了。

慕辰　你怎么会这样想！

晚晴　你刚才也听到了……我就是那样的人……我……我就只配这样……

（掩脸跑开）

慕辰　哎！

（突然发现地上的怀表，捡起怀表）

第二幕（街边、桥头）

（慕辰站在街边等人，左右张望，弈轩拿着照片朝他走了过来）

慕辰　（招手）快说快说！到底是什么事啊？害得我急急忙忙赶过来。

弈轩　这次照片展上那张获奖照片已经装裱好了。你看我多够意思，上午才裱好，马上就拿给你了。

慕辰　得了，得了，谢谢你还不成吗？（打开看看）嗯，效果还不错。（想回去）

弈轩　（手指着照片，阻止慕辰将它放回去，歪过头去打量）我看看是哪个大家闺秀？咦，怎么那么眼熟呢？

慕辰　就是上次照片展那里见到的那个叫晚晴的女生呀！

弈轩　（惊讶）晚晴？你好会拍哦，真是判若两人啊！

慕辰　我等一下还约了她来呢！（突然想起什么，一拍掌）噢，天哪！我忘了把怀表带出来了！

弈轩　很要紧吗？

慕辰　是呀！我约了晚晴就为了这个事，现在来不及了！

弈轩　那你快回去拿，反正我没事，先替你过去见她，叫她等你一下。

慕辰　好吧，估计她就快到凤桥了。噢，照片你先帮我拿给她，就说是送给她留念的。

　　　（晚晴站在桥头）

弈轩　（走过去）你是晚晴吧。慕辰临时有事，让我来告诉你一声，他会尽快赶来。

晚晴　哦，好，谢谢你。（转身想走）

弈轩　（递出照片）哦，这个是慕辰要给你的照片，上次展出过的，裱好了，说送给你作为纪念。

晚晴　（害羞）是吗？（相对小声，自语）他就是为了这个约我来的吗？

弈轩　照片照得确实很好，你功劳不小啊！（来回打量）

　　　（弈轩女朋友世君上场）

世君　弈轩，刚刚我使劲儿叫你，你都不应我！

　　　（晚晴见到世君，突然惊慌）

弈轩　世君，你叫我了吗？什么时候？我没听见！

世君　（瞪一眼晚晴）噢！怪不得没听见，原来跟别的女生在一起！（娇滴滴地跺脚撒娇）

　　　（晚晴转身想走，慕辰回来，正好迎上了晚晴）

弈轩　不是，我只是帮慕辰拿点东西过来给这个女生，他说晚一点来……（偏头看见慕辰）呐！（指一下）慕辰正好来了。

世君　（不依不饶）他说晚一点来你就趁机先来见人家女生了，是不是？

弈轩　什么呀！是慕辰约了这个女生……哎，我跟你回去慢慢解释吧。（拉她走）

世君　好啊，解释不清楚的话我可不依！（说完先往下走）

慕辰　晚晴，不好意思，我来迟了！（拿出怀表）看，这是你的吗？

　　　（晚晴急忙握住怀表，欣喜）

慕辰　（着急）那天你把它掉在礼堂里，本来想还给你的，但是我发现它坏了，就顺手拿去修了。刚来晚了，就因为回去取它了。

晚晴　太感谢你了，（欣喜若狂）这表虽然有点旧，对我来说却无比珍贵。

慕辰　是吗？太好了，总算为你做了一件事。上次还不认识你就私自用了你的照片，为这件事我还愧疚了好一阵呢，现在算是赔礼吧！

晚晴 不用说"赔礼"那么严重！你不认识我，找不到我也是没有办法的事。你托那么多人约我来就是因为这个？（感动）

慕辰 （笑）是……也不全是。我最近又要参加一次照相比赛，你可以当我的模特吗？

晚晴 （犹豫了一下）啊？（独白）那不就又要把自己展示于人前？难道要再丢一次人吗？可是，他不止一次地帮我，还帮我修好了爸爸的怀表，我如果不答应，好像太忘恩负义了吧？

（晚晴还在犹豫）

慕辰 你答应了吧，算我求你了！

晚晴 （沉默片刻）那……好吧。

慕辰 太好了！

第三幕（校园的小花园）

旁白 慕辰为晚晴拍照很多天了，但晚晴依旧动作僵硬，拍照效果十分不理想。

慕辰 这几天给你照了这么多照片，都不是很自然。今天放轻松点，我们再来试试吧。

晚晴 （声音颤抖）我不行的，你能不能找别人？我真的做不来。

慕辰 （失去耐心，摇头叹气，把相机放在旁边的桌上）你怎么说来说去都是这句话？没有人说你不行，你不要小看自己。

晚晴 （激动）我没有……我只是害怕。

慕辰 你到底怕什么？那天在照片展，我就看见你畏首畏尾的。人家都把你数落成那样了，你都不反驳！你回答我！为什么不反驳？你看着我！（叹气，背过身走到台右侧前）

（晚晴抽泣了两声，渐渐抬起头来，眼睛里闪烁着泪光）

晚晴 （抽泣着）我也不想这样，可是，我一出生就决定了，我只能这样。（停顿了一下）我从小就跟别人不一样，没有父亲在身边疼着，爱着。即使别人背地里对我议论纷纷，也不能让别人知道我父亲是谁。我只是一个……一个见不得光的私生女！（台左前）

（慕辰震惊，木然站定良久）

慕辰 对不起，我不知道，原来……（不知道说什么好，停顿）可是，别
人都不知道你的身世，他们不过是无聊，随便说说。

晚晴 （还是不能恢复平静）你不会了解的！这么多年，我和母亲一直生活
在别人的白眼下。同样都是女儿，我永远只能捧着那个怀表暗地里
喊他父亲，而那个人，却可以天天扑在他怀里撒娇。

慕辰 （愣了一下，皱眉，口微张，作惊异中思考状。继而明白了八九分，
头转回去望向晚晴）那个怀表跟你父亲有关，是不是？那……（试
探的口吻）同样都是女儿的那个人是……

晚晴 （此时已经激动得失去一些理智）你应该认识的，慕容世君……

慕辰 （吃惊，上身向前倾，眼睛直视晚晴）世君？竟然是世君？（定格片
刻，反应过来后，身体恢复站定，舒一口气）我懂了。

晚晴 （再次强调）你不懂！你刚才问我为什么不反驳，其实，我又何尝不
想。可是每到这种时候，我就会想到我自己的出身，是那么的……
（说不出口，哽咽）

慕辰 晚晴……
（慕辰把晚晴拉到凳子上坐下，晚晴埋下头，抽噎一阵，一会儿之后
恢复，深呼吸，自己理一下头发）

慕辰 我想我更能理解你了。

晚晴 （慢慢停止啜泣，恢复平静）不好意思，让你看笑话了。没有关系，
其实我已经麻木了。

慕辰 晚晴，我理解你的自卑和痛苦。即使真相是这样，也不是你看低自
己的理由啊！

晚晴 我没有看低自己，事实上，是周围人的眼光一直让我抬不起头来。

慕辰 周围人的眼光我们没有能力控制，但是我们可以调整自己的心态。

晚晴 我其实也想过改变，但是当那些人一出现，我就忘记了自己的勇气。
我怎样才能改变呢？（无助）

慕辰 让我想想……

慕辰 这几天你怎么穿来穿去都是这套衣服？

晚晴 慕辰，你怎么了？

慕辰 很奇怪嘛？我就是看不惯你这套衣服。（轻佻语气）

晚晴 慕辰，你什么意思？

慕辰 你是不是没有钱买衣服啊？（轻佻）我知道你家境不好，要不我买几套送给你？

晚晴 （有点生气，站起来）慕辰，我一直把你当朋友，把我最大的秘密告诉你，没想到连你也跟那些人一样。（生气坐下，侧过身去）

慕辰 其实，我是想帮你。

晚晴 帮我？（回头看慕辰，侧脸）

慕辰 是啊！你那天摄影展上穿的也是这件，你就那么怕别人认不出你来吗？

晚晴 你刚才不是说要帮我吗？你到底想怎样？

慕辰 别被我猜对了，你就只有这一套衣服。不然，也不至于连校庆晚宴都没有参加呀！

晚晴 不是这样的，那天刚好我母亲病了，我得回去照顾她。

慕辰 借口！没有得体的衣服才是真正的原因吧！

晚晴 不管你信不信，事实就是这样，我想我没什么可说的了。

慕辰 （安抚）你先别激动，刚才我不过是在角色扮演！

晚晴 角色扮演？

慕辰 我刚才突发奇想，扮成别人来数落你，激发你为自己辩驳的勇气。

晚晴 你是说，我……

慕辰 你现在已经踏出第一步了，只要你勇敢地表达自己的感受，我相信你能走得更远，成为自己的悦己者。

晚晴 真的吗？

旁白 这以后，慕辰用这种方法引导晚晴关注自己的内心，让她渐渐不去在意别人的态度，笑得比从前自信灿烂。等到中秋晚会的时候，弈轩和慕辰都不约而同地想邀请晚晴当舞伴

第四幕（学校湖边）

（晚晴捧着一卷书在读，弈轩出场）

晚晴 噢——是赵先生！

弈轩 哈！直接叫我弈轩就可以了。

晚晴 呃，还是叫赵先生比较好，免得慕容小姐误会。

弈轩　呃，这个……

晚晴　对了，你找我有什么事吗？

弈轩　噢，明天晚上学校有个舞会，我想找你当我的舞伴。

晚晴　我？

世君　（冲上前，指着弈轩大声地）让她当你的舞伴？！她也配？！（转过身对晚晴一推）又是你！以为照片得个奖就能配得上弈轩？

晚晴　慕容小姐，我并没有答应赵先生的邀请，请你不要误会。

弈轩　世君，你听我解释嘛！

世君　（叉腰）又解释？我不要听，你给我滚。

　　　　（弈轩又急又气，盛怒之下狠狠地甩一下右手，转身大步走开）

世君　你别以为他对你是真的，他不过是找点新鲜的来玩玩！

晚晴　（怒，但是又不想与之争吵，揉着被推的胳膊）我说过了我和赵先生一点关系都没有，不好意思，我先走了。（说罢转身想要离开）

世君　走？你这就想走？（伸手抓住晚晴，把她硬转过来面向自己，举起右手要打）

　　　　（慕辰一个箭步跑上前，挡在晚晴身前，抓住世君要落下的手）

慕辰　（很急）世君！你这是要干什么！

世君　哼，我今天不好好教训她，哪天还不知道要怎样害我呢！

慕辰　够了，晚晴怎么可能害你！她可是你的亲姐姐（意识到说错话了，立刻住嘴，其他的所有人听到这话都呆了）

世君　你说什么？什么亲姐姐！慕辰，说什么疯话呢你！

慕辰　（望着晚晴犹豫片刻）晚晴……其实也是你父亲的女儿，是你的姐姐，只是那时你父亲已经和你母亲定亲了……

世君　（难以置信）慕辰，你真的被这个女人迷住了吗？……居然为了她说这样的疯话来骗我……

慕辰　世君，我是不会拿这样的事来骗你的。

世君　（后退几步）哼，我才不要信你的鬼话。你说她是我的亲姐姐……有证据吗？（最后这句甚至有点哀求的语气）

慕辰　有！晚晴有一个她父亲送给她的怀表，（转向晚晴）晚晴，你拿出来给世君看看吧。

晚晴　（一怔，不想）这，还是不要吧……

慕辰　我在这里，不会有事的。而且，你不想认回这个妹妹吗？

（晚晴拿出怀表，很犹豫地递给世君）

世君 （一把抓过怀表，仔细地看了起来）真的……是爸爸的……那时我说喜欢，怎么要他都不肯给我，说是很珍贵的东西……居然、居然给了你……（跟跄了几步，跌坐在地上）原来是真的……

晚晴 （见了世君的样子，有点不忍）世君……你不要这样……

世君 （怒瞪晚晴）世君？你也配叫这个名字……（开始有点疯狂状，双眼迷茫）你这个……你这个贱人！这些年来你一直记恨我对不对？所以这一切都是你精心设计的！你想把属于我的全部抢走，对不对？！弈轩是我的，爸爸是我的，这个……这个怀表也是我的！！都是我的！！（发狠把她推向湖边）

慕辰 世君，你干什么呀！（把晚晴一人拉回来）

世君 （追上去）你看你看！连你都帮着她，你们都不要我了（又看着怀表）原来爸爸也不爱我的。哈哈，哈哈哈……我多傻啊，以为我自己拥有全部，其实什么都没有！！（突然迅速站起来）我活着做什么……（重新冲到湖边）

晚晴 （一惊）世君，你要干什么？（向世君走近一步）

世君 这不都是你想要的！我死了你就可以来慕容家当大小姐了，弈轩也会喜欢你的！你什么都可以得到了！！（说着冲向湖）

晚晴 （几步冲上去，从背后抱住世君跪倒在地上）世君，世君，不是这样的，你不要这样！

世君 放开！（挣扎）你这个肮脏的人不要碰我！

晚晴 世君，世君，你听我说，你听我说！（抱紧世君）父亲其实是爱你的。（世君听到后，停止挣扎）那时候，父亲来看我和母亲，总是要偷偷地，只能坐一会儿就走。而就是那么一小会儿，父亲也总会提起你。你都不知道那时候我有多么地妒忌你……

世君 可是那个怀表……

晚晴 那个怀表是父亲和我的母亲在一起的时候买的……所以……才会送给我……

世君 但是刚才弈轩邀请你当他的舞伴是我亲耳听到的！（又开始挣扎）为什么他要让你这么低贱的人当他的舞伴！（身子又再次前倾，做出要投湖的样子）

晚晴 我也不知道为什么，我和他连朋友都算不上。（脸色一转，放开世

　　君，站起来，向前走两步）世君，你知道吗？我从小就遭受别人
　　的白眼，总是被别人欺负。我一直觉得我这样的身世不配得到什
　　么……直到那次，那次慕辰跟我说……没有人真的会去介意我的身
　　世，即使我是一个私生女。只要我自己不介意，只要我自己愿意去
　　相信、愿意看到自己所拥有的，那我就是一个可以挺直腰板站在你
　　们面前的晚晴。（转身望向世君）而你，早就已经拥有了别人梦寐以
　　求的一切，又何必轻生呢？

　　（大家都为晚晴这番话而惊讶，慕辰带着赞赏的目光笑望着晚晴）

世君　（高傲地伸出手让晚晴扶起，起来后又甩开）你……以为这样就可以
　　安慰我吗？（恢复往日的骄傲）我不需要你的说教！哼！（站起身
　　来，一跺脚，生气地走开）

　　（晚晴望着她走的方向愣了一下）

慕辰　咳咳……

晚晴　也不知道这样说对不对。

慕辰　你做得很好。真的。很好！我没想到，以前什么都唯唯诺诺的晚晴
　　能说出这样一番话来！我很欣慰！

晚晴　也不知道世君她会不会更记恨……

慕辰　不会吧，世君那个性子就这样。但她应该会想清楚的……

晚晴　希望她能够接受现实。但是，我能预感到一场暴风雨就要来临。

慕辰　你害怕吗？

晚晴　（坚定地摇摇头）不会了，其实我早就想到会有这一天。可能更需要
　　支持的是我的母亲。我想，我应该回去陪着她。

慕辰　（扯住她）晚晴，（鼓起勇气）你……允许我陪在你身边吗？

心理分析

　　自我意识是意识的一种，也是人意识的重要特征。自我意识是对自己身心
活动的察觉，包括认识自己的生理状况、心理特征，以及与他人的关系。[1]近
代哲学家的自我意识学说讲述了人逐步解放的过程。

　　对自我意识的研究最早能追溯到古希腊时期，从普罗泰戈拉"人是万物的
尺度"到苏格拉底"认识你自己"，人对自我的认识觉醒了；亚里士多德的《灵
魂论》则开始对人类的心理活动进行探究。罗马时期，人们普遍关注解放自我，

试图从压抑中解脱。这一愿望在宗教中达到顶点。但自我意识的真正确立是在哲学的理性精神中实现的。笛卡尔通过"我思故我在"确立了"自我"的地位。康德继承了笛卡尔的思想，进一步区分了"自我意识"，揭示自我在知识形成中的基础作用。而后黑格尔继承了前人思想，并进一步提出了自我意识的确立过程是自我在不断地抗争中逐步认识世界、认识自我的过程。到了 20 世纪 70—80 年代，由于认知心理学思潮的巨大影响，西方的心理学家聚焦于对自我问题认知过程的研究。弗拉维尔提出了元认知，其实质就是思维的自我意识，标志着对自我意识的研究更加深入。

在 20 世纪 60 年代以前，我国关于自我意识的研究几乎是一片空白。直到 60 年代中期，谢千秋、聂世茂等学者对我国青少年自我意识中的自我评价问题进行了初步探索。在中断了一段时间后，我国科学的春天到来，故 80 年代伊始，我国大批心理学家又开始了对自我意识问题的研究，发表了不少相关理论或不同视角的文章。[2]

近年来，学者们越来越关注大学生的自我意识。大学阶段是青年自我意识趋向成熟和稳定的关键时期。正如科恩所说："青年初期最有价值的心理成果就是发现了自己的内部世界。对于青年来说，这种发现与哥白尼当时的革命同样重要。"而大学时期又是该时期当中最为关键、重要的时期。我国的大学生在进入大学后，突然面对着一个与以往生活、学习截然不同的环境，他们开始独立生活、自主学习，处理与同学、老师的人际关系并开始思考人生意义、人生理想等问题。面对这些新的人生主题，大学生原有的社会化和经验已不足以去应付。他们对自我的认识和评价不够准确，自我意识不够成熟和稳定，很容易就陷入了矛盾、迷茫的泥沼不能自拔。[3]

自我意识是多维的、复杂的心理系统，主要包含三种形式，即自我认识、自我体验和自我调控。自我认识包括自我感觉、自我观察、自我观念等。自我体验是自我意识的情感成分，包括自我感受、自我接纳、自爱、自尊、内疚、自我效能等，是基于自我认识的情感体验，是人对自身的一种态度体验。自我调控的任务是对自己的心理、情绪、行为进行调节和控制。三者相互作用、相互影响。它们的统一是知、情、意的统一。[3]

在自我意识中，自我接纳是一个极其重要的组成部分。它指的是人对自身所具有的所有特征都愿意去了解和面对，并且无条件地接纳，能确认其客观存在和正面价值，同时认可这一现实。自我接纳的人不会盲目自傲或者自卑，也不会因他人的毁誉而有所动摇。可以说，自我接纳是获得健全人格的重要条件之一，也是实现自我客观化的前提。

但在现实生活中，很多大学生并不能进行正确的自我评价，更有甚者会出现自我评价过低，排斥自己，或者自我评价过高，无限度地夸大现实自我的现象，形成不切实际的理想自我。这些自我评价不正确的学生往往容易产生否定自我、拒绝接纳自我的心理暗示与倾向。

在本剧中，主人公晚晴拒绝自我接纳。她因为自身家庭的关系极度自卑，一直不敢正视自己，也不敢接受自己的身世，特别在意别人对自己的评价和看法。尤其是在公众场合，她不敢表现自己，有意躲避、拒绝别人的关注，长期默默地躲在人群中。剧中第一次描述晚晴的心理独白时，晚晴因为照片展里有她的照片，想进去看看但又担心自己不够资格，徘徊不定。当时她的心理状态并不是开心，而是觉得沦为了别人的笑柄。这说明晚晴是一个十分自卑、过分低调而又贬低否定自己的人。通过晚晴的种种表现，可以看出她不能对自己进行正确的自我评价，甚至出现了自我评价过低，排斥自己，从而否定自我、拒绝接纳自我的现象。

对于大学生而言，影响自我接纳的主要因素来源于父母、老师、朋友。他们之间关系的亲密程度、受影响程度都与自我接纳有很大的关联。部分大学生由于受自身条件、能力和家庭经济状况等因素的影响，产生自卑心理。他们自信心不足，对自身缺乏正确且全面的自我认识，对自己各方面评价过低，总认为自己在各方面与别人相差很多，自己处处不如他人，极易自我轻视与自我否定。有自卑心理的大学生，在遇到问题时，不敢展现自己，只是一味退缩，最终影响其身心的健康发展。[3]

正如在本剧中，晚晴无法正确接纳自我，很大因素是来源于家庭背景。晚晴做不到接纳自己，并在内心给自己创造了一个"正常自我"，而这个"正常自我"，就是根据外在的评价标准设定的。也就是说，外界会以"成绩好""家世好"来判断一个人的价值。而晚晴认同了这样的评价标准。于是当晚晴发现自己是私生女时，就会产生痛苦，不喜欢现实中的自己。可见，外在的评价标准，让晚晴陷入和他人的比较中，一旦自己达不到时，就会怀疑和否定自己，进而无法接纳自己。

良好的人际关系是一种支持性的人际关系，表现为爱、信任、接纳带来的安全感。这是心理健康发展的必要前提。由于别人的肯定和接纳，自身的潜在价值才能得以实现。[4]在剧中，慕辰是女主人公的男朋友，也是同学。他们的关系是女主人公在学校最重要的人际关系。故事由慕辰参加摄影展开始，让两人的关系一步步拉近。慕辰邀请女主人公担任摄影模特，其间得知晚晴的身世，对她的了解不断加深。有了慕辰的逐步开导，女主人公晚晴开始正视自己，尝试接纳自己。在慕辰的帮助下，晚晴慢慢地尝试展示真实的自己，并愿意参加学校的舞会，挑战自己，从而使自己变得更加开朗坚强。慕辰不只是女主人公的同学和男朋友，更是她在学校最重要的社会支持因素。

在本剧中，晚晴通过慕辰的引导和帮助，终于打开心扉，遵循自己的内心，变得越来越自信、自爱、自尊。慕辰通过角色扮演、邀请晚晴参加校园舞会等方式来引导晚晴关注自己的内心，让她渐渐不去在意别人的态度，笑得比从前自信灿烂。个人的想法和情绪背后还有情感与需求，正如晚晴担心被他人看不起和讨厌，就是想要被他人认可和喜欢，需求越强烈和迫切，不满和担忧就越多。通过慕辰的真心认可和喜欢，晚晴慢慢在两人的关系中学会了合理表达自己，在生活中有效地满足需求。晚晴的自我体验从自卑走向自尊，从而肯定自我，接纳自我。

帮助大学生正确认识自我、评价自我、调控自我，即培养自我意识，是一项任重道远而又迫在眉睫的任务。如何通过有效的认知与调整，使大学生能尽快地正确认识和处理自我意识发展过程中的各种矛盾，获得健康人格，形成独立自信的自我，无疑具有十分重要的现实意义。

工作启示

大学时期是自我意识形成的关键期，大学生往往不善于深思和反省自己，对自我价值的认同和否定，会让他们的内心常常处于不安中。进入大学后，学生面对的是和以往生活、学习截然不同的环境。他们开始独立生活、自主学习，处理来自不同背景的同学、老师之间的人际关系，甚至开始思考人生意义、人生理想等问题，而这些都很容易导致他们内心难以适应校园生活，难以确立自我形象，不能正确评价自我、调控自我，无法接纳自我。莎士比亚曾说过："在所有的知识中，智者与好人寻找最多的是了解他们自己。"的确，认识自己只是一个开始。形成明确的自我认知、养成良好的自我意识对大学生的健康发展具有重要意义。其重要性可以总结为以下几点：

第一，有利于大学生人格的发展。大学生的人格是在遗传、环境、教育等先天、后天环境的交互作用下形成的，这些因素的差别也造就了人格特征的独特性，这也是为什么有的同学积极开朗，有的内向沉稳。健全的人格是以正确地认识自己、评价自己、调控自己为基础的。良好、正确的自我意识对大学生的人格发展有反馈和调节作用，能够帮助大学生正确地认识、评价自己，而不是极端地自我接受或自我拒绝。

第二，有利于大学生的心理健康。培养大学生自我意识有利于他们的心理健康。大学生自我意识的冲突是引起大学生各种心理问题的重要内因。[5] 我们知道，自我意识分为自我认识、自我体验、自我调节。当一个人自我认识混乱、自我定位不准确、自我调节能力差，在面对一系列矛盾和现实问题时，就容易产生心理问题。故养成良好的自我意识，有利于大学生的心理健康发展。

第三，有利于大学生职业生涯的规划。职业规划对于大学生来说是一项重要课题，例如如何在大学毕业后找到一份称心如意的工作。理想的工作需要结合个人的兴趣爱好和个人能力，这样才能带来更多的成就感和幸福感。这些都离不开一个人对自己的正确认识、评价、调控，即自我意识。因此，培养大学生积极的自我意识对于他们的专业选择、发展，即职业生涯的规划起着举足轻重的作用。

面对大学生在自我意识发展过程中产生的矛盾与冲突，我们应采取行之有效的对策，帮助大学生形成健康的自我意识、培养健全的人格、促进和谐人际关系的构建。

（1）引导大学生客观地认识自己、评价自己、悦纳自己。

在大学生的思想教育工作中，大学生在全面、正确地认识自我方面较过去有很大的提升，但是仍有部分大学生对自我的认识存在一定的误区和不足。在大学生的思想教育过程中，教育者应引导大学生全面、正确地认识自我。例如，高校可以通过开设各种心理健康教育讲座或课程、生涯规划教育讲座或课程、开展心理团体辅导、心理剧团体干预及丰富多彩的社团活动等，创设良好的校园环境，帮助大学生拓宽交友圈，扩展生活空间，挖掘个人兴趣爱好，让大学生在与他人的交往中深化对自身的认识和评价，既能看到自己的长处，又能正视个人的不足，多角度、全方位地认识自己、接纳自己。[6] 正所谓"天生我材必有用"，当大学生能够正确、全面地认识自己时，就能量力而行，为自己制定合理的人生目标，并为实现理想而努力奋斗。

美国心理学家 Ruff 说过："自我接纳是主观幸福感的因素之一。"自我接纳是人格完善和心理健康的前提条件，所以大学生只有积极地接受自我、悦纳自我，学会做到对自己进行比较全面客观的认识，摆正自己的位置，正视自己的优缺点，接受自我，欣赏自我，并在此基础上发展自我，才能逐步培养起自强、自立、自主、自信的心理素质，从而促进自我的发展，获得学业的成功。

（2）引导大学生正视自身，提高自信，避免自负。

自卑和自负是目前很多大学生的通病，也是他们自我意识不强的结果。这提醒教育者要在教育过程中因材施教，帮助学生提高自信，克服自负。人的第一桶金就是自信。针对低估自己的自卑者，要引导他们将自卑转化为自信，运用适当的自我鼓励式方法提高信心。例如：主动和别人打招呼、多与他人眼神交流、勇敢地表现自己、表达自己的观点等。而对于自负者，关键是要引导他们克服以自我为中心的问题，能欣赏到周围其他人的优点，自觉地把自己和他人、集体结合起来，走出自己的小天地，既不骄傲自大，也不妄自菲薄；学会移情，多设身处地从他人的角度思考问题，尊重他人的感受，关心他人。[7]

（3）多参加集体活动，提高综合素质。

大学校园里有丰富多彩的校园文化活动。大学生可以根据自身专长和兴趣爱好参加不同的校园活动，发挥自身的优势与长处，展示自己的能力和价值。此外，还可以引导大学生多参加社会实践，在投入社会实践的过程中，不断通过社会实践活动增长见识，提高综合素质。要鼓励大学生多向他人学习借鉴，了解别人对自己的评价以及自己在群体中的位置。"三人行必有我师焉"，要善于发现别人身上的闪光点，勤于自我反省，发现自我意识发展过程中存在的问题和自我评价之间的偏差，据此有针对性地进行自我教育与自我调控，不断学习，积极进取，解决自我意识发展过程中的矛盾冲突，形成正确的自我评价。

（4）提高自我调控、自我教育能力。

大学可以说是独立人生的开端。个体的自我调控能力是自我意识的重要组成部分，是自我意识在意志中的表现，是个体对自身行为与心理的操控。提高自我调控、自我教育能力能帮助大学生提高自身的素质，更好地认识自我，发展自我，增强独立性，成为一个真正成熟的个体。在大学生心理健康教育的过程中，可以通过开展团体辅导来提高学生的自我调控和自我教育的能力，帮助团队成员拓展思维、调节情感，学会更好地指导、控制自己的行动方式，从而获得更好的人际关系。

大学阶段是人生发展的一个重要阶段，是人的自我意识形成和发展的关键时期。自我意识发展的状况将影响大学生人格的健康发展，影响其今后的工作与生活质量。只有不断提高大学生自我意识的水平，才能使其不断完善自己的人格，提高心理健康水平，从而获得幸福感。

　　写：华文学院心理协会；剧本修订、心理分析及工作启示撰写：

参考文献

　　[1]郭冬梅，何文文，张万秋. 团体辅导对高职院校家庭经济困难学生自我认同感和自尊的影响研究［J］. 职教通讯，2023（9）：78-83.

　　[2]肖晓玛，尹显作. 论自我意识研究的历史与发展［J］. 韶关学院学报，2002，23（11）：104-109.

　　[3]聂娟. 大学生自我意识培养的重要性及其策略［J］. 社会心理科学，2010（8）：32-35.

　　[4]李闻戈. 女大学生自我接纳和人际关系的相关研究［J］. 福建师范大学学报（哲学社会科学版），2003（2）：125-131.

　　[5]孟勇. 大学生自我意识的冲突及其矫正［J］. 中国组织工程研究，2005，9（16）：152-153.

　　[6]王伟欣. 大学生自我意识的现状及教育对策研究［J］. 学园，2015（16）：122-124.

　　[7]马立骥. 大学生心理健康教育与实训［M］. 杭州：浙江大学出版社，2012.